Der letzte Weihnachtsmann

Helga Bürster, Jahrgang 1961, kommt aus Dötlingen. Nach dem Studium verschlug es sie nach Süddeutschland, wo sie Theaterwissenschaft, Literaturwissenschaft und Geschichte studierte. Seitdem lebt sie vom Schreiben und Geschichtenerzählen. Mit ihrer Familie wohnt sie seit 1995 wieder im Norden und schreibt Kriminalromane, historische Romane, Hörspiele, Theaterstücke und Reiseliteratur.

Dieses Buch ist ein Roman. Handlungen und Personen sind frei erfunden. Ähnlichkeiten mit lebenden oder toten Personen sind nicht gewollt und rein zufällig.

HELGA BÜRSTER

Der letzte Weihnachtsmann

EIN WEIHNACHTSKRIMI

emons:

Bibliografische Information der Deutschen Nationalbibliothek
Die Deutsche Nationalbibliothek verzeichnet diese Publikation
in der Deutschen Nationalbibliografie; detaillierte bibliografische
Daten sind im Internet über http://dnb.d-nb.de abrufbar.

© Emons Verlag GmbH
Alle Rechte vorbehalten
Umschlagmotiv: photocase.com/bit.it
Umschlaggestaltung: Nina Schäfer
Gestaltung Innenteil: César Satz & Grafik GmbH, Köln
Lektorat: Jutta Schneider
Druck und Bindung: CPI – Clausen & Bosse, Leck
Printed in Germany 2015
ISBN 978-3-95451-738-1
Ein Weihnachtskrimi
Originalausgabe

Unser Newsletter informiert Sie
regelmäßig über Neues von emons:
Kostenlos bestellen unter
www.emons-verlag.de

Dieses Buch ist meiner Mutter und Susanne gewidmet.
Danke für die tollen Plätzchenrezepte.

Personenverzeichnis

Elmar Wind: Kontaktbereichsbeamter in Neuburg und Gildeweihnachtsmann
Julia Herrmann: Elmars Dienststellenleiterin
Fredo Petter: Kommissar, Mordkommission
Dr. Karl: Rechtsmediziner
Volker Brunn: Polizeipräsident

Dr. Heiner Klardorf: Inhaber des Kaufhauses Klardorf
Dr. Maschmann: Psychologe
Victor Heinissen: Vorsitzender des Verbandes der Bestatter

Die Gilde
Ingo Addicks: Redakteur beim Neuburger Boten
Paul Bellermann: Museumsleiter in Rente
Bernd Brammstede: Wirt vom Neuburger »Ochsen«
Luigi Caletti: Inhaber des Eissalons »Venedig«
Antonio di Silva alias Eugen Schaf: ehemaliger Schauspieler
Klaus Eilers: Tierarzt
Dr. Ulf Fangmann: Urologe
Odo Fokken: Kapitän aus Friesland
Joseph Frommel: Marketingbeauftragter
Noah Grantler: Meibachs Partner, Werbedesigner
Friedhelm Hammberger: Callcenterchef
Erhard Hilfers: Stadtarchivar
Herbert Janssen: dienstältester Weihnachtsmann der Gilde

Jürgen Koops: Bauamtsleiter
Martin Kranzler: ehemaliger Schulleiter am Gymnasium
Hans-Georg Kühling: Bäckermeister
Professor Dr. Franz Lehr: Richter in Rente
Christian Meibach: Werbefachmann
Albert Tiedjohanns: ehemaliger Pastor
Konstantin von Leuchtenberg: alter Adel
Leander von Ohmstedt: Opernsänger
René Wagner: Inhaber des Neuburger Weihnachtshauses
Fabian Zimpel: Zooleiter

Verein der Christkinder
Christine Ammer
Fanny Mintgen
Charlotte von Leuchtenberg

Vanillekipferl

Zutaten:
300 g Mehl
50 g gemahlene Mandeln
50 g gemahlene Haselnüsse
100 g Zucker
1 Prise Salz
200 g kalte Butter
2 Eigelbe
5 Päckchen Vanillinzucker oder 40 g selbst gemachter Zucker (Eine Vanilleschote aufschneiden, ausschaben und Vanillemark mit Schote in circa 200 g weißen Zucker legen – als Gefäß eignet sich gut ein leeres Marmeladenglas –, drei Tage durchziehen lassen, fertig. Der Zucker hält sich sehr lange.)
½ Tasse Puderzucker

Zubereitung:
1. Das Mehl mit den Mandeln, den Haselnüssen, Zucker und Salz vermischen. Mit der Butter (in Flöckchen) und den Eigelben gleichmäßig verkneten. Den Teig in Folie eingewickelt zwei Stunden im Kühlschrank ruhen lassen.
2. Den Backofen auf 180 Grad (Ober-/Unterhitze) vorheizen. Das Backblech mit Backpapier auslegen. Den Teig zu fingerdicken Röllchen formen, diese in circa 4 Zentimeter lange Stücke schneiden und zu Hörnchen formen.
3. Im vorgeheizten Ofen 10 bis 12 Minuten goldgelb backen. In der Zwischenzeit Vanillinzucker und Puderzucker vermischen. Die noch warmen Kipferl darin wälzen und abkühlen lassen.

1. Dezember

*a*ls draußen der 1. Dezember heraufdämmerte, schaltete Elmar Wind den elektrischen Minikamin ein. Er rieb die klammen Hände vor dem künstlichen Feuer. Wieder einmal funktionierte die Heizung nicht.

Er sah aus dem Fenster. In der Fußgängerzone hasteten die Leute mit hochgezogenen Schultern und aufgeschlagenen Kragen zur Arbeit. Kalter Nieselregen, vermischt mit einzelnen Schneeflocken, trieb die Menschen in ihre warmen Büros. Aber Elmar konnte heute nichts die gute Laune verderben. Er pfiff ein fröhliches »Alle Jahre wieder« vor sich hin.

Die Geschäfte würden erst in einer halben Stunde öffnen, doch Elmar war heute extra früh gekommen. Seit Wochen hatte er auf diesen Moment hingearbeitet, und nun war – so hoffte er – endlich alles perfekt. Er legte den Zeigefinger auf den roten Schalter der voll belegten Mehrfachsteckdose, dann holte er tief Luft und drückte. Es wurde Licht.

Wohlige Schauer erfassten ihn. Langsam drehte er sich einmal um seine eigene Achse, um sein Werk zu betrachten. Eine Krippe mit dem üblichen Personal samt Ochs' und Esel, drei Lichterbögen mit verschiedenen Motiven, fünf Kunststoffsterne in unterschiedlichen Größen, von denen zwei die Farbe wechseln konnten, ein künstlicher Weihnachtsbaum, in dessen Zweigen winzige LED-Leuchten steckten, und unzählige Lichterketten, -netze und -schläuche, von milde schimmernd bis schrill blinkend, verwandelten das Büro des Kontaktbereichsbeamten Elmar Wind in ein bunt leuchtendes Weihnachtszimmer.

Die Krönung all dessen war Rudi: ein künstlicher Elchkopf in Originalgröße, dessen Augen und Geweih in verschiedenen Farben erstrahlten. Elmar hatte ihn bei eBay ersteigert. Rudi hing an der Wand direkt hinter dem Schreibtischstuhl und ragte, wenn Elmar dort saß, über seinen Kopf hinweg. Das hatte den Vorteil, dass er nur den Arm heben musste, um Rudis Maul zu kraulen, denn dann begann der Elch zu singen: »Rudolph, the red-nosed reindeer«. Leider beherrschte der Tierkopf nur dieses eine Lied, aber Elmar liebte es, und deshalb setzte er sich jetzt feierlich auf seinen Stuhl und streichelte Rudi.

Während der sang, zog Elmar eine der Schreibtischschubladen auf, nahm einen Schuhkarton heraus, der schon leicht vergilbt war, stellte ihn vor sich hin und hob behutsam den Deckel. Etwas aus rotem Stoff lag darin, in Seidenpapier gewickelt. Elmar nahm es heraus, entfaltete es und strich den Stoff glatt. Es war eine Weihnachtsmannmütze, allerdings nicht irgendeine, sondern eine ganz besondere. Sie war aus rotem Filz gewirkt, mit einem Rand aus weißem Kaninchenfell, und an der Spitze hing ein goldenes Glöckchen. Die Mütze hatte einst seinem Vater gehört, der früher Mitglied in der ehrenwerten Gilde der Weihnachtsmänner gewesen war, was in Neuburg als ganz besondere Ehre galt, die nur wenigen honorigen Bürgern zuteilwurde.

Elmar wäre selbst gern ein Mitglied der Gilde und brachte fast alle Voraussetzungen mit, bis auf die Honorigkeit. Im Gegensatz zu seinem Vater, der stellvertretender Bürgermeister gewesen war, hatte Elmar es nur bis zum einfachen Polizeimeister gebracht. Um genau zu sein, zum Kontaktbereichsbeamten in der Neuburger Geschäftsmeile. Sein Büro befand sich in einem ausrangierten und eigens für diese Zwecke hergerichteten Schaufenster des Kaufhauses Klardorf, gleich neben der neuen Winterkollektion. Hier nahm Elmar Vermisstenmeldungen für Portemonnaies, Handys, Hunde, Omas, Ehemänner und Kinder entgegen.

Seine Dienststellenleiterin Julia Herrmann hatte als Begründung für seine Verbannung hierher irgendetwas von Bürgernähe gefaselt, aber Elmar wusste sehr wohl, dass sie ihn schrullig fand. Ein Kerl von Anfang fünfzig, der noch im Jugendzimmer seines Elternhauses wohnte, ein Weichei eben. Dabei gab es viele Gründe dafür, dass er niemals weggezogen war. Einer davon war die lange Krankheit seiner Mutter gewesen. Ein zweiter, dass er es gern überschaubar und gemütlich hatte. Ein dritter und wahrscheinlich alles entscheidender Grund war die Tatsache, dass er nichts mehr liebte als das Neuburger Weihnachtsfest. Wo sonst gab es so einen schnuckeligen Markt mit vierundzwanzig echten Weihnachtsmännern? Auf der ganzen Welt nicht. Seine Begeisterung ging so weit, dass er sich äußerlich schon dem Aussehen eines Weihnachtsmanns angepasst hatte – mit seinem langen Bart und dem runden Bauch. Außerdem hoffte er insgeheim immer noch, irgendwann in die Gilde der Weihnachtsmänner aufgenommen zu werden.

In den Wochen, die nun vor ihm lagen, würde Elmar es seiner Chefin nicht nachtragen, dass sie ihn in ein Schaufenster ausgelagert hatte. Im Gegenteil: Hier konnte er seiner Weihnachtsleidenschaft freien Lauf lassen, ohne den Hohn und Spott seiner Kollegen ertragen zu müssen.

»Ho, ho, ho«, flüsterte Elmar zufrieden, setzte die Mütze auf und stellte die leere Schachtel zurück. Ob mit oder ohne Gilde, Elmar Wind war bereit. Weihnachten konnte kommen.

Er winkte einem Jungen zu, der vor der Scheibe stehen geblieben war und sich die Nase daran platt drückte.

»Mama, guck mal, der Weihnachtsmann«, rief der Kleine aufgeregt.

Seine Mutter schüttelte genervt den Kopf. »Das ist doch nur ein Polizist mit roter Mütze. Und jetzt komm endlich.«

Elmars Lächeln verblasste. Die Eltern von heute waren so nüchtern. Aber er würde allen beweisen, dass es den Weihnachtsmann und den Zauber der Weihnachtszeit sehr wohl noch gab. Vorher hatte er jedoch noch ein, zwei Dinge zu erledigen. Als Erstes schloss er seine Dienstwaffe im Schreibtisch ein, denn ein Weihnachtsmann war höchstens mit einer Rute bewaffnet. Dann hob er seine Arbeitstasche auf den Schoß und öffnete sie. Ein intensiver Duft nach Vanille und Butter strömte daraus hervor, stieg ihm in die Nase und ließ ihm das Wasser im Mund zusammenlaufen. Feierlich holte er die Plätzchendose heraus.

Elmar nahm ein butteriges Vanillekipferl und schob es sich in den Mund. Mit geschlossenen Augen ließ er das Gebäck auf der Zunge zergehen. Seine Geschmacksnerven explodierten. Er meinte sogar, die Zutaten einzeln herausschmecken zu können: feines Weizenmehl, viel gute Butter, Eier von glücklichen Hühnern, Vanillezucker, selbst gemacht natürlich, und dann, als Krönung, einen Hauch von Puderzucker. Er seufzte leise. Das war besser als jeder Sex – wobei Elmar sich hier nur marginal auskannte, denn seine Erfahrungen auf diesem Gebiet reichten nicht sehr weit. Wie auch immer: Die Plätzchen waren ihm nie besser gelungen.

Gestern Abend hatte er das erste Mal in diesem Winter

in seiner Küche gestanden und gebacken. Das würde in den nächsten Wochen seine allabendliche Beschäftigung sein, und zwar zu weihnachtlicher Musik. Wie auf Kommando stimmte gerade ein Kinderchor das schöne Lied »Süßer die Glocken nie klingen« an. Elmar warf einen leicht genervten Blick zur Decke und zu dem Lautsprecher, der fälschlicherweise noch hier verblieben war. Zwar mochte er Weihnachtslieder, aber nicht in dieser Lautstärke und vermischt mit Durchsagen von »Emma sucht ihre Mutti« bis hin zu den neuesten Rabattaktionen.

Elmar schob sich ein weiteres Kipferl in den Mund, schloss die Dose und schob sie weit von sich. Diese Ration musste schließlich für den ganzen Tag reichen, und das Kaufhaus öffnete gerade erst seine Tore.

»'s ist, als ob Engelein siiingen«, krähte es aus hundert jungen, hoffnungsvollen Kehlen, die Elmar für den Moment mit der Lautsprechermisere versöhnten. Er lächelte und verstaute seine Tasche wieder unter dem Schreibtisch. Alles in allem begann der Advent recht verheißungsvoll, und nur eines musste noch getan werden, damit alles perfekt war. Noch fehlte nämlich das i-Tüpfelchen, der Schnee. Er kramte aus seiner Arbeitstasche eine Sprühflasche hervor, die er kräftig schüttelte. Im Inneren klackte es metallisch. Er stand auf, wobei er darauf achtete, Rudi nicht zu rammen. Dann trat er ans Fenster, bückte sich und sprühte weißen Kunstschnee auf die untere Hälfte, sodass es aussah, als hätten sich Flöckchen dort abgesetzt.

Als er zufrieden mit seinem Werk war, kehrte Elmar hinter den Schreibtisch zurück und bereitete sich innerlich auf den ersten Arbeitstag im Dezember vor. Erfahrungsgemäß gab es viel zu tun, denn der Neuburger Weihnachtsmarkt öffnete heute mit einem ganz besonderen Ereignis seine Pforten: Die Gilde berief einen neuen Weihnachtsmann, denn im Laufe des Jahres war ein Mitglied verstorben. Es würde eine Menge Trubel geben, ideale Bedingungen für Taschendiebe und Trickbetrüger also. Hoffentlich reichten die Plätzchen für all seine Kunden aus.

Elmar konnte nicht widerstehen und naschte ein weiteres Kipferl. Es war jetzt kurz nach zehn. Frank Sinatra hatte den

Kinderchor abgelöst mit »Santa Claus is coming to town«. Elmar summte mit, aber sein Schwelgen währte nur kurz, denn plötzlich riss jemand die Tür auf. Erschrocken fuhr Elmar hoch, stieß mit dem Kopf gegen Rudis Schnauze, der prompt zu singen begann und Franky übertönte.

»Ho, ho, ho«, schmetterte es Elmar entgegen, der nicht wusste, wie ihm geschah. Dann fiel der Groschen.

»Die Gilde der Weihnachtsmänner«, flüsterte er, reckte die Brust und antwortete nun seinerseits mit einem tief aus der Brust kommenden »Ho, ho, ho!«.

Elmar konnte sein Glück kaum fassen. Er war tatsächlich als der neue Weihnachtsmann für die Gilde auserwählt worden! Dreiundzwanzig Weihnachtsmänner nahmen ihn in ihre Mitte und geleiteten ihn aus dem Büro, um ihn in einer feierlichen Prozession die Fußgängerzone hinaufzuführen bis zum Weihnachtszelt im Zentrum des Marktes. Es erinnerte an die Miniaturausgabe eines Zirkuszeltes und war leuchtend rot wie ein Weihnachtsstern.

Die Passanten blieben stehen, um sich das Schauspiel anzusehen. Manche klatschten sogar, denn die Ernennung eines neuen Weihnachtsmanns kam nicht jeden Tag vor. Es war ein Amt auf Lebenszeit. Elmar kniff sich heimlich in den Arm, um zu prüfen, ob er träumte, aber das hier war sehr real.

Leider war der Weg zum Neuburger Weihnachtsmarkt nicht weit. Um ehrlich zu sein, handelte es sich nur um fünfhundert Meter, und so endete der Umzug bereits nach drei Minuten.

Elmar wehte der Duft von gebrannten Mandeln und Glühwein entgegen. Er blickte auf und sah den beleuchteten Giebel des romanischen Rathauses, das die Ansammlung der Buden samt Weihnachtszelt überragte und dem Ganzen etwas Pittoreskes gab. Der Markt war recht übersichtlich und gemütlich, dennoch hielt er, was die Besucherzahlen anging, durchaus mit den Großen mit und war über die Grenzen hinaus bekannt. Die Neuburger konnten nämlich mit einem ganz besonderen Pfund wuchern, von dem Marketingstrategen anderer Städte nur träumten, nämlich mit der Gilde der Weihnachtsmänner. Und er, Elmar Wind, war ab jetzt dabei.

Sein Vater wäre stolz auf ihn, könnte er es noch miterleben. Insgeheim erfüllte Elmar seine Ernennung zum Weihnachtsmann zudem mit Genugtuung. Sollten seine Kollegen nur spotten, seine Weihnachtsleidenschaft hatte sich letztlich doch ausgezahlt.

»He! Willst du da wirklich mitmachen?«, riss ihn eine Stimme aus seinen wohligen Gedanken. Sie gehörte einer großen, kräftigen Frau, die ein weißes Bettlaken wie eine Toga um sich geschlungen hatte. Sie lehnte an einer der Marktbuden direkt gegenüber dem Weihnachtszelt.

»Komm lieber zu uns, Süßer. Hier ist wenigstens was los, wenn du weißt, was ich meine«, feixte ihre ebenso gewandte Kollegin und zwinkerte ihm neckisch zu.

Die Große knuffte sie in die Seite. »Du bringst den armen Weihnachtsmann ganz durcheinander, Fanny. Du weißt doch: Anstand und Würde ist des Weihnachtsmanns höchste Zier.«

Elmar war stehen geblieben. Die beiden Frauen steckten nicht nur in weißen Laken, sie trugen auch blonde Perücken und hatten sich goldene Flügel auf den Rücken geschnallt, was sie als Engel auswies, obwohl ihr rüpelhaftes Benehmen kaum dazu passte.

»Vielleicht können die gar nicht«, raunte die Große so laut, dass alle, die in der Nähe standen, es verstehen konnten.

Die Kleinere rümpfte die Nase. »Du musst dir nur ihre vertrockneten Ruten angucken ...«

Beide brachen in grölendes Gelächter aus, und Elmar schnappte empört nach Luft, aber die übrigen Weihnachtsmänner schoben ihn weiter bis vor den Eingang des Weihnachtszeltes.

»Ist das dieser Christkindverein?«, fragte Elmar. »Stehen die etwa direkt neben dem Weihnachtszelt?«

Der Weihnachtsmann neben ihm, es war Martin Kranzler, ehemaliger Schulleiter am hiesigen Gymnasium, warf einen bekümmerten Blick zu den geflügelten Frauen hin. »Es ließ sich nicht verhindern.«

Bevor Elmar noch etwas darauf sagen konnte, wurde er in das Zelt hineinbugsiert und vergaß augenblicklich die Konkurrenz, die in unmittelbarer Nachbarschaft logierte.

Drinnen warteten schon das Bürgerfernsehen und die lokale Presse. Außerdem war das Zelt bis auf den letzten Platz gefüllt. Als die Weihnachtsmänner eintraten, stimmte das Blockflötenorchester der Grundschule gerade »Tochter Zion« an, das zum Ende hin ein wenig aus dem Ruder lief. Elmars Augen wurden dennoch feucht, und er konnte es immer noch nicht fassen, dass das alles hier nur ihm galt. Die Musik, das Publikum, die Presse. Und dann fiel ihm ein, dass ihm noch etwas bevorstand, nämlich die Aufnahmeprüfung, und die hatte es in sich.

Nervosität mischte sich in seine Euphorie.

Aber zunächst wurde des verstorbenen Weihnachtsmanns gedacht, an dessen Stelle Elmar jetzt rücken sollte. Theo Schulte war vor einer Woche im seligen Alter von zweiundneunzig Jahren sanft in seinem Sessel entschlafen, während der Seniorenchor der Altersresidenz »Landfrieden« sich an einer Version von »Little Drummer Boy« versucht hatte. Elmar fand, dass dies ein schöner Tod gewesen war.

Was die Aufnahme neuer Mitglieder betraf, gab es sehr strenge Regeln. Neben der notwendigen Voraussetzung, männlichen Geschlechts zu sein, musste man sich leidenschaftlich zum weihnachtlichen Brauchtum bekennen und dies auch nach außen hin verkörpern. Des Weiteren wurde eine tiefe und tragende Stimme verlangt und zu guter Letzt ein untadeliges Leben ohne Alkohol und Weibergeschichten. Letzteres war dem Umstand geschuldet, dass keine einzige ernst zu nehmende Quelle betrunkene oder gar verheiratete Weihnachtsmänner kannte. Hier drückte die Gilde aber gern ein oder zwei Augen zu, denn ein Leben im Zölibat und in völliger Abstinenz war nun doch zu viel des Guten.

Elmar erfüllte dennoch alle Kriterien: Sein Bart war geradezu biblisch, sein Bauch beachtlich und seine Stimme beeindruckend, denn die Natur hatte ihn mit einem imposanten Bass gesegnet. Außerdem interessierten ihn weder Frauen noch der Alkohol besonders. Nun gut, was die Frauen betraf, hatte er bisher schlichtweg Pech gehabt.

Eine Bühne nahm fast die Hälfte des Zeltes ein, der hintere

Teil war wie im Theater mit schwarzem Stoff abgehängt. Auf der Bühne stand eine Art Thron. Hier würde in den kommenden Tagen der diensthabende Weihnachtsmann Platz nehmen, und das war jeden Tag ein anderer. Im Zuschauerraum standen Bierbänke. Für die Honoratioren gab es weiße Blockstühle.

Elmar wurde auf die Bühne geschoben. Er blinzelte ins Scheinwerferlicht und erkannte in der ersten Reihe den Bürgermeister nebst Gattin, diverse Stadträte und seine Dienststellenleiterin Julia Herrmann. Elmars Chefin trug mit Vorliebe Merkel-Anzüge, allerdings bevorzugte sie Grautöne. Diese Garderobe machte sie älter, was sie vielleicht auch damit bezweckte, denn mit Ende dreißig war sie einigen Kollegen die Karriereleiter zu schnell hinaufgeklettert. Einen Haufen gestandener Beamter in Schach zu halten, zumal als Frau, war eine Herausforderung. Daher tat sie alles, um knallhart zu wirken. Mit dem kantigen Gesicht, den streichholzkurzen Haaren und einer Stimme, die jedem Weihnachtsmann zur Ehre gereicht hätte, verunsicherte sie nicht nur Elmar immer wieder, aber im Grunde war sie in Ordnung. Neben ihr saß ein junger Mann, der nervös mit den Fingerknöcheln knackte, bis die Herrmann ihm einen strengen Blick zuwarf. Ihren Begleiter schätzte Elmar auf Ende zwanzig, höchstens Anfang dreißig. Er hatte ein blasses Gesicht, war generell eine farblose Erscheinung und wirkte äußerst nervös.

Ein Blitzlichtgewitter lenkte Elmar von seinen Beobachtungen ab. Die Presse machte Fotos, und der leitende Redakteur vom Bürgerfernsehen turnte mit wichtiger Miene vor der Bühne herum. Mit geschulterter Kamera strich er sich seine langen Haare immer wieder lässig mit den Fingern nach hinten. Elmar ließ den Blick durch das Zelt schweifen. In den hinteren Reihen tummelte sich das Volk, meist Familien mit Kindern, und ganz hinten an der Wand glänzte etwas Goldenes. Die Damen vom Christkindverein waren also auch gekommen, sicher, um Stunk zu machen, denn es war allgemein bekannt, dass sie und die Gilde sich spinnefeind waren. Die Christkinder warfen den Weihnachtsmännern vor, vollkommen veralteten Traditionen nachzuhängen, während

16

die Gilde sich umgekehrt über das schändliche Benehmen der Christkinder empörte.

Elmar schreckte auf, als ihn Herbert Janssen ansprach, derzeit dienstältester Weihnachtsmann. »Bist du bereit? Jetzt geht es nämlich los.«

Elmar nickte und fragte sich, wie Janssen mit seiner Falsettstimme überhaupt in die Gilde gekommen war. So schlimm konnte es mit der Prüfung also nicht sein.

»Elmar Wind«, begann Janssen feierlich, »bist du bereit, als Weihnachtsmann in der Gilde deinen Dienst am weihnachtlichen Feste zu verrichten?«

Elmar reckte sich und antwortete mit fester Stimme: »Ja, das bin ich.«

»So werden wir prüfen, wie es der Brauch ist, ob du würdig bist, ein echter Weihnachtsmann zu sein.« Janssen wandte sich den anderen Weihnachtsmännern zu, die sich in einer Reihe hinter Elmar aufgestellt hatten. »Messt zunächst seinen Bauch, denn ein echter Gildeweihnachtsmann darf keine Zaunlatte sein.«

Einer der Weihnachtsmänner trat vor. In der Hand hielt er ein Zentimetermaß. Elmar hob die Arme und wurde gemessen.

»Ein Meter dreiundvierzig«, verkündete der Weihnachtsmann laut. Ein anerkennendes Raunen ging durch die Reihen.

»Nun zum Bart«, sagte Janssen.

Sein Kollege legte das Zentimetermaß an und maß vom Kinn bis zur Bartspitze. »Zweiunddreißig Zentimeter. Braun mit weißen Strähnen.«

Das Publikum begann zu klatschen, aber Janssen erhob wieder die Stimme. »Und jetzt zum schwersten Teil«, rief er. »Sing uns etwas vor.«

Elmar holte tief Luft, aber bevor er einen Ton von sich geben konnte, begannen die Christkinder zu singen: »In der Weihnachtsbäckerei gibt es manche Schweinerei ...«

Das war auf ihn gemünzt, denn es war bekannt, dass Elmar Wind ein begnadeter Plätzchenbäcker war. Er nahm die Herausforderung an, indem er laut dagegen anschmetterte: »Sti-hille Nacht, heiii-lige Nacht! Alles schläft, einsam wacht!«

Der Gattin des Bürgermeisters, die direkt vor ihm saß, traten vor Rührung die Tränen in die Augen, einigen Kindern ebenfalls, allerdings aus einem anderen Grund. Sie hielten sich die Ohren zu. Elmar sang tapfer weiter, und schließlich verstummten die Christkinder, als er ihnen die zweite Strophe entgegenschleuderte. Bei der dritten verließen sie das Zelt. Elmar krakeelte das Lied zu Ende und wischte sich anschließend den Schweiß von der Stirn. Nun war es mucksmäuschenstill geworden.

»Ähm, ja«, unterbrach Janssen das Schweigen. »Das war … laut und schön«, sagte er und hüstelte. »Ich will mal sagen, für einen Weihnachtsmann durchaus angemessen.«

Was man von deiner Stimme nicht sagen kann, dachte Elmar.

Frenetischer Applaus brandete auf, aber Janssen hob die Hände, und es wurde wieder ruhig. »Und nun die letzte Frage«, sagte er laut, soweit ihm das möglich war, und blickte Elmar fest in die Augen. »Führst du einen tadellosen und ehrenhaften Lebenswandel?«

Elmar schlug sich voller Inbrunst gegen die Brust. »Ja, das tue ich, so wahr ich ein echter Weihnachtsmann bin.«

Janssen legte ihm die Hand auf die Schulter. »Ich verkünde hiermit, dass du, Elmar Wind, vom heutigen Tage an bis zu deinem Lebensende in die Gilde der Weihnachtsmänner aufgenommen bist.«

Elmar schloss glücklich die Augen. Wieder brach der Applaus los, und unter großem Jubel wurden ihm die Insignien der Gilde verliehen: der rote Mantel, schwere Lederstiefel, eine eigene Mütze, Gürtel, Sack und Rute. Die übrigen Gildemitglieder umringten ihn und halfen ihm, seine neue Uniform anzuziehen. Als das erledigt war, traten sie zurück.

Stolz drehte Elmar sich auf der Bühne einmal um sich selbst. Es war ein erhabener Moment, als er sich so dem Publikum zeigte. Er gab wahrhaftig einen stattlichen Weihnachtsmann ab. Die übrigen dreiundzwanzig Gildemitglieder stellten sich hinter ihm auf und stimmten gemeinsam die Hymne an, die Hoffmann von Fallersleben 1835 eigens zum Ruhme des Weihnachtsmanns geschrieben hatte: »Morgen kommt der

Weihnachtsmann«. Elmar versagte vor Rührung die Stimme, aber das spielte jetzt keine Rolle. Das, was er sich seit seinen Kindertagen ersehnt hatte, war endlich in Erfüllung gegangen.

Seine Chefin schüttelte ihm bei der nachfolgenden Feier am Büfett die Hand. »Glückwunsch, Herr Wind. Welche Polizei kann schon von sich behaupten, einen echten Weihnachtsmann in ihren Reihen zu haben?« Sie lächelte schmallippig. »Darf ich übrigens vorstellen? Das ist Fredo Petter. Er ist ab heute im Team.« Sie schob das blasse Kerlchen, das neben ihr gesessen hatte, vor Elmar. Fehlte nur noch, dass sie sagte: »Nun schüttel dem Weihnachtsmann schön die Hand.« Stattdessen stopfte sie sich eine mit Schinken umwickelte Dattel in den Mund.

Elmar musterte den jungen Mann, der ihm eher widerwillig die Hand reichte. Petter überragte ihn um mindestens eine Kopflänge, seine Gestalt war hager wie sein Gesicht, das mit den hellgrauen Augen und dem blassen Mund ebenso unscheinbar wirkte wie der gesamte Kerl, trotz seiner Größe. Er schien immer noch sehr nervös zu sein, deshalb versuchte Elmar es mit einem väterlichen Lächeln. »Elmar Wind. Polizeimeister und Kontaktbereichsbeamter in der Neuburger Fußgängerzone. Kommen Sie doch mal vorbei, ich habe jetzt im Advent immer frisches Gebäck dabei.«

Petter zog seine Hand zurück und antwortete mit schwacher Stimme: »Mordkommission.«

Elmar klappte der Mund auf. »Donnerwetter!« Jetzt durften schon halbe Kinder bei Mord und Totschlag mitmachen, während er in Klardorfs Schaufenster versauerte. Konsterniert wandte er sich dem Büfett zu, wo Janssen sich gerade einen ganzen geräucherten Aal vom Fischteller schnappte.

Nach einer Stunde hatte sich das Publikum inklusive Honoratioren verzogen, und auf dem Büfett lagen nur noch ein paar traurige Reste.

Elmar hatte so viele Hände geschüttelt, dass ihm mittlerweile jeder einzelne Finger wehtat. Er setzte sich abseits auf den Bühnenrand und betrachtete den mächtigen Thron, auf dem er auch bald sitzen würde, um den Neuburgern im Advent etwas Gutes zu tun. Er ging schon im Kopf die Plätzchenrezepte durch.

»Na? Wie fühlt man sich als frischgebackener Weihnachtsmann?« Jemand schlug ihm auf die Schulter.

Elmar schreckte aus seinen Gedanken auf. Klaus Eilers, Tierarzt von Neuburg und ebenfalls seit einigen Jahren ein Gildemitglied, setzte sich neben ihn. Er trug zwei dampfende Becher Glühwein in den Händen. »Auch einen?«

Elmar schüttelte den Kopf. »Bin im Dienst.«

Eilers lachte. »Welchen meinst du? Als Polizist oder Weihnachtsmann?« Er drückte ihm einen der Becher in die Hand. »Trink. Das wärmt auf. Jetzt kommt nämlich noch die Auslosung, und das kann dauern.«

Elmar ließ seinen Becher sinken und runzelte verständnislos die Stirn. »Welche Auslosung denn?«

»Der Dienstplan«, erklärte der Tierarzt aufgeregt. »Du musst doch wissen, an welchem Tag du auf dem Thron dort Platz nehmen darfst.«

»Die Tage werden ausgelost?«, fragte Elmar perplex.

»Was dachtest du denn? Der Beutel mit den Terminzetteln wird schon rumgereicht.«

Elmar folgte mit dem Blick dem ausgestreckten Zeigefinger des Tierarztes. Ein rotes Säckchen ging zwischen den Gildemitgliedern von Hand zu Hand. Jeder langte hinein und zog einen Zettel. Einige legten ihren jedoch wieder zurück und fischten einen neuen heraus.

»Jeder darf einmal den Zettel zurücklegen und einen neuen ziehen. Der neue Weihnachtsmann bekommt den Sack traditionell aber als Letzter«, erklärte Eilers. »Nur den 24. Dezember will keiner haben.«

»Warum?«, fragte Elmar überrascht. »Also, ich wäre froh. Das ist doch der Tag der Tage. Heiligabend.«

Der Tierarzt schlug ihm auf die Schulter. »Na, dann kannst du dich ja freuen und schon mal darauf einstellen, dass du Heiligabend das Fest für die einsamen Herzen organisierst. Alleinstehende Omas, Obdachlose …«

»Und was ist mit dem Rest der Gilde?«

»Wir machen die anderen Termine. Muss auch sein.«

Irritiert starrte Elmar ihn an, aber bevor er etwas erwidern konnte, hatte Eilers sich das Säckchen schon gegriffen und blickte hinein. »Oh. Nicht mehr viel Auswahl«, sagte er und fischte einen Zettel heraus, las das Datum und tauschte es ein. Lächelnd reichte er das Säckchen an Elmar weiter. »Mach dir nichts draus.«

Elmar blickte in den Beutel. Es lag nur noch ein Zettel darin. Er nahm ihn heraus. Die Zahl 24 stand darauf.

Eilers klopfte ihm aufmunternd auf die Schultern. »Eine ehrenvolle Aufgabe. Du kommst auf jeden Fall damit in den Anzeiger. Die Neuburger werden dich lieben.« Er erhob sich. »Na dann, viel Glück. Ich muss jetzt in meine Praxis zurück. Wir sehen uns später.«

»Später?«

»Wir, oder besser gesagt, diejenigen, die Zeit haben, holen den diensthabenden Weihnachtsmann um achtzehn Uhr am Zelt ab. Das machen wir übrigens jeden Abend. Anschließend wird gefeiert.« Er zwinkerte vielsagend. »Man gönnt sich ja sonst nichts.«

»Was macht ihr denn dann?«

»Na ja, wir tun, was anständige Weihnachtsmänner nach Feierabend eben so machen: Tabledance-Bar, Peepshow, Glücksspiel. Als Polizist kannst du uns da sicher den einen oder anderen scharfen Tipp geben.«

Elmar starrte ihn mit offenem Mund an. Das war sicher ein Scherz, und er wollte nicht gleich zu Beginn wie ein Blödmann dastehen. Deshalb begann er zu lachen und schlug Eilers kumpelhaft auf den Arm. »Na, ihr scheint mir ja ein lustiger Haufen zu sein.«

»Stimmt. Irgendwelche Ideen für heute Abend?«

Elmar musste nicht lange überlegen. »Da hätte ich wirklich einen Vorschlag. Ich will ein neues Plätzchenrezept ausprobieren. Wenn ihr Lust habt, kommt doch vorbei, wir stechen zusammen Sterne aus, und ich koche uns dazu einen leckeren Gewürztee.«

Einen Moment lang schien Eilers dieser Vorschlag ein wenig zu irritieren, aber dann grinste er breit. »Du bist mir vielleicht ein Scherzkeks, Elmar. Wir werden viel Spaß miteinander haben.«

Den Schrei, der von irgendwoher aus dem Zelt kam, nahm Elmar zunächst nicht wahr, bis um ihn herum alles verstummte. Wieder schrie jemand, und es klang nicht nach einem Scherz. Diesmal reagierte Elmar sofort. Er schob Eilers beiseite und eilte über die Bühne in Richtung des Tumults. Der Vorhang im hinteren Bühnenteil war ein Stück beiseitegezogen, und mehrere Weihnachtsmänner beugten sich über etwas, das dort auf dem Boden lag.

Elmar spurtete hin, stolperte über seinen eigenen Mantel und stürzte in das Knäuel der Weihnachtsmänner hinein. Er fand sich in einem Gewirr aus Armen und Beinen wieder, und es dauerte eine Weile, bis sich der Knoten entwirrt hatte. Einer der Weihnachtsmänner blieb jedoch in seinem roten Mantel seltsam verrenkt am Boden liegen. Elmar kniete sich neben den Mann und zog ihn zum Sitzen hoch. Der Kerl machte sich schwer. Als er in das Gesicht des Mannes blickte, ließ er ihn vor Schreck wieder fallen.

»Janssen!«, keuchte Elmar und wäre am liebsten von ihm weggekrabbelt, aber er riss sich zusammen. Es war kein schöner Anblick. Die Augen des Gildevorsitzenden waren weit aufgerissen, seine Gesichtsfarbe war bläulich angelaufen, und aus seinem Mund glotzte ihn der Kopf eines Aals mit glasigen Augen an.

»Das musste ja mal schiefgehen«, keuchte Eilers, der hinter Elmar stand.

Der rappelte sich hoch und sah ihn verwirrt an. »Was denn? Was musste schiefgehen?«

»Er liebte Aal und hat diese Fische geradezu inhaliert. Erst gehäutet und entgrätet und dann mit dem Schwanz voran runtergeschluckt. Widerliche Angewohnheit.«

»Aber das geht doch gar nicht.«

Eilers lachte freudlos. »Bei Janssen schon.«

»Sollte ihm nicht mal jemand den Fisch aus dem Hals ziehen? Vielleicht lebt der Mann ja noch.«

»Das musst du doch wissen! Du bist die Polizei.«

»Dem muss keiner mehr etwas aus dem Hals ziehen. Der ist hin«, sagte ein dritter Weihnachtsmann.

Elmar kannte ihn. Dr. Ulf Fangmann war Urologe am städtischen Klinikum, Elmar war bei ihm bereits wegen seiner Prostata in Behandlung gewesen. Er starrte den Arzt an, unfähig, ein Wort zu sagen, aber Fangmann kam ihm zuvor.

»Sollten wir nicht besser die Polizei rufen? Das ist schon ein merkwürdiger Erstickungstod, wenn ihr mich fragt.« Er warf Eilers einen seltsamen Blick zu.

Elmar schluckte den Kloß in seinem Hals hinunter. »Ich bin doch schon da«, sagte er heiser, und dann kam ihm der Gedanke, dass er die Angelegenheit in die Hand nehmen musste. »Hier wird nichts mehr angerührt, verstanden?«, rief er laut. »Vor allem nicht am Büfett!«

Aus den Augenwinkeln sah er, dass Albert Tietjohanns, Pastor in Rente und ebenfalls langjähriges Gildemitglied, enttäuscht den Teller sinken ließ, auf dem er die Reste des Büfetts angehäuft hatte. Elmar griff sich an die Hüfte auf der Suche nach seinem Handy, aber das hatte er im Büro liegen lassen. »Kann mal jemand die 110 anrufen?«, fragte er.

Fangmann zückte sein Smartphone und begann zu telefonieren.

»Hat einer von euch gesehen, was hier passiert ist?«, fragte Elmar in die Runde. »Ist irgendjemandem etwas aufgefallen?«

Alle schüttelten den Kopf.

»Na ja«, antwortete Tietjohanns, der mit seinem nur noch halb vollen Teller herangekommen war, »er hat den ganzen Aal allein weggefressen.«

Bunte Plätzchen

Zutaten:
500 g Mehl
120 g Butter
100 g Zucker
2 Eier
1 Päckchen Vanillinzucker
1 Päckchen Backpulver
Ausstecher

Zubereitung:
1. Alle Zutaten zu einem geschmeidigen Teig verkneten. Falls er bröckelt, ein wenig Milch zugeben; sollte er zu flüssig sein, etwas Mehl hinzufügen.
2. Den Backofen auf 180 Grad (Ober-/Unterhitze) vorheizen. Das Backblech mit Backpapier auslegen. Etwas Mehl auf die Arbeitsfläche streuen und den Teig darauf ausrollen.
3. Formen ausstechen und auf das Blech legen. Die Plätzchen circa 12 bis 15 Minuten backen. Nach Belieben mit Guss, Kuvertüre, Nüssen oder Puderzucker verzieren.

2. Dezember

Elmar merkte erst jetzt, dass er die ganze Zeit regungslos im kalten Nieselregen vor der Tür seines Büros gestanden hatte. Verstohlen sah er sich um, doch niemand achtete auf ihn. Schnell sperrte er auf, trat ein und hängte seine Mütze neben das rote Gewand, das er gestern Abend hierhergebracht hatte. Sehnsüchtig strich er über den schweren Lodenstoff des Weihnachtsmannmantels. Hoffentlich würde er ihn trotz des traurigen Todesfalls diesen Winter noch oft tragen, denn das

Weihnachtszelt war kurzfristig wegen der polizeilichen Untersuchung geschlossen worden. Dann schleppte er sich zu seinem Schreibtischstuhl und ließ sich hineinplumpsen. Sogar Rudi blickte heute trübe. Elmar vermied es, hinter sich zu greifen, um ihn singen zu lassen. Nur die Weihnachtsbeleuchtung schaltete er ein, den Elektrokamin natürlich auch, denn ihm war kalt. Der Lautsprecher über seinem Kopf knackte, und der Kinderchor von gestern begann von vorne.

»Leistet euch mal eine neue CD«, schrie Elmar die Decke an und pfefferte seine Arbeitstasche neben den Schreibtisch. Sie kippte um, und die Dose mit den Plätzchen, die er am Vorabend trotz allem gebacken hatte, fiel heraus. Der Deckel rollte in eine Ecke, und die Plätzchen ergossen sich über das abgetretene Linoleum. Er kniete sich hin und sammelte sie wieder ein. Heute hatte er bunte Plätzchen dabei, gebacken nach einem simplen Rezept, das sogar Fünfjährige hinbekamen. Zu mehr hatte es nach dem Vorfall gestern nicht gereicht. Gerade wollte er sich unter dem Schreibtisch ein Plätzchen in den Mund schieben, da stürmte jemand herein.

»So geht das nicht«, schrie der Besucher energisch und schlug mit der Faust hart auf den Tisch.

Elmar schoss hoch und stieß mit dem Kopf gegen die Schreibtischkante. »Ich muss doch sehr bitten«, keuchte er und fasste sich an die schmerzende Stelle, die sofort anschwoll.

»Bitten?« Der Eindringling verschränkte die Arme vor der Brust und blickte Elmar wutschnaubend an. »Ich fordere von dir in deiner Eigenschaft als Gildemitglied, dass du zu deiner Dienststellenleiterin gehst. Diese … Herrmann! Bring sie dazu, dass wir das Weihnachtszelt wieder aufmachen dürfen. Du bist schließlich die Polizei.«

Elmar bückte sich noch einmal, um die Keksdose aufzuheben. Verwirrt registrierte er, dass der Besucher von der Gilde gesprochen und *wir* gesagt hatte. Er kniff die Augen zusammen und musterte ihn. Dann fiel es ihm wieder ein. Vor ihm stand Joseph Frommel, ebenfalls Mitglied der Gilde.

»Entschuldigen Sie, Herr Frommel«, stammelte er, »ohne roten Mantel und Mütze hätte ich Sie fast nicht erkannt.«

»Du.«

»Was?«

»Wir Weihnachtsmänner duzen uns, und du gehörst ja nun auch dazu.« Frommel seufzte fast ein wenig bedauernd und zog einen Flachmann aus der Innentasche seiner Jacke, schraubte den Deckel auf und trank. Als er Elmars Blick bemerkte, steckte er ihn wieder weg. »Medizin. Ich hab's mit dem Magen.«

»Ah.« Erst jetzt fiel Elmar auf, dass außer dem Mantel noch etwas anderes an ihm fehlte. »Hast du dich rasiert?«, fragte er konsterniert.

»Natürlich habe ich mich rasiert. Das tue ich jeden Tag.«

»Aber du bist ein Weihnachtsmann!«

»Na und?«

»Wir tragen Bart. So steht es in den Statuten.«

Frommel machte eine wegwerfende Geste und zog sich zuerst den Besucherstuhl heran, dann die Keksdose. »Du nimmst das alles viel zu ernst, Elmar«, sagte er und rührte mit dem Zeigefinger in den Plätzchen herum.

Elmar nahm ihm die Dose weg. »Und ich finde, du nimmst das nicht ernst genug. Ich bin ja erst einen Tag dabei, aber die Gilde, das ist uralte Tradition. Da kann man sich doch nicht einfach einen falschen Bart ankleben.«

»Warum nicht? Wir leben nicht mehr im Mittelalter. Außerdem bin ich Marketingbeauftragter und kann nicht das ganze Jahr über wie ein Waldschrat herumlaufen.«

Elmar runzelte die Stirn. Er kannte noch nicht alle Gildemitglieder. Einige hatte er gestern das erste Mal gesehen, zumindest aus der Nähe, und dazu gehörte auch dieser Frommel. »Ich finde das trotzdem nicht gut«, sagte Elmar streng.

»Ich auch nicht.«

»Was?«

»Das Zelt muss schnellstens wieder geöffnet werden. Du musst mit Julia Herrmann reden, Elmar. So geht das nicht.« Frommel langte in die Dose und stopfte sich zwei Plätzchen auf einmal in den Mund. »Weißt du, was das heißt? Ein geschlossenes Weihnachtszelt ist eine Katastrophe fürs Weihnachtsgeschäft.«

Elmar starrte Frommel völlig verständnislos an. »Aber ich bin nur Kontaktbereichsbeamter.«

»Na und? Sag ihr, sie soll an die enttäuschten Kinder denken, das zieht immer.«

»Nicht bei der.«

»Warum hab ich mir das schon gedacht?« Er angelte sich ein weiteres Plätzchen. »Dann schlag ihr vor, du könntest als V-Weihnachtsmann ermitteln.«

Elmar lachte auf. »Die wird mir was husten. Außerdem muss jemand herausfinden, wer oder was Janssens Tod verursacht hat.«

Auf Frommels Gesicht breitete sich Erstaunen aus. »Na, ich denke, das war ein Aal, oder?«

»Schon. Aber es wird noch geprüft, ob jemand nachgeholfen hat.«

»Eine Mordermittlung?« Frommel lächelte. »Wer wäre besser dafür geeignet als du?«

Elmar musste zugeben, dass er sich geschmeichelt fühlte, aber was nutzte ihm das? Mord fiel nicht in sein Ressort. »Ich bin kein Kommissar, Joseph. Die Ermittlungen führt dieser Neue. Fredo Petter oder wie der heißt. Die Herrmann hat ihn höchstpersönlich mit dem Fall betraut.«

Frommel schnaubte verächtlich. »Der? Ist der schon trocken hinter den Ohren?«

Elmar musste ihm insgeheim recht geben. Dieser Bengel hatte fast neben die Leiche gekotzt, aber ihn, Elmar Wind, hielt die Herrmann gerade mal für kompetent genug, ein Absperrband um den Tatort zu ziehen. »Ich fürchte, ich kann da nicht viel ausrichten«, sagte Elmar. »Die Polizeiorganisation ist nun mal so, dass bei einem ungeklärten Todesfall wie diesem die Mordkommission ermittelt.«

Frommel beugte sich vor. »Elmar. Mal ganz unter uns«, raunte er. »Glaubst du wirklich, jemand hat Janssen mutwillig das Maul gestopft?« Er lachte auf. »Wegen seiner grauenhaften Singstimme?«

Elmar hob bekümmert die Schultern.

Es entstand eine längere Pause, in der nur Frommels Kaugeräusche zu hören waren. Schließlich schluckte er laut und sagte: »Schöner Mist.«

Elmar nickte, und Frommel griff zu Elmars Entsetzen noch einmal zu. Die Dose war schon halb leer.

»Lecker«, lobte er anerkennend. »Von welchem Bäcker sind die?«

»Von mir.«

»Echt?« Wieder sprach Frommel mit vollem Mund, es schien eine schlechte Angewohnheit von ihm zu sein. »Ich kenne jemanden im Wirtschaftsministerium. Meinst du, der könnte in deiner Chefetage Eindruck machen, damit die Herrmann diese schwachsinnigen Ermittlungen schnell einstellt?«

Bevor Elmar auch nur den Kopf schütteln konnte, flog die Tür ein zweites Mal auf, und zwei Weihnachtsmänner in vollem Ornat betraten das Büro. Elmar erkannte Albert Tietjohanns und den Urologen Dr. Fangmann.

»Wo bleibt ihr denn?«, fragte Fangmann.

»Das Zelt wurde wieder geöffnet. Halleluja!«, fügte Tietjohanns hinzu.

Elmar erhob sich aus seinem Bürostuhl. »Und wer hat das bestimmt?«

»Julia Herrmann persönlich«, antwortete Fangmann und grinste breit. »Ich habe ein Wörtchen mit dem Polizeipräsidenten gesprochen. Der ist gerade bei mir auf Station.«

»Volker Brunn? Was hat er denn?«, fragte Elmar besorgt.

Fangmann betrachtete seine Fingernägel. »Er hat eine neue Lebensabschnittspartnerin. Sie ist sehr anspruchsvoll und euer Oberboss nicht mehr der Jüngste, wenn du verstehst, was ich meine.«

»Und wieso kommt man damit in die Urologie?«, fragte Elmar unbedarft.

Frommel grinste. »Unser neuer Kollege hier hält sich an die Statuten. Er lebt wie ein Mönch und versteht nur Bahnhof. Ist doch so, oder?«

»Ein sittsames Leben ist durchaus lobenswert«, mischte Tietjohanns sich ein.

»Wie viele Kinder hast du noch mal?«, fragte Fangmann.

»Ich bin evangelisch!«

»Eben.«

Elmar starrte seine Kollegen verwirrt an, dann setzte er sich wieder. Ihm schwirrte der Kopf.

»Die Herrmann lässt dir übrigens ausrichten, dass du die Augen offen halten sollst«, sagte Fangmann.

»Und was ist mit Petter?«

»Der ermittelt brav weiter, und währenddessen passt du auf uns auf. Zieh deinen Mantel an, häng ein Schild an die Tür, dass du im Weihnachtszelt zu erreichen bist, und komm endlich. Heute werden die Senioren von der Residenz ›Landfrieden‹ herangekarrt. Kollege Frommel hat sie zu einem Konzert eingeladen.«

»Was denn für ein Konzert?«

»Unser traditionelles Weihnachtsmannkonzert. Wir brauchen deinen Bass.«

Obwohl es noch nicht einmal Mittag war, umlagerten die Leute mit gefüllten Bechern und Papptellern die Stehtische auf dem Weihnachtsmarkt. Einige Buden waren noch geschlossen, dazu gehörte auch die vom Christkindverein, wie Elmar erleichtert feststellte.

»Habt ihr die geflügelten Damen eigentlich auch mal überprüft?«, fragte ihn Frommel. »Vielleicht angeln die gern?«

»Ich weiß es nicht«, musste Elmar zugeben, der in den aktuellen Stand der Ermittlungen nicht eingeweiht war, doch diese Feinheiten musste er den anderen ja nicht auseinanderklamüsern. Aber die Frage erschien mehr als berechtigt. Nachdenklich betrachtete er die goldenen Flügel, die links und rechts neben der heruntergelassenen Fensterklappe der Christkindbude angebracht waren. Vor einigen Jahren hatten die Frauen diese Vereinigung gegründet, als Gegenpol zu einer der letzten Männerbastionen, nämlich der Gilde. Denn wer hatte jemals von einer Weihnachtsfrau gehört? Ihnen wuchsen ja nicht einmal Bärte.

»He!« Frommel stieß ihn an. »Bist du festgewachsen? Nun komm schon. Drinnen gibt es Glühwein.«

Elmar wandte sich von der Bude ab und ging mit den anderen in das Zelt. Nichts wies mehr darauf hin, dass hier gestern jemand auf höchst seltsame Art zu Tode gekommen war.

Petter kam ihnen entgegen. Er blieb vor Elmar stehen. »Ich habe gerade die Info bekommen, dass das Zelt wieder offen ist«, sagte er mit seinem wasserdünnen Stimmchen. »Sie wissen schon, dass das hier trotz allem ein Tatort ist?«

Elmar nickte. »Schon klar. Gibt es irgendwelche neuen Erkenntnisse?«

Petter schüttelte den Kopf. »Nichts. Alles sieht danach aus, als hätte sich das Opfer an dem Aal verschluckt.«

»Geht das überhaupt?«, fragte Frommel und blickte hilfesuchend zu dem Urologen. »Sich einen Aal so tief in den Rachen zu stecken, dass man daran erstickt?«

Fangmann machte eine wegwerfende Geste. »Wenn du wüsstest, was bei mir alles in der Praxis landet.«

»Was denn?«

»Da war zum Beispiel dieser Kerl, der es mit seinem Staubsauger ...«

»Bitte!« Elmar hob abwehrend die Hände.

»Dr. Karl meinte tatsächlich, es könnte einen sexuellen Hintergrund haben. Erstickung als Stimulanz.« Petter wurde rot, während er das berichtete.

»Wer ist Dr. Karl?«, fragte Fangmann.

»Unser Rechtsmediziner«, erklärte Elmar gequält. »Er hat einen recht seltenen Humor.« Er wandte sich an Petter. »Wir singen hier gleich Weihnachtslieder für Senioren. Schöne Grüße an Dr. Karl. Ich komme später mal vorbei.«

Petter wollte protestieren, aber dann drehte er sich um und verschwand. Frommel reichte Elmar einen Becher mit Glühwein, den er dieses Mal dankbar annahm.

»Was singen wir denn?«, fragte er, nachdem er ihn in einem Zug heruntergekippt hatte.

»O du fröhliche«, »Es ist ein Ros' entsprungen« und so was. Aber mach dir keine Sorgen, die hören alle schlecht.« Frommel zog nun schon zum zigsten Mal seinen Flachmann heraus und trank einen Schluck, anscheinend war sein Magenproblem erheblich. »Ich zieh mir nur schnell meinen Mantel über, der liegt noch hinten«, sagte er.

»Und ich muss wieder in die Klinik«, bemerkte Fangmann.

»Bis später, Männer. Ho, ho, ho!«

Er verschwand, während Tietjohanns die anderen anwies, wie sie die Blockstühle aufzustellen hatten. »Denn Senioren haben es gern ordentlich.«

Frommel kam mit seinem Kostüm über dem Arm zurück. »Dahinten ist es irgendwie unheimlich«, bemerkte er und nahm einen weiteren beherzten Schluck aus dem Flachmann. Dann zog er seinen Mantel über.

Die Senioren betraten eine halbe Stunde später das Zelt, einige wurden von Helfern in Rollstühlen hereingeschoben, die meisten stützten sich auf Rollatoren. Sie nahmen umständlich Platz. Elmar stellte fest, dass der Chor nur aus ihm, dem Pastor und Frommel bestand, der inzwischen eine beachtliche Fahne hatte. Warum von den vielen Weihnachtsmännern nur dieser klägliche Haufen anwesend war, lag bestimmt daran, dass sich die Wiedereröffnung des Zeltes noch nicht herumgesprochen hatte.

»Wo sind die anderen?«, fragte Frommel, den diese Frage offensichtlich auch umtrieb.

»Manche arbeiten, und die meisten drücken sich«, war Tietjohanns Antwort.

Dieser mangelnde Eifer enttäuschte Elmar ein wenig, aber er stellte sich zu seinen Kollegen auf die Bühne. Da er die Augen offen halten sollte, musterte er die Gäste scharf, aber er konnte sich kaum vorstellen, dass von ihnen eine Gefahr ausging.

Als endlich alle Gehhilfen verstaut waren, gab einer der Pfleger das Startsignal.

Frommel als diensthabender Weihnachtsmann trat an den Bühnenrand. »Die Weihnachtsmänner der Gilde heißen Sie herzlich willkommen«, sagte er mit schwerer Stimme. »Habt ihr schon alle einen Glühwein bekommen?«

Eine Frau am rechten Rand schrie ihrer Nachbarin ins Ohr: »Das sind die Weihnachtsmänner, Lore! Die singen uns gleich was vor!«

»Was tun die?«, schrie Lore zurück.

»Singen!«

Frommel stockte, die gebrüllte Unterhaltung der beiden Damen hatte ihn aus dem Konzept gebracht.

»Wir sollten jetzt anfangen«, flüsterte Elmar. »Sag das erste Lied an.«

Frommel brach in albernes Gekicher aus. »Elmar Wind, das himmlische Kind …« Er pikste ihm mit dem Finger in die Brust, während sich Lore und ihre Freundin weiter anschrien.

Elmar blickte hilfesuchend zu Tietjohanns, der von der Bühne gestiegen war, um einige der Senioren zu begrüßen, die er aus seiner Zeit als Pastor noch kannte.

»Es is auf einmal so dunkel hier«, lallte Frommel, der urplötzlich sturzbetrunken war. »Mach doch mal Licht.« Er beugte sich vor und starrte ihm ins Gesicht, wobei Elmar Frommels Alkoholfahne in die Nase stach. »Woher kennen wir uns?«

»Wann geht es denn endlich los?«, quengelte ein Mann in der zweiten Reihe. »Mir ist kalt, und ich will Glühwein.«

»Ich auch«, nörgelte seine Nachbarin.

»Singen die auch ›Schneeflöckchen‹?«, brüllte Lore.

»Mir ist schlecht«, schrie Frommel ins Publikum und schwankte zum Bühnenrand.

Elmar zog ihn am Ärmel zurück. Jetzt war auch Tietjohanns auf Frommel aufmerksam geworden und kam endlich dazu. »Was hat er denn?«, fragte er Elmar.

»Zu viel getrunken, wenn du mich fragst.«

Tietjohanns seufzte. »Janssens Tod nimmt ihn mehr mit, als er zugeben will. Hinter dem Bühnenvorhang steht ein Sofa, wir sollten ihn da hinbringen, damit er seinen Rausch ausschlafen kann.«

»Und die Alten? Die werden langsam ungeduldig.«

»Fang einfach schon mal an. ›Alle Jahre wieder‹. Das mögen sie. Ich bring Joseph nach hinten.«

Bevor Elmar protestieren konnte, hatte Tietjohanns Frommel gepackt, der nur noch schwach protestierte. Elmar wandte sich den Senioren zu, von denen die Hälfte vor sich hindämmerte, während die andere Hälfte »Singen! Singen! Singen!« skandierte.

Elmar stellte sich in die Mitte der Bühne, rückte seine Mütze zurecht und holte tief Luft. Dann legte er los.

Tietjohanns kam erst wieder, als Elmar auf mehrfachen Wunsch gerade »O Tannenbaum« anstimmte. Der Pastor stellte sich dazu und setzte mit der zweiten Stimme ein. Die Senioren begannen zu klatschen. So langsam machte Elmar die Sache hier richtig Spaß, und er vergaß alles um sich herum. Sogar die gebrüllte Konversation der beiden Freundinnen vorne rechts störte ihn kaum noch.

Viel zu früh machte einer der Pfleger ein Zeichen, dass es jetzt genug sei. Sie beendeten ihr Duo mit dem Klassiker »Stille Nacht, heilige Nacht«. Dann machten sie sich daran, Glühwein, Früchtepunsch und Süßes an die Gäste zu verteilen, die schließlich zufrieden aus dem Zelt geleitet wurden. So hatte Elmar sich den Dienst als Weihnachtsmann vorgestellt.

»Das war ein super Einstand«, lobte ihn Tietjohanns, der sich die Mütze vom Kopf genommen hatte und den Schweiß von der Stirn wischte. Die Scheinwerfer hatten das Zelt aufgeheizt.

Elmar lächelte glücklich. »Schade, dass Joseph nichts davon mitbekommen hat. Eigentlich wäre es ja heute sein Tag gewesen. Er hat Dienst.«

»Heute Nachmittag kommen die Kinder, dann kann er immer noch beweisen, dass er ein Weihnachtsmann ist.«

»Wir sollten ihm einen Kaffee −« Elmar konnte nicht weitersprechen, denn ein imposanter Engel wogte in das Zelt hinein.

»Die hat uns gerade noch gefehlt«, seufzte Tietjohanns und setzte seine Mütze wieder auf. »Das Konzert ist leider vorbei«, sagte er streng.

»Gott sei Dank. Ich bin auch nicht deswegen hier.«

»Wer sind Sie überhaupt?«, fragte Elmar.

»Charlotte von den Christkindern.«

»Und was wollen Sie?«

»Ich will wissen, was gestern hier los war. Stimmt es, dass Janssen umgebracht wurde? Jemand hat diesen lausigen Sänger mit einem Aal zum Schweigen gebracht, wie die Leute auf dem Markt erzählen?«

Elmar trat vor. »Wenn Sie schon so fragen: Wo waren die

Christkinder eigentlich gestern zwischen elf und dreizehn Uhr?«

»Du verdächtigst *uns*?«

»Warum nicht?«

»Wir haben in der Bahnhofsmission Suppe ausgeteilt. Du kannst das nachprüfen.«

»Das werde ich.« Er streckte sich, wobei er die Daumen in den Gürtel schob. »Ich behalte euch trotzdem im Auge.«

Charlotte grinste. »Tu das, Süßer.« Sie machte auf dem Absatz kehrt und verließ mit schlackernden Flügeln das Zelt.

Tietjohanns klopfte Elmar anerkennend auf die Schulter. »Na, der hast du es aber gegeben.«

Elmar machte eine wegwerfende Geste. »Wir sollten uns jetzt um Joseph kümmern. Der braucht einen Kaffee und eine kalte Dusche, damit er heute Nachmittag wieder fit ist.«

Sie gingen nach hinten. Frommel lag immer noch auf dem Sofa und wandte ihnen den Rücken zu. Elmar rüttelte ihn an der Schulter. »Joseph? Du musst aufwachen.«

Frommel gab keinen Mucks von sich, und Elmar stupste ihn fester an. Frommel kippte auf den Rücken und starrte ihn überrascht an.

»Wir sind es doch nur«, lachte Tietjohanns, aber der Ausdruck grenzenloser, leicht panischer Verwunderung wich nicht aus Frommels Gesicht. Tietjohanns trat zu ihm und legte seine Finger an Frommels Halsschlagader. Dann schlug er ein Kreuz.

»Was ist mit ihm?«, fragte Elmar.

»Der is auch hin.«

Elmar brauchte eine Weile, bis er begriff. Dann gaben seine Knie nach, und er musste sich an Tietjohanns Schulter festhalten. »Das ist jetzt nicht wahr, oder?«

»Doch.«

Elmar griff wie in Trance nach seinem Handy und wählte die Nummer seiner Dienststellenleiterin.

»Was gibt's?«, blaffte sie in den Hörer.

»Einen toten Weihnachtsmann.«

Orangenplätzchen

Zutaten:
abgeriebene Schale und Saft von
2 Bio-Orangen (unbehandelt)
2 Eigelbe
100 g Zucker
50 g Butter
100 g Mehl
½ Päckchen Backpulver
50 g gemahlene Mandeln
1 TL Kardamom
50 g Kuvertüre oder Zuckerguss

Zubereitung:
1. Orangenschale und -saft mit dem Eigelb und dem Zucker schaumig rühren. Die Butter schmelzen, dazugeben und zu einer cremigen Masse verrühren. Mehl, Backpulver, gemahlene Mandeln und Kardamom mischen und hinzufügen, mit einem Schneebesen gut verrühren.
2. Backofen auf 180 Grad (Ober-/Unterhitze) vorheizen. Den Teig wie kleine Fladen mit einem Esslöffel oder Spritzbeutel auf das mit Backpapier ausgelegte Blech verteilen. Genügend Abstand lassen, da der Teig recht flüssig ist und auseinanderläuft.
3. Die Plätzchen 8 bis 10 Minuten goldgelb backen. Nach dem Abkühlen mit Kuvertüre oder Zuckerguss verzieren.

3. Dezember

Elmar goss sich Kaffee aus der Thermoskanne in seinen Becher und starrte müde aus dem Fenster in den trüben Dezembermorgen. Frommels Tod ging ihm nahe, denn er fragte sich, ob er ihn hätte verhindern können. Er hatte gehofft, in die Untersuchungen einbezogen zu werden, aber leider hatte seine Chefin mal wieder andere Pläne. Also schob er wie gewohnt Dienst im Kontaktbüro bei Klardorf. Bis kurz vor

Ladenschluss, der im Advent auf Mitternacht verlegt worden war, hatte Elmar eine Oma, ein Mädchen und einen Ehemann gesucht. Alle waren im Einkaufsgewühl verloren gegangen. Aber glücklicherweise hatte er sie alle gefunden: die Oma in einem Relaxsessel der Möbelabteilung, das Mädchen schlafend unter einem Kleiderständer und den vermissten Gatten vor einem 3D-Fernseher in der Elektroabteilung, wo er sich ein Fußballspiel anschaute.

Elmar hatte erst weit nach Mitternacht mit dem Backen begonnen, einfache Orangenkekse. Die gingen schnell. Jetzt schlug er gähnend die Zeitung auf und steckte sich ein Plätzchen in den Mund. Genüsslich ließ er es auf der Zunge zergehen und las die Schlagzeile des Tages: »Zwei Tote auf dem Weihnachtsmarkt – Einzelhandel in Sorge«.

Elmar las weiter. »Nach dem tragischen Tod des Marketingbeauftragten Joseph Frommel hat Stadtrat Albert Albertsen die Amtsgeschäfte kommissarisch übernommen. Albertsen beklagte sich gegenüber unserer Zeitung, dass Kunden sich auf dem Weihnachtsmarkt herumtreiben würden, insbesondere im Weihnachtszelt, statt in den Geschäften Geschenke zu kaufen. ›Wenn das so weitergeht, kostet uns das Arbeitsplätze. Wir sollten tabulos überlegen, ob der Weihnachtsmarkt in seiner heutigen Form noch zeitgemäß ist.‹«

Elmar ließ die Zeitung sinken. Er sah sich schon rutenschwingend Kunden in die Läden treiben. Frustriert spülte er die letzten Krümel mit einem Schluck Kaffee hinunter, den er mit Kardamom und Zimt aufgepeppt hatte.

Das künstliche Feuer flackerte und verbreitete zusammen mit der Weihnachtsbeleuchtung so etwas wie Behaglichkeit, auch wenn der Ostwind heute durch alle Fugen fegte und Elmar deshalb in seinen Weihnachtsmannmantel gehüllt am Schreibtisch saß. Draußen lag eine dünne Schneeschicht auf den Gehwegen und Dächern, und die Temperaturen waren auf knapp unter den Gefrierpunkt gesunken. An den Rändern der Schaufensterscheibe blühten Eisblumen. Elmar legte die Zeitung weg, langte hinter sich und ließ Rudi singen.

Bis zur Öffnung des Weihnachtszeltes hatte er noch eine

halbe Stunde Zeit. Immerhin hatte seine Chefin ihm freigestellt, seinen Dienst hin und wieder für seine Aufgaben als Weihnachtsmann zu unterbrechen. Er zog den Gildeplan aus seiner Arbeitstasche und strich ihn auf dem Schreibtisch glatt. Diensthabender Weihnachtsmann war heute Konstantin von Leuchtenberg. Als Spross eines alten Adelsgeschlechts war er in der Stadt bekannt, aber Elmar hatte ihn nie persönlich kennengelernt. Die von Leuchtenbergs lebten seit vierhundert Jahren auf einem imposanten Gutshof vor den Toren der Stadt. Konstantin von Leuchtenberg züchtete hier Pferde und galt als großzügiger Mäzen. Ironischerweise waren er und diese aufmüpfige Charlotte von den Christkindern verwandt. Nun, da konnte man ihm keinen Vorwurf machen.

Von Leuchtenberg hatte für den Vormittag den städtischen Kindergarten »Rumpelstilzchen« eingeladen und zu diesem Zweck die Fast-Food-Kette »MacMaxx« für das Catering engagiert. Während die kleinen Racker Weihnachtsburger mampften, wollte er Märchen vorlesen. Am Nachmittag würde der Strickkreis der Neuburger Seniorenhilfe vorbeischauen und selbst gebackenen Kuchen mitbringen, auch das hatte von Leuchtenberg so eingefädelt.

Elmar sah auf die Uhr. Mittlerweile wurde es höchste Zeit, sich zurechtzumachen. Er setzte seine Mütze auf, stopfte die Keksdose in den Sack und griff nach der Rute. Er schob sie sich in den Gürtel. Dann machte er sich auf den Weg zum Weihnachtszelt.

Schon von Weitem sah er das rote Knäuel von Bärtigen und legte einen Schritt zu. »Ho, ho, ho«, begrüßte er die Gildemitglieder atemlos. Die Kollegen antworteten nur müde, und Elmar entdeckte auch sofort den Grund. Julia Herrmann stand zwischen ihnen, ihren Adlatus im Schlepptau, der sofort errötete, sobald er Elmar erblickte. Elmar beachtete ihn nicht weiter.

»Und?«, fragte Elmar. »Wollen Sie unser Zelt wieder schließen?«

»Nein. Im Gegenteil. Wie vermutet hat Frommel sich mit seinem eigenen Fusel vergiftet.«

»Methanolvergiftung«, fügte Petter mit wichtiger Miene hinzu. In Julia Herrmanns Mundwinkeln zuckte es. Sein Gesicht nahm jetzt die Farbe der Weihnachtsmannmäntel an.

»Oh Petter, wann gehen Sie mit ihrer Erythrophobie endlich zum Arzt? Das ist ja peinlich!«

»Was für eine Phobie?«, fragte Elmar leise seinen Nachbarn.

»Krankhaftes Rotwerden«, flüsterte Dr. Fangmann zurück. »Ist psychisch.«

Petter wurde augenblicklich blass. Elmar betrachtete fasziniert das Farbenspiel im Antlitz des jungen Kollegen und überhörte fast, was er sagte: »Wir haben bei der Hausdurchsuchung einen zur Destille umfunktionierten Schnellkochtopf gefunden.«

»Er hat selbst gebrannt?«, fragte Elmar wie vom Donner gerührt.

»Hat wohl nicht so richtig funktioniert.« Seine Chefin verzog den Mund zu einem spöttischen Grinsen. »In diesem Fall können Sie ihm dankbar sein, denn Sie dürfen wieder in das Zelt. Viel Spaß noch.«

Elmar hielt sie zurück, denn ihm lag noch etwas auf der Zunge. »Warum hätte Frommel seinen Schnaps selbst brennen sollen? Und dann auch noch so stümperhaft? Der hätte sich ohne Probleme den edelsten Tropfen kaufen können. Oder wenigstens eine funktionierende Destille.«

»Das Opfer hat sich vielleicht seiner Alkoholsucht geschämt«, warf Petter trotzig ein.

Die Herrmann schlug ihm so heftig auf die schmale Schulter, dass er ins Taumeln geriet. »Guter Einwand, Fredo. Sehr gut. So wird doch noch ein guter Ermittler aus Ihnen.«

Elmar fragte sich, ob sie das ironisch gemeint hatte. Dass sie sich überhaupt mit diesem Versager abgab, musste einen guten Grund haben. Aber Elmar kam nicht dazu, sich weiter Gedanken darüber zu machen, denn ein Kastenwagen fuhr vor, auf dem ein riesiger grinsender Hamburger abgebildet war.

»Da ist schon das Catering!« Von Leuchtenberg klatschte in die Hände.

»Na dann, viel Vergnügen.« Die Herrmann machte auf dem

Absatz kehrt, Petter trottete hinter ihr her, und Elmar atmete auf.

Bis auf den Stadtarchivar Erhard Hilfers, den Richter Professor Dr. Franz Lehr, der sich einen Prozess im Gericht anschaute, und Bauamtsleiter Jürgen Koops waren heute alle Gildemitglieder gekommen, denn von Leuchtenberg ließ sich im Allgemeinen bei der Verköstigung nicht lumpen. Jetzt rümpften allerdings einige die Nase. Sie hatten mehr erwartet als Fast Food.

Während die Leute von »MacMaxx« aufbauten, bestürmten die Weihnachtsmänner Elmar.

Er hob die Schultern. »Es tut mir leid, aber ich kann euch nicht mehr sagen als das, was meine Chefin schon berichtet hat. Wie es aussieht, waren es beide Male tragische Unfälle.«

»Und wenn uns jemand ans Leder will?«, fragte Eilers.

»Wie meinst du das?« Elmar musterte etwas ratlos den Tierarzt. »Du denkst doch nicht etwa an einen Serienmörder, der es auf Weihnachtsmänner abgesehen hat?« Er lachte befremdet. »So ein Quatsch!«

»Warum eigentlich nicht?«, mischte sich Ingo Addicks ein. »Wir sind rot. Politisch gesehen treten wir damit einigen Leuten in Neuburg auf die Füße.«

Leises, genervtes Stöhnen war zu hören. Der Redakteur des Neuburger Boten sah sich auf seine alten Tage von Verschwörungen verfolgt und hängte gern den Politaktivisten raus, aber Elmar fand den Gedanken interessant. »Habt ihr heute Zeitung gelesen?«, fragte er.

»Wieso?«

»Stadtrat Albertsen meint, dass wir die Leute vom Kaufen abhalten und das Weihnachtsgeschäft ruinieren.«

Addicks schnippte mit den Fingern. »Seht ihr? Da haben wir's doch. Wir sollten eine Kundgebung machen.«

»So habe ich das nun auch wieder nicht gemeint«, versuchte Elmar seinen Eifer zu stoppen. »Ich meine nur, wenn wir nicht aufpassen, macht nicht die Polizei, sondern die Stadt uns den Laden dicht.«

Addicks schnaubte verächtlich. »Die stecken doch alle unter

einer Decke.« Er kniff die Augen zusammen und musterte Elmar. »Wo warst du eigentlich, als Janssen zu Tode gekommen ist?«

»Am Büfett.«

»Und wo warst du, als wir gestern Abend in der Chilibar auf unsere Dahingeschiedenen angestoßen haben?«

»Ich habe verloren gegangene Omas gesucht.« Elmar zog nervös seine Hose höher. Jetzt verdächtigten ihn schon seine eigenen Leute. »Wir sind Weihnachtsmänner und nicht die rote Front«, sagte er ärgerlich. »Deshalb sollten wir uns jetzt auf den Besuch der Kinder vorbereiten.«

»Unser lieber Elmar hat recht«, sprang von Leuchtenberg ihm zur Seite. »Ich habe exquisite Märchen ausgesucht. Rotkäppchen und der –«

»Schon wieder was Rotes«, unterbrach Addicks triumphierend.

»›MacMaxx‹ hat eigens für uns einen Weihnachtsburger entwickelt.«

»Der Adel ist auch nicht mehr das, was er mal war. Wo bleibt der Lachs? Was ist mit Kaviar?«

»Ja, was ist denn damit?«, fragte eine weibliche Stimme.

Alle Weihnachtsmänner fuhren herum. Fanny Mintgen, Christine Ammer und Charlotte von Leuchtenberg hatten den Laden ihrer Bude geöffnet und lehnten sich über den Verkaufstresen.

»Charlotte!« Konstantin von Leuchtenberg schnappte nach Luft. »Ihr habt uns doch nicht etwa belauscht?«

»Doch.«

»Du bist meine Cousine! Großvater wird sich im Grabe umdrehen.«

»Ach, halt's Maul, Konni, oder du bist das nächste Opfer.«

»Hört, hört«, bemerkte Addicks, der neben von Leuchtenberg getreten war. »Ihr seid das also? Die Christkinder sabotieren uns, stören unsere Veranstaltungen und –«

»Wer sabotiert hier wen?«, wollte Fanny wissen, und ihre beiden Mitstreiterinnen stimmten empört zu. »Ihr benehmt euch, als wenn ihr Weihnachten gepachtet hättet. Dabei war das Christkind zuerst da.«

»Was noch zu beweisen wäre.«
»Luther selbst hat das Christkind erfunden.«
»Uns auch.«
»Quatsch. Das war Cola-Cola.«
»Von denen stammt nur der rote Mantel, der Rest ist geklaut.
Das weiß doch jedes Kind.«
Inzwischen waren einige Weihnachtsmarktbesucher stehen
geblieben, angelockt von dem lautstarken Streit zwischen den
Weihnachtsmännern und Christkindern. Elmar hörte von
Weitem Kindergeschrei und fand, dass es an der Zeit war, dem
unwürdigen Spektakel ein Ende zu setzen. Spontan warf er sich
in Pose und begann, ein Weihnachtsgedicht zu deklamieren:

Vom Christkind[*]

Denkt euch, ich habe das Christkind gesehen!
Es kam aus dem Walde, das Mützchen voll Schnee,
mit rot gefrorenem Näschen.
Die kleinen Hände taten ihm weh,
denn es trug einen Sack, der war gar schwer,
schleppte und polterte hinter ihm her.
Was drin war, möchtet ihr wissen?
Ihr Naseweise, ihr Schelmenpack,
denkt ihr, er wäre offen, der Sack?
Zugebunden, bis oben hin!
Doch war gewiss etwas Schönes drin!
Es roch so nach Äpfeln und Nüssen!

Elmar stellte fest, dass sein spontaner Auftritt Wirkung zeigte,
denn die Streithähne waren auf einmal verstummt. Eigentlich
waren alle um ihn herum still, und man hätte vielleicht eine
Stecknadel fallen hören können, wenn nicht das Kinderkarussell
die Musik so laut aufgedreht hätte. Die Christkinder kamen
sogar aus ihrer Bude und schüttelten ihm gerührt die Hand.
Dennoch spürte Elmar, dass etwas nicht stimmte.

---

[*] Anna Ritter, aus: »Weihnachtsgedichte zum Aufsagen«, München 1966

»Falsches Gedicht«, flüsterte ihm jemand ins Ohr, und endlich fiel der Groschen. Er, Elmar Wind, würde als einziger Weihnachtsmann in die Annalen der Gilde eingehen, der öffentlich und vor allen Leuten ein Loblied auf das Christkind gesungen hatte. Schweigend verschwand er im Zelt, wo er sich in die hinterste Ecke verkroch, um sich zu schämen.

Der Lärmpegel im Zelt war stark angestiegen, denn die Hamburger wurden gerade verteilt, und jedes Kind wollte zuerst einen bekommen. Niemand interessierte sich für Konstantin von Leuchtenberg, der auf der Bühne im Weihnachtsmannstuhl saß und angestrengt aus Grimms Märchen vorlas. Seine Stimme hatte schon astronomische Höhen erreicht, als er schließlich entnervt aufgab, noch bevor der Wolf das Rotkäppchen gefressen hatte. Die Hälfte der Weihnachtsmänner war schon gegangen, nachdem die Presse ihr Foto gemacht hatte.

Elmar saß immer noch vollkommen zerschmettert im Zelt und hing düsteren Gedanken nach. Er sprang auch nicht ein, als von Leuchtenberg resigniert das Handtuch warf und von der Bühne stieg, um sich neben Elmar zu setzen.

»So eine spannende Geschichte und niemand hört zu«, bemerkte er pikiert.

»Vielleicht hättest du es mit Dickens versuchen sollen, der ist so schön gruselig.«

»Was?«

Elmar machte eine wegwerfende Geste. »Ach, ich rede nur Blödsinn.« Er wischte sich über die Stirn. »Ich bin eine Blamage für die Gilde. Ich trete wieder aus.«

»Quatsch! Wenn das Schule macht, gibt es die Gilde bald nicht mehr. Du bist nicht der Erste, der sich in die Nesseln gesetzt hat.«

»Danke, dass du das sagst«, flüsterte Elmar und fühlte sich ein klein wenig besser. Sie sahen den Leuten von »MacMaxx« eine Weile dabei zu, wie sie die Kinder und Erzieherinnen versorgten. Elmar stellte fest, dass er und Konstantin die einzigen Weihnachtsmänner im Zelt waren.

»Wo sind die anderen?«, fragte er.

»Am Glühweinstand.«

»Aber die Kinder sind doch noch da.«

»Wer von denen glaubt denn noch an uns?« Von Leuchtenberg seufzte tief. »Du solltest zu den anderen gehen.«

»Und du?«

»Ich warte, bis die kleinen Racker den Heimweg antreten, dann komme ich nach. Bis der Strickkreis kommt, haben wir noch ein bisschen Zeit.«

Elmar erhob sich. »Na gut. Bis gleich. Und danke für dein Verständnis.«

Er schlug die Richtung ein, die ihn nicht an den Christkindern vorbeiführte, und fand ein versprengtes Häufchen Weihnachtsmänner auf Barhockern an der Theke eines Spirituosenstandes. Addicks, Tietjohanns und der Veterinär Eilers. Elmar stellte sich dazu und kramte die Plätzchendose aus seinem Sack. Er lüpfte den Deckel, und seine Mitstreiter schnupperten. Addicks griff als Erster zu.

»Eines muss man dir lassen, backen kannst du«, nuschelte er mit vollem Mund.

»Tut mir leid, das mit dem Gedicht«, sagte Elmar zerknirscht und gab eine Runde Glühwein mit Schuss aus. Sofort wurde ihm vergeben.

Trotz der lausigen Kälte wurde es recht lustig, und Elmars Fauxpas war schnell vergessen.

»Wollte der Strickkreis nicht mit Kuchen vorbeikommen? Ich hab Hunger«, bemerkte Addicks, als es zu dämmern begann.

»Und wo bleibt eigentlich unser Gutsherr?«, fragte Eilers.

»Hat gesagt, er kommt nach, sobald die Kinder weg sind.«

»Vielleicht poussiert er schon mit den Stricktanten. Er steht auf reife Frauen.«

»Und frisst den leckeren Kuchen ohne uns. Sähe dem Adel ähnlich.« Addicks schlug mit der Faust auf den Tresen, sodass ihre Glühweingläser hüpften.

Elmar stieß sich von der Theke ab. »Ich guck mal nach ihm.«

»Ich komme mit.« Addicks wollte ebenfalls aufstehen und kippte dabei mit seinem Barhocker um.

»Mama, guck mal, was hat der Weihnachtsmann?«, fragte ein Knirps, der mit seiner Mutter vorbeikam.

»Der ist müde, weil er so viele Geschenke machen muss«, antwortete Elmar mit tiefer Weihnachtsmannstimme und hickste.

Die Frau nahm ihren Sohn auf den Arm und ging eilig weiter. Empört schüttelte sie ihren Kopf.

»Genau«, rief Addicks ihnen nach und rappelte sich mit Elmars Hilfe auf. »Wünscht euch nicht immer so viel.«

»Komm jetzt«, sagte Elmar und hakte sich bei Addicks unter.

Gemeinsam schafften sie es, sich in Richtung Zelt zu bewegen.

Vor dem Eingang trat eine Gruppe älterer Frauen von einem Fuß auf den anderen. »Da kommen sie ja endlich!«, riefen sie verärgert. »Wir dachten schon, ihr habt uns vergessen.«

»Is der Herr Graf nicht zu Hause?«, fragte Tietjohanns.

»Ihr seid ja blau«, bemerkte eine der Frauen entrüstet.

»Nee, rot«, kicherte Eilers und öffnete die Zelttür. »Bitte einzutreten.«

Überraschenderweise war es dunkel im Inneren des Zeltes. »Huhu«, rief Addicks, erhielt aber keine Antwort.

»Mach doch mal jemand Licht«, kam es von hinten.

»Bestimmt wieder ein Kurzschluss«, vermutete Elmar. »Kommt auf dem Markt ja öfter vor. Ich vermute, Konstantin holt den Marktmeister, damit der in den Verteilerkasten sieht.«

Enttäuschtes Stöhnen war von den Strickdamen zu hören. »Jetzt warten wir schon fast eine Stunde auf den Weihnachtsmann, und dann ist auch noch der Strom weg!«

Elmar suchte nach dem Schalter und stolperte über etwas. Irgendwo stoben Funken auf. »Hat mal jemand eine Taschenlampe?«, rief er. Eine der Strickfrauen reichte ihm ihren Schlüsselbund, an dem eine kleine LED-Lampe hing. Elmar leuchtete um sich. Er war über ein Kabel gestolpert, das nicht dort hingehörte. Er verfolgte es mit dem Lämpchen, dessen Lichtschein allerdings nur bis zu seinen Füßen reichte.

»Kann mal jemand die Zelttür aufhalten, damit ich mehr sehen kann?«, rief Elmar.

Irgendjemand tat ihm den Gefallen, und eine Sekunde später ließ eine der Strickfrauen das Kuchenblech fallen und presste sich die Faust gegen den Mund. Ihre Nachbarin stieß einen spitzen Schrei aus. Im fahlen Licht, das jetzt durch die geöffnete Tür ins Zeltinnere drang, erkannte Elmar neben der Tür einen Körper am Boden liegen. Das Kabel führte direkt zu ihm.

»Konstantin«, flüsterte er und ging neben von Leuchtenberg auf die Knie. Der hielt in der linken Hand das abgeschnittene Ende des Kabels, das, wie Elmar jetzt feststellte, aus dem Verteilerkasten kam. In der anderen Hand hielt er eine Rosenschere. Aus dem abgetrennten Kabel rieselten Funken, wenn man es bewegte. Die Finger der linken Hand sahen versengt aus. Das Auffälligste aber war sein Haar. Wo es unter der Mütze hervorlugte, stand es senkrecht vom Kopf ab.

Eilers kniete sich neben von Leuchtenberg.

»Nicht anfassen«, warnte Elmar.

»Hatte ich auch nicht vor.« Eilers betrachtete den am Boden Liegenden. »Ich bin zwar nur Tierarzt, aber ich denke, der ist auch hin.«

»Isser«, bestätigte Addicks.

Eilers blickte zu Elmar. »Wollen wir um eine Runde Glühwein wetten, dass deine Kollegen auf Selbstmord tippen?«

»Sieht mir doch sehr nach einem Unfall aus«, würgte Petter hervor, nachdem er einen kurzen Blick auf die Leiche geworfen hatte. Eilers, Petter und Elmar waren neben den Leuten von der Spurensicherung die Einzigen, die noch in dem Zelt verweilten, die anderen hatte Petter nach draußen geschickt. Der Rechtsmediziner Dr. Karl war noch nicht eingetroffen.

»Unfall!« Elmar schnaubte. »Sie meinen, er hat das Stromkabel durchgeschnitten, weil das eine so schöne Frisur macht?«

»Er hält es ja sogar noch in der Hand.«

»Bestimmt nicht, um sich freiwillig dreihundertzwanzig Volt zu verpassen.«

»Kann sein, er wollte das Kabel reparieren und …«

»Mit der Rosenschere?«

Petter kniff nachdenklich die Augen zusammen und rieb sich das Kinn. »Es wäre natürlich auch denkbar, dass er sich das Leben genommen hat.«

»Aus welchem Grund sollten sich plötzlich alle Weihnachtsmänner der Stadt umbringen wollen?«

»Sagen Sie es mir.« Petter verschränkte trotzig die Arme vor der Brust.

»Sind *Sie* bei der Mordkommission oder ich? Fangen Sie an zu ermitteln! Sie müssen die Leiche untersuchen.«

»Was? Aber das macht doch …«

»Warum sind Sie eigentlich zur Mordkommission gegangen?«, stieß Elmar wütend hervor. »Tote bereiten Ihnen Magenschmerzen, und Sie meiden die Ermittlungen wie der Teufel das Weihwasser.«

Petter schnappte nach Luft. »Es steht Ihnen wohl kaum zu, das zu beurteilen. In meiner Familie waren alle bei der Kripo, ich habe das quasi mit der Muttermilch aufgesogen. Ich kann durchaus ein Gewaltverbrechen von einem Unglücksfall unterscheiden.«

Elmar setzte zu einer wütenden Bemerkung an, aber Dr. Karl von der Rechtsmedizin war gerade eingetroffen und machte sich neben der Leiche breit.

»Wonach sieht das hier aus?«, herrschte Petter ihn an. »Doch wohl nach Unfall oder Selbstmord, oder?«

»Ich bin nicht das Orakel von Delphi, junger Mann«, knurrte der Rechtsmediziner und begann, von Leuchtenberg auszuziehen.

Petter schnappte nach Luft, drückte sich die Hand gegen den Mund und würgte. Als Elmar verächtlich schnaubte, fuhr Petter ihn an: »Müssten Sie nicht längst wieder in Ihrem Kontaktbüro sein?«

Elmar nickte und verließ betont langsam das Zelt, in dem es jetzt ganz still geworden war.

»Und?«, fragte Eilers, der schon vor dem Zelt wartete. »Was ist mit der Runde Glühwein?«

Elmar hatte Mühe, seine Wut nicht an Eilers auszulassen. Wie konnte der nur schon wieder ans Saufen denken? »Wo zum Teufel sind die anderen Arschgesichter abgeblieben?«, fluchte er stattdessen laut.

»Mama, der Weihnachtsmann hat schlimme Wörter gesagt«, kreischte der Junge, dem sie vorhin schon am Glühweinstand unangenehm aufgefallen waren.

»Komm, Heinrich-Elias«, sagte die Mutter. »Das ist nicht der Weihnachtsmann. Das ist nur ein Besoffener, der sich verkleidet hat. Aber schau mal, da sind die lieben Christkinder.«

Das saß. »Was ist mit dem Glühwein?«, fragte Elmar. »Wir müssen jetzt auf einen mehr anstoßen.« Er zog Eilers mit sich fort.

Weihnachtlicher Apfelkuchen

Zutaten:
200 g Spekulatius
1,5 kg Äpfel
Zitronensaft
200 g Butter
150 g Puderzucker
Mark einer Vanilleschote
5 Eier
300 g Mehl
1 Päckchen Backpulver
1 Messerspitze gemahlene Nelken
1 Messerspitze Kardamom
250 ml Apfelsaft
Mandelblättchen
Zimt und Zucker zum Bestreuen

Zubereitung:
1. Spekulatius in eine Plastiktüte füllen und mit dem Nudelholz darüber rollen, bis alles fein zerkleinert ist. Äpfel schälen und in Scheiben schneiden, mit Zitronensaft beträufeln, damit sie nicht braun werden. Backofen auf 180 Grad (Ober-/Unterhitze) vorheizen.
2. Butter schmelzen, mit Puderzucker und Vanillemark verrühren, die Eier unterheben. Mehl, Backpulver, Nelken, Kardamom und Spekulatius vermischen, abwechselnd mit dem Saft unter die Butter-Ei-Masse rühren.
3. Den Teig auf ein mit Backpapier ausgelegtes Blech verteilen und mit den Apfelscheiben belegen, zuletzt die Mandelblättchen darüber verteilen. Kuchen etwa 40 Minuten backen und anschließend noch warm mit Zimt und Zucker bestreuen.

4. Dezember

Elmar schoss hoch und stieß mit dem Kopf von unten gegen die offene Schublade seines Schreibtisches. Er legte sich sofort wieder hin, denn vor seinen Augen tanzten Sterne.

Sein Weihnachtsmannmantel hatte Flecken und sah völlig zerknautscht aus. Die Zweige der Rute, die noch im Gürtel steckte, standen abgeknickt zu allen Seiten ab. Sein Schädel dröhnte, was nicht unbedingt von dem Zusammenstoß mit der Schublade kam. Er fühlte sich wie auf hoher See, und zu allem Überfluss sang Rudi mit schleppender Stimme in einer Endlosschleife dieses Lied. Wie es sich anhörte, gingen die Batterien zu Ende.

»Halt die Klappe«, keuchte Elmar völlig sinnlos. Er sollte aufstehen und dem Elch eins aufs Maul geben, damit er endlich Ruhe gab, aber der Mageninhalt schwappte Elmar schon bei der kleinsten Bewegung hoch. Langsam rappelte er sich auf.

»... *used to laugh and call him names* ...«, blökte Rudi und mahlte mit dem Kiefer. Elmar tastete sich bis zur Spüle vor und lehnte sich mit dem Rücken dagegen. So drehte sich die Welt zwar langsamer, aber in seinem Schädel sprengte trotzdem ein Presslufthammer Löcher in den Asphalt.

Es war ziemlich dunkel im Büro und zudem eiskalt. Elmar konnte durch die Scheibe nach draußen sehen. Die Fußgängerzone wirkte verlassen, nur das schummrige Licht der Weihnachtsbeleuchtung drang zu ihm herein. Er blickte auf seine Uhr. Die Digitalanzeige verriet ihm, dass es kurz nach halb vier war. Früher Morgen. Ein Luftzug wehte eisig zu ihm hinüber. Die Tür stand halb offen. Elmar stieß sich von der Spüle ab, stieg über den umgekippten Mantelständer, riss die Tür ganz auf und sog die frostige Luft ein. Die Kälte brannte in den Lungen, weckte aber seine Lebensgeister.

Die Fußgängerzone sah schön aus um diese Zeit. Sehr weihnachtlich. Eiskristalle glitzerten im Licht der sanften Weihnachtsbeleuchtung. Elmar wurde es ganz warm ums Herz, obwohl ihm übel war und er mit den Zähnen klapperte. Deshalb schloss er die Tür hinter sich und verpasste dem Elch eins auf die Nase. Der verstummte augenblicklich. Dafür brummte in der Ferne ein Motor. Das konnte nur die Stadtreinigung sein, die um diese Zeit schon mit der Arbeit begann, was ihn daran erinnerte, dass es in seinem Büro aussah, als habe jemand eine Bombe gezündet.

Das Gedenken an die Gildekollegen war ein wenig aus dem Ruder gelaufen, vor allem wegen Eilers, dem Zockerkönig. Siedend heiß fiel Elmar plötzlich ein, dass letzte Nacht seine Dienstwaffe irgendwie im Spiel gewesen war. Er riss die Büroschublade ganz heraus und knallte sie auf die Tischplatte, wobei zwei Kaffeebecher, aus denen es stark nach Rum stank, samt Inhalt vom Tisch hüpften. Er wühlte in der Schublade herum, ohne die Waffe zu finden. Hatte er Eilers das Ding gegeben? Hatte er sie am Ende verwettet, verspielt, verzockt? Er schloss die Augen und kramte in seinem Hirn nach Resten von Erinnerung.

Er hatte sich gestern Abend mit Eilers vom Zelt entfernt und war am Glühweinstand dem Rest der Gilde sowie den Strickdamen begegnet. Addicks, Tietjohanns, Fangmann und Christian Meibach samt seinem Kompagnon Noah Grantler hatten in ihren roten Mänteln an der Theke gestanden. Meibach und Grantler kannte er nur flüchtig, er wusste aber, dass sie gemeinsam die Werbeagentur »Go!« betrieben. Friedhelm Hammberger, Erhard Hilfers und Hans-Georg Kühling waren schon gegangen, der Rest gar nicht erst aufgetaucht. Elmar erkannte auch den chronisch schlecht gelaunten Martin Kranzler, ehemaliger Direktor des Neuburger Gymnasiums. Er saß zwischen zwei Damen vom Strickverein und starrte in sein Punschglas, aus dem es dampfte.

Als der Weihnachtsmarkt um dreiundzwanzig Uhr schloss, hatte Elmar sich breitschlagen lassen, sein Büro für eine nächtliche Gedenkfeier zu Ehren der verstorbenen Weihnachtsmänner zur Verfügung zu stellen. Also kauften sie sich am Glühweinstand zwei Flaschen Rum, den dazugehörigen Tee wollten sie sich im Büro selbst kochen.

In Klardorfs Schaufenster war es dann hoch hergegangen, bis die Kollegen aufkreuzten, weil jemand einen Einbruch in das Büro des Kontaktbereichsbeamten gemeldet hatte.

Was dann passiert war, daran erinnerte Elmar sich nur schemenhaft.

Sie hatten auf dem Boden gesessen, die Weihnachtsmänner zusammen mit den Strickfrauen. In der Mitte hatte jemand eine leere Rumflasche kreiseln lassen. Und dann hatte Eilers, dieser spielsüchtige Tierarzt, irgendwas mit Elmars Dienstpistole vorgehabt.

Vor Elmars innerem Auge erschien das Bild, wie Eilers seine Waffe in der Hand gehalten hatte. Die Knie gaben ihm nach. Er musste sich am Schreibtisch festhalten. Wenn die Herrmann das spitzkriegte, würde sie ihn an die Christkinder verfüttern. Er stöhnte auf. Irgendwo musste das blöde Ding doch sein! Schlimmstenfalls hatte Eilers die Waffe mit nach Hause genommen, aber viel wahrscheinlicher lag sie hier irgendwo herum.

Er zwang sich zur Ruhe und blickte sich in dem Chaos um. Die mühsam angebrachte Weihnachtsdekoration hing kreuz und quer im Raum, der Boden war übersät, nichts war mehr an seinem Platz. In einer Ecke türmte sich ein Berg aus Akten, Elmars Wechselklamotten und lauter Kram auf. Jemand hatte sogar seinen Mantel unter dem Krempel vergessen. Es würde Stunden dauern, bis er das alles aufgeräumt hatte.

Er stand auf, um Licht zu machen und sich erst mal einen Kaffee zu kochen. Während die Maschine altersschwach vor sich hingurgelte, kniete Elmar sich vor den Haufen, um als Erstes die Akten wieder an ihren Platz zu stellen. Unter dem vergessenen Mantel ragte ein Paar Stiefel hervor. Elmar blickte an sich hinunter. Seine eigenen hatte er noch an den Füßen. Er packte die Stiefel, um sie herausziehen, aber sie steckten fest, und zwar an zwei Beinen. Elmar stöhnte auf. Jemand schlief hier seinen Rausch aus. Elmar kramte ein paar Dinge weg, und zum Vorschein kam Klaus Eilers. Ein Rinnsal Blut war aus einem kleinen Loch über der Nasenwurzel gesickert. In der Hand hielt er die vermisste Waffe.

»Was haben Sie sich eigentlich dabei gedacht?«, schrie die Herrmann ihn drei Stunden später an. Er saß in ihrem Büro und wäre am liebsten im Boden versunken. Das Schlimmste aber war, dass er gut verstehen konnte, warum seine Chefin die denkbar schlechteste Laune hatte.

»Nichts«, antwortete er zerknirscht und hob die Schultern.

»Ich habe die Gildemitglieder in mein Büro eingeladen. Wegen dieser Gedenkfeier —«

»Was denn für eine Gedenkfeier?«

»Zu Ehren der drei Verstorbenen.«

Die Herrmann schnaubte. »Inzwischen schon vier!« Sie schlug sich gegen die Stirn. »Erschießt der sich mit Ihrer Dienstwaffe. Erklären Sie mir das, Wind!«

»Ich habe einen totalen Filmriss.«

»Kein Wunder. Zwei Komma vier Promille. Vor einer Stunde noch.«

»Werde ich jetzt suspendiert?«

Seine Chefin beugte sich über den Schreibtisch. Er hatte sie noch nie ungeschminkt gesehen. Eigentlich sah sie ganz nett aus ohne die schwarz umrandeten Augen und den blutroten Lippenstift.

»Wenn es wirklich stimmt, dann wäre Suspendierung noch die gnädigste Strafe. Sie können froh sein, wenn wir Sie nicht bei Wasser und Brot einbuchten, Sie Weihnachtsmann!«

Elmar nickte betreten.

In diesem Moment klingelte ihr Handy. Sie nahm das Gespräch an und horchte eine Weile. »Ja. Gut. Danke«, sagte sie trocken, legte das Handy langsam zurück und schloss die Augen, als müsse sie sich sammeln. »Sie können jetzt gehen.«

Elmar glaubte, sich verhört zu haben. »Was kann ich?«

»Gehen.« Sie öffnete die Augen wieder. »Hauen Sie ab. Aber halten Sie sich zur Verfügung.«

»Ich habe doch —«

»Ihre Dienstwaffe wurde gefunden. Im Maul von diesem singenden Vieh. Meine Güte, wenn es einen Preis für weihnachtliche Geschmacksverirrung gäbe, Sie hätten ihn garantiert schon längst gewonnen.«

»Dann hat Eilers sich gar nicht …?«

»Die Waffe, mit der Eilers sich ins Jenseits befördert hat, ist nach den bisherigen Erkenntnissen seine eigene.«

Elmars Herz schlug schneller. »Dann bin ich also unschuldig?«

»Wir wollen nicht gleich übertreiben. Es bleibt die Sache

52

mit der wilden Fete und dem unsachgemäßen Umgang mit Ihrer Dienstwaffe. Das reicht für ein Disziplinarverfahren.«

In Elmars Hirn ploppte eine Erinnerung auf. »Eilers wollte unbedingt meine Dienstwaffe haben. Er wurde geradezu aufdringlich.«

»Was wollte er überhaupt mit der Waffe?«

Elmar zuckte die Achseln und fuhr fort. »Ich habe sie dann vorsorglich in Rudis Rachen versteckt.« Er schlug sich vor den Kopf. »Dann lag es gar nicht an den Batterien!«

»Hä?«

Elmar ging nicht weiter darauf ein. Er rieb seine Stirn und versuchte, die wenigen Erinnerungsfetzen zusammenzufügen. »Eilers ist kurz weg gewesen und kam mit seiner Knarre wieder, er hat seine Praxis ja ganz in der Nähe und ...«

»Und?«

Elmar hob resigniert die Schultern. »Ich weiß es nicht. Soll ich meine Dienstmarke jetzt doch abgeben?«

»Das hätten Sie gern, was?«, blaffte seine Chefin ihn an. »Nur noch den Weihnachtsmann geben, Plätzchen essen und sich mit den Damen vom Strickverein ins Koma saufen?«

»Strickfrauen saufen nicht«, rief Elmar empört, denn die Damen mit dem leckeren Kuchen konnten seiner Meinung nach nichts dafür, dass die Fete derart aus dem Ruder gelaufen war.

»Was glauben Sie, was morgen in der Zeitung steht?«, fragte seine Chefin. »›Mysteriöses Weihnachtsmannsterben in Neuburg‹.«

»Ich denke, dass jemand der Gilde ans Leder will. Da hilft jemand nach.«

»Warum sind Sie sich da so sicher?«

»Na ja«, er knetete verlegen seine Hände, »es gibt nun mal nichts Schöneres auf der Welt als Weihnachtsmann zu sein. Wir haben keinen Grund, uns selbst umzubringen.«

»Wer hätte denn einen, Sie umzubringen?«

»Ich tippe auf die Christkinder.«

»So einen Blödsinn habe ich schon lange nicht mehr gehört. Und jetzt gehen Sie dahin, wo Sie hingehören.«

»In mein Büro?«

»In dieses bescheuerte Weihnachtszelt. Sie passen auf, dass es keine weiteren Toten gibt, verstanden? Ihr Büro bleibt vorerst geschlossen.«

Elmar war von der Wache dann erst einmal nach Hause geradelt, hatte sich unter die Dusche gestellt und anschließend, um seine Nerven zu beruhigen, einen weihnachtlichen Apfelkuchen gebacken.

Klaus Eilers hätte heute Dienst gehabt, aber der Tierarzt war aus verständlichen Gründen verhindert. Er lag jetzt in einem Kühlfach der Rechtsmedizin neben Janssen, Frommel und Konstantin von Leuchtenberg. Elmar kannte das Programm, das Eilers sich für das Weihnachtszelt ausgedacht hatte, und es behagte ihm nicht. Der Tierarzt hatte die oberen Jahrgänge des Neuburger Gymnasiums zu einem Pokerturnier in das Zelt geladen, mit der Begründung, der jungen Generation etwas bieten zu wollen. Elmar beschloss, die Veranstaltung abzusagen.

Als er eine halbe Stunde, bevor der Weihnachtsmarkt öffnete, mit seinem Kuchenblech vor dem Zelt stand, sprach ihn jemand von hinten an.

»Na? Noch am Leben?«

Elmar drehte sich um. Inzwischen kannte er die Stimme und war nicht überrascht. »Frau von Leuchtenberg, ich habe zu tun.«

»Schon der vierte tote Weihnachtsmann. Gibt euch das nicht zu denken?«

»Ein wenig.«

»Und welche Schlüsse zieht die Polizei?«

»Wo waren Sie denn letzte Nacht?«

Sie trat einen Schritt auf ihn zu. »Du verdächtigst mich?«

»Warum nicht?«

»Hör mal gut zu. Mein Cousin ist einer der Toten. Ich bringe doch kein Familienmitglied um.«

»Die meisten Verbrechen geschehen innerhalb der Familie. Besonders beim Adel.«

»Vielleicht früher mal. Und jetzt verrate mir, wann die Leiche meines Cousins freigegeben wird. Ich muss die Beerdigung vorbereiten.« Sie kniff die Augen zusammen. »Was treibst du dich eigentlich schon wieder hier rum?«

»Ich bin beauftragt, die Gilde zu schützen. Und ich fordere den Verein der Christkinder auf, dass Sie sich von uns fernhalten.«

Charlotte brach in Gelächter aus. »Du glaubst tatsächlich, dass wir euch an den Kragen wollen? Warum sollten wir so was Bescheuertes tun? Ohne euch hätten wir doch gar keinen Spaß mehr. Wir freuen uns schon das ganze Jahr darauf, die Weihnachtsmänner zu ärgern.«

»Ihr freut euch darauf, Weihnachtsmänner zu mobben?«

»Ja, natürlich.«

Es lag an Elmars dünnem Nervenkostüm, dass er plötzlich rot sah. Doch bevor er handgreiflich werden konnte, unterbrach ihn jemand von hinten.

»Herr Wind, ich muss Sie leider noch mal mit auf die Wache nehmen«, sagte Petter, der seine Genugtuung nicht verbergen konnte.

»Warum?«

»Ihre Fingerabdrücke wurden auf der Tatwaffe gefunden.«

»Meine?«, fragte Elmar völlig perplex.

Petter grinste zufrieden. »Ihre und noch einige andere. Wie es scheint, hat sich die gesamte Gilde darauf verewigt.«

»Aber ...« Elmar schloss die Augen und hielt sich an Petter fest, weil der gerade in greifbarer Nähe stand. Die Erinnerung holte ihn ein wie ein Tsunami und ließ ihn schwanken. »Mein Gott, wir haben es getan«, flüsterte er.

»Was haben Sie getan?«

»Wir haben russisches Roulette gespielt.«

Lebkuchenhaus

Zutaten:
1 kg Honig
750 g Mehl
1 Ei
1 Messerspitze Hirschhornsalz
2 TL Lebkuchengewürz
1 Prise gemahlenen Ingwer
1 Messerspitze Muskat
2 EL Zimt
1 Messerspitze Nelkenpulver
Pappschablone für Hauswände und Dach
Zum Verzieren: Guss, bunte Zuckerstreusel, Nüsse, Kuvertüre

Zubereitung:
1. Vorteig einen Tag zuvor zubereiten: Honig erwärmen, bis er flüssig ist, etwas abkühlen lassen, dann mit Mehl, Ei und Gewürzen verrühren. Kühl und offen über Nacht ruhen lassen.
2. Den Backofen auf 160 Grad (Ober-/Unterhitze) vorheizen. Dann den Teig fingerdick ausrollen, nach den Schablonen ausschneiden und auf der mittleren Schiene 15 Minuten backen.
3. Die Teigplatten werden mit einer Eiweiß-Puderzucker-Masse aneinandergeklebt. Mit Guss, bunten Zuckerstreuseln, Nüssen, Kuvertüre usw. nach Belieben verzieren.

5. Dezember

Julia Herrmann hatte sie alle die ganze Nacht streng verhört und erst am Morgen wieder gehen lassen.

Diejenigen, die bei dem nächtlichen Besäufnis in Elmars Büro dabei gewesen waren, also Kranzler, Tietjohanns, Addicks, Fangmann, Christian Meibach, sein Kompagnon Noah Grantler und er selbst, wurden unter Hausarrest gestellt. Der

Rest der Gilde wurde aufgefordert, sich zur Verfügung zu halten.

Während die meisten wie Elmar unter Gedächtnislücken litten, behaupteten Addicks und Fangmann steif und fest, dass Eilers selbst die bescheuerte Idee vom russischen Roulette in die Welt gesetzt hatte. Sie bestätigten auch Elmars Geschichte, dass dieser seine Dienstwaffe nicht hatte hergeben wollen und Eilers schließlich seine eigene Pistole geholt und stolz herumgezeigt hätte, daher die Fingerabdrücke. Dann hätte er gegen den Protest der anderen mit dem tödlichen Spiel begonnen – mit dem bekannten Ergebnis.

Da bei keinem der Verdächtigen Schmauchspuren an den Händen nachzuweisen waren, musste die Herrmann sie schließlich alle wieder gehen lassen.

Elmar war nun doch bis auf Weiteres vom Dienst suspendiert. Zu allem Überfluss hatte er sich die ganze Nacht in der Arrestzelle Martin Kranzlers Gedichtvortrag anhören müssen. Der alte Lehrer liebte die Lyrik und war stolz auf sein Repertoire, das er auswendig rezitierte, sobald sich die Gelegenheit dazu bot, zum Beispiel heute. Der 5. Dezember war Kranzlers Tag. Nach der gemeinsamen Nacht in der Zelle hegte Elmar allerdings den leisen Verdacht, dass Kranzler mit der Werktreue seiner Gedichte recht großzügig umging. Storms Gedicht »Knecht Ruprecht« fing seiner Meinung nicht so an: »Von drinn' vom Knaste komm ich her, ich muss euch sagen, das stinkt mir schon sehr. All überall auf den Wachturmspitzen sah ich blanke Gewehrläufe blitzen.«

Gerade war es kurz vor elf, als Elmar in seiner Küche stand, die Arme bis zu den Ellbogen im Teig, und voller Hingabe knetete. Da er jetzt viel Zeit hatte und sich sowieso nicht aus seiner Wohnung entfernen durfte, hatte er sich vorgenommen, ein Lebkuchenhaus zu machen. Das war aufwendig und brauchte viel Geduld, genau das Richtige, um düstere Gedanken zu verscheuchen.

Elmars Telefon klingelte. Schnell streifte er den Teig von den Händen, was ihm in der Eile natürlich nicht vollkommen gelang, und fasste den Hörer seines altmodischen Apparates mit spitzen Fingern, um ihn ans Ohr zu heben. »Ja?«

»Wind? Sind Sie das?« Das war die Stimme seiner Chefin.

Elmars Laune sank in den Keller. »Was gibt es?«

»Sie müssen sofort in Ihr Büro.«

»Ich bin doch suspendiert und stehe unter Hausarrest.«

»Jetzt nicht mehr.«

»Warum? Wer braucht mich denn?«

»Das Weihnachtsgeschäft. Klardorf macht mir die Hölle heiß. Morgen ist Nikolaus, und die Leute rennen ihm die Bude ein.«

»Na und?«

»Es gab eine Schlägerei um die letzten Smartphones zum Aktionspreis.«

»Und ich backe ein Lebkuchenhaus.«

Eine kleine Weile war es still in der Leitung, dann räusperte die Herrmann sich. Als sie weitersprach, klang sie bemüht freundlich. »Herr Wind. Sie sind doch einer unserer verlässlichsten Kollegen, dem man vertrauen kann, nicht wahr?«

»Ist das so?«

»Dass Sie in diese Weihnachtsmanntragödie hineingeraten sind, das ist … nun ja … ich will mal sagen: Pech. Aber wir sind ja keine Unmenschen bei der Polizei. Jedenfalls …«, sie schluckte vernehmlich, »… also, der Polizeipräsident persönlich hat Ihre Suspendierung und alles andere aufgehoben. Wir brauchen Sie … Elmar.« Die letzten Worte waren ihr nur schwer über die Lippen gekommen, und Elmar horchte ihnen nach.

»Ich soll Ihnen mitteilen«, fuhr seine Chefin fort, »dass Sie Ihren Dienst im Kontaktbüro unverzüglich wieder antreten sollen.«

»Das verstehe ich nicht.«

Julia Herrmann senkte die Stimme. »Klardorf hat gedroht, die Medien einzuschalten. Sein Schwager ist der Chefredakteur vom Neuburger Boten und Golfpartner von Klardorf.«

»Ach, daher weht der Wind.«

»Schön gesagt.«

»Was ist mit meinem Dienstausweis?«

»Ich lasse ihn in Ihr Büro bringen. Und noch etwas. Ich will keine weiteren Tragödien mehr, verstanden?«

»Ich auch nicht, glauben Sie mir.«

Kurze Zeit später stand Elmar in seinem Weihnachtsmanngewand mitten im Chaos seines Büros. In der Ecke hinter der Tür konnte er noch deutlich die Kreidestriche auf dem Boden erkennen, die die Umrisse eines menschlichen Körpers zeigten. Elmar hätte liebend gern zuerst einmal aufgeräumt, bevor er bei Klardorf Patrouille lief. Aber der Inhaber hatte mächtigen Druck gemacht. Kein Wunder. Einen Tag vor Nikolaus warb das Kaufhaus mit Superrabatten. Aus dem Lautsprecher in der Decke forderte Peter Alexander passenderweise auf: »Lasst uns froh und munter sein!« Elmar entschied sich für den Kontrollgang.

Das Kaufhaus war so voll wie zu verkaufsoffenen Sonntagen an Jahrmarktswochenenden. Die Leute schubsten sich gegenseitig von den Regalen weg, um an die Sonderangebote zu kommen. Für jedes Produkt außer Tierfutter, Herrensocken und Zahnpasta gab es zehn Prozent Rabatt. Der Knaller war jedoch das brandneue iPhone von Apple, für das Klardorf den Preis um ein Drittel gesenkt hatte. Das bedeutete Krieg.

Die Verkäuferinnen standen mit hochroten Köpfen hinter den Kassen und kassierten im Akkord, während Packhilfen den Kram in Geschenkpapier einwickelten. In Elmars Kindheit hatte der Nikolaus Nüsse, Apfelsinen und Schokolade gebracht. Heute war der 6. Dezember zu einer Art Heiligabend auf Probe mutiert. Was man jetzt geschenkemäßig verbockte, konnte man achtzehn Tage später wieder wettmachen.

Elmar wurde auf zwei elegant gekleidete Damen aufmerksam, die vor einem Regal mit exklusiven Herrendüften um die letzte Flasche einer besonderen Marke rangen.

»Die ist für meinen Mann«, schimpfte eine der beiden.

»Ihr Mann! Wer ist das schon?«

»Er fährt einen nagelneuen SUV.«

»Meiner ist Facility-Manager eines großen Unternehmens.«

»Dafür spielt meiner Golf.«

»Und meiner kann Wasserski.«

Immer mehr Leute blieben stehen, aber von hinten drängelten andere nach, was zu einigen Rangeleien führte. Als es zu ersten Handgreiflichkeiten kam, entschloss Elmar sich, einzuschreiten. Er zückte die Rute und schob sich durch die Masse bis zu den beiden Streithennen durch.

»Nun ist es aber genug, meine Damen. Morgen ist Nikolaus, und da wollen wir uns doch nicht streiten, oder?«

»Doch«, sagten beide wie aus einem Mund.

»Verpiss dich, du Weihnachtsmann«, rief ein Kerl aus dem Pulk der Schaulustigen. »Gerade wurde es spannend.«

»Haut euch doch endlich«, feuerte eine Frau die Kontrahentinnen an. Elmar hörte mit einem Ohr, wie erste Wetten abgeschlossen wurden, wer den Herrenduft erringen würde.

»Halt«, schrie Elmar und wedelte mit der Rute in der Luft herum. »Stopp! Was ist denn das für ein Benehmen? Denken Sie mal an die Kinder. Ist das etwa ein gutes Vorbild?«

»Welche Kinder denn?«, fragte jemand. Elmar sah sich um. Er konnte tatsächlich keinen einzigen Menschen unter dreißig entdecken, dafür aber viele über sechzig. Das irritierte ihn ein wenig, aber dann beschloss er, seine Strategie zu ändern, steckte die Rute wieder weg und zog die Plätzchendose aus dem Sack, in dem er noch einen Rest Orangenplätzchen hatte. Er öffnete sie und hielt sie den Leuten hin.

»Ho, ho, ho. Der Nikolaus bringt den Jungen und den Alten.«

»Ach, halt doch die Klappe!«

»Und das Parfüm gehört mir«, ging der Streit ungebremst weiter. Niemand griff in die Plätzchendose, denn alle wollten mitbekommen, wie es ausging. Elmar blickte genervt zur Decke und sah, wie die Überwachungskameras alle in seine Richtung schwenkten. Egbert Kapuschte, der sich hochtrabend Sicherheitschef nannte, hatte also auch schon mitbekommen, dass hier etwas schieflief. Elmar steckte die Dose weg und zückte seinen Ausweis.

»Polizei! Entweder gehen Sie jetzt friedlich weiter einkaufen, oder ich lasse das Kaufhaus schließen und nehme Ihre Personalien auf. Dann ist Schluss mit Schnäppchen.«

Augenblicklich wurde es still, bis auf die Musik, die weiter blechern aus den Lautsprechern dröhnte. »Eine Muh, eine Mäh, eine Täterätätä!«.

Nach weiteren angespannten Sekunden zogen die Ersten von dannen. Eine ältere Dame rempelte ihn im Vorbeigehen an und zischte: »Ich habe zehn Euro gewettet, dass die mit dem Wasserski-Mann gewinnt.«

Die beiden Kontrahentinnen hatten jedoch nicht vor, schon aufzugeben. Sie funkelten sich weiter wütend an. Elmar setzte ein väterliches Lächeln auf. »Wir werden uns doch einigen, wer dieses Parfüm bekommt, oder? Ich meine, es sind ja noch genug andere da, und die riechen auch nach irgendwas.«

Beide sahen ihn voller Verachtung an. »Sie haben keine Ahnung, oder?«

»Ich benutze ein Deo.«

»Wie primitiv! Und so was will hier für Ordnung sorgen.«

»Ich glaube, ich lasse mich dann doch lieber in der Parfümerie beraten«, bemerkte die Gattin des SUV-Fahrers schnippisch.

»Ich komme mit«, pflichtete die andere ihr bei, und einträchtig verließen sie das Kaufhaus.

Elmar sah ihnen ratlos nach. Was war denn falsch an Deo?

In diesem Moment hörte Elmar seinen Namen. »Der Kontaktbereichsbeamte Elmar Wind wird gebeten, sofort in die Elektronikabteilung zu kommen! Ich wiederhole: Achtung, ein Notfall. Der …«

Elmar rannte los, pflügte durch die Masse bis zu den Rolltreppen, nahm immer zwei Stufen auf einmal, denn die Abteilung, die ihn jetzt brauchte, war im zweiten Stock.

»Was ist denn passiert?«, fragte er atemlos eine Verkäuferin, als er angekommen war, und hielt ihr seinen Ausweis unter die Nase.

»Da ist einer, der will sich umbringen.«

»Was? Warum?«

»Weil die iPhones vom Aktionsangebot aus sind.«

»Wo ist er jetzt?«

Die Verkäuferin zeigte auf eine Menschenmenge. »Die stehen alle um ihn herum. Er hat eine Fonduegabel.«

»Will er sich damit erstechen?«

»Er will sie in eine Steckdose rammen, wenn er kein iPhone bekommt.«

Elmar eilte zu den Leuten und drängelte sich grob nach vorne. Da stand ein Mann, der einen ziemlich verzweifelten Eindruck machte. Wie beschrieben, hielt er eine Fonduegabel wenige Zentimeter von einer Steckdose entfernt, Tränen liefen ihm über die Wangen, und er zitterte am ganzen Leib.

»Das wollen wir jetzt aber nicht tun, oder?«, sagte Elmar mit seiner wärmsten Weihnachtsmannstimme.

»Doch!«

»Nur wegen so einem blöden Telefon? Ich meine, wir haben Weihnachten.«

»Eben«, begann der Mann zu jammern. »Meine Tochter bringt mich sowieso um, wenn sie zu Nikolaus kein neues iPhone bekommt. Ich bin erledigt.«

»Sehen Sie mal. Da sind noch genug andere Smartphones.«

Der Mann kam mit der erhobenen Gabel auf Elmar zu. »Ein anderes Smartphone? Sind Sie noch ganz bei Trost?« Er lief dunkelrot an, womit er Petter alle Ehre gemacht hätte, und fasste sich an die Brust. »Ich muss raus hier.«

Aus den Zuschauern lösten sich zwei Familienväter, die dem Lebensmüden mit verständnisvollen Blicken unter die Arme griffen und ihn zum Fahrstuhl geleiteten.

»Ein anderes Smartphone«, spuckte einer der Helfer ihm entgegen.

Aus den Lausprechern dröhnte jetzt in einer Technoversion das schöne Weihnachtslied »Süßer die Glocken nie klingen«, während in Elmars Hosentasche sein uraltes Klapphandy vibrierte.

»Gehen Sie sofort in das Weihnachtszelt«, befahl ihm Petter.

»Ich habe zu tun, bei Klardorf ist Aktionstag«, antwortete Elmar kühl und wollte das Gespräch schon wegdrücken, da hörte er Petter sagen: »Dieser Kranzler ist da drinnen und macht irgendwas. Erinnern Sie ihn daran, dass er unter Hausarrest steht, Weihnachtsmann hin oder her.«

»Warum machen Sie das nicht selbst?«

»Ich bin bei der Mordkommission!«

Elmar klappte sein Handy zusammen und steckte es ein. Er konnte sich schon vorstellen, was Kranzler in dem Weihnachtszelt machte, schließlich hatte er die ganze Nacht in Elmars Anwesenheit dafür geübt. Genervt drängelte er sich wieder zu den Rolltreppen durch.

Der Weihnachtsmarkt war ebenso voll wie die Geschäfte. Elmar ließ sich vorwärtsschieben, ignorierte den Stand der Christkinder, vor dem sich eine Menge Leute tummelten, denn hier gab es heute Jagertee und Brezeln für einen guten Zweck. Endlich erreichte er das Zelt und schob sich hinein.

Kranzler stand wie vermutet auf der Bühne, auf den Stühlen vor ihm sein Fanclub vom Literaturkreis, den er seit seiner Pensionierung leitete. Sieben alleinstehende Damen im vorgerückten Alter, die ihm an den Lippen hingen. Er war so vertieft in seinen Vortrag, dass er Elmar nicht bemerkte. Der blieb im Schatten stehen und wartete, er wollte Kranzler nicht unterbrechen.

... erscheint ein Licht,
du kennst es nicht,
es ist gar sehr klein,
und gehört dir allein,
das winzige Kerzelein,
es brennt am armen Tännelein,
so rein.

Die Damen seufzten und klatschten Beifall, als Kranzler geendet hatte.

Er breitete die Arme aus. »Das war ein Text aus meinem neuen Zyklus ›Zum Licht‹.«

Er trat von einem Fuß auf den anderen und wirkte seltsam aufgekratzt, vielleicht lag das an dem weiblichen Publikum, das ihm an den Lippen hing.

Eine Frau meldete sich. »Ich finde das Gedicht rhythmisch sehr interessant«, sagte sie. »Man hört quasi die Axt im Walde, die das ›arme Tännelein, so rein‹ abschlägt.«

Kranzler sprang hoch und klatschte vor Begeisterung in die Hände. »Ja!« Er bohrte seinen Zeigefinger in die Luft. »Das war spitze!«

Ihre Nachbarin schnippte ungeduldig mit dem Finger.

»Ja bitte?«

»Das ›Lichtlein‹ und das ›arme Tännelein, so rein‹ stellen für mich die zwei Pole unserer Gesellschaft dar. Hier das helle Licht, der Wohlstand, der Konsum, dort der Wald, das Ungezähmte, die geknechtete Natur.«

Kranzler drehte auf der Bühne eine Pirouette wie ein Tänzer. »Sehr schön! Eins«, rief er mit übertriebener Begeisterung. Er ignorierte den dritten Finger, der in die Höhe schnellte, und hüpfte mehrmals auf und ab wie ein Erstklässler, der überraschend schulfrei bekommen hat. Elmar fand seine Darbietung höchst seltsam.

»Das nächste kleine Gedicht, das ich vortragen möchte, heißt: ›Du mächtiger Stern in der Finsternis der Weihnachtsnacht‹.«

Ein weiteres Mal tigerte er hin und her, als suchte er den richtigen Platz, um dieses Werk vorzutragen. Dann blieb er stehen, als hätte er gemerkt, dass sein hyperaktiver Bewegungsdrang die anderen nervte. Er räusperte sich, hustete, fasste sich an den Hals und gab ein seltsam gurgelndes Geräusch von sich. Dann sank er überraschend zu Boden, zuckte noch ein-, zweimal und hörte endlich mit dem Gezappel auf.

»Sie wollen ihn nicht obduzieren lassen?«, fragte Elmar den jungen Kommissar, als die Bestatter den Zinksarg an ihnen vobei in das Zelt trugen.

Petter war vor die Tür gegangen und atmete durch den Mund. »Haben Sie nicht mitbekommen, was der Arzt gesagt hat? Herzinfarkt.« Petter würgte und hielt sich an der Leinwand des Zeltes fest. Dabei sah Kranzlers Leiche gar nicht so übel aus.

Elmar ließ ihn stehen. Es hatte keinen Sinn, mit diesem Schnösel zu streiten. Er ging zu dem Mediziner, der gerade seine Sachen einpackte. »Sie sind sich sicher, dass es ein Herzinfarkt war?«

»Zu neunundneunzig Prozent, ja.«

»Sie schließen aus, dass jemand nachgeholfen hat?«

Der Notarzt schloss seinen Koffer und erhob sich. »Wenn Sie meine Diagnose anzweifeln, lassen Sie ihn doch obduzieren.«

Elmar blickte zu Petter, der gerade wieder hereinkam. »Haben Sie das gehört?«

»Was?«

»Der Notarzt meint auch, wir sollten ihn obduzieren lassen.«

»Das habe ich nicht –«, protestierte der Arzt, wurde aber von Petter unterbrochen. »Wer soll denn bitte schön nachgeholfen haben? Ein ehemaliger Schüler, dem er mal eine schlechte Note gegeben hat?«

»Gute Idee.«

»Na, da kämen Sie ja als Erster in Frage.«

Elmar schnappte nach Luft. »Da hätte ich vergangene Nacht einen besseren Grund gehabt, ihm den Hals umzudrehen. Schüttelreime nonstop.«

»Was ist denn jetzt?«, fragte einer der Bestatter ungeduldig. »Rechtsmedizin oder was?«

»Schaffen Sie einfach die Leiche hier weg«, keuchte Petter.

Die Bestatter beugten sich über den alten Schulleiter und hoben ihn an. Petter wurde zur Abwechslung mal kreideweiß und stürzte wieder hinaus.

»Das ist der fünfte tote Weihnachtsmann in Folge«, rief Elmar ihm nach. »Sollte Ihnen das nicht zu denken geben?«

Jemand steckte ihm etwas zu. Es war einer der Bestatter, er lächelte mitfühlend. »Für alle Fälle«, sagte er. Dann trug er mit seinem Kollegen den Sarg hinaus. Elmar betrachtete das, was er in der Hand hielt. Es war eine Visitenkarte.

Knecht-Ruprecht-Kekse

Zutaten:
375 g Zucker
3 Eier
375 g Mehl
175 g Mandelstifte
80 g Zitronat
Schale einer unbehandelten Zitrone
1 Päckchen Pfefferkuchengewürz
1 Messerspitze Hirschhornsalz
3 EL gemahlener Kaffee
1 Prise Salz
Kuvertüre

Zubereitung:
1. Zucker und Eier cremig schlagen, nach und nach alle anderen Zutaten unterrühren. Das Hirschhornsalz mit etwas kaltem Wasser anrühren, bevor es in den Teig gegeben wird.
2. Den fertigen Teig zwei Stunden kühl ruhen lassen, dann noch mal durchkneten. Backofen auf 180 Grad (Ober-/Unterhitze) vorheizen. Den Teig auf einer bemehlten Arbeitsfläche fingerdick ausrollen, dann in circa 4 x 4 Zentimeter große Quadrate schneiden und auf ein mit Backpapier ausgelegtes Backblech legen. 10 Minuten backen.
3. Abkühlen lassen. Währenddessen die Kuvertüre im Wasserbad zum Schmelzen bringen und dann die Kekse damit bestreichen.

6. Dezember

Die Gilde demonstrierte Geschlossenheit, als sie sich in vollem Ornat vor dem Weihnachtszelt traf. Heute wollten sie von Herbert Janssen, Joseph Frommel und Konstantin von Leuchtenberg Abschied nehmen. Da weder die kriminaltechnische Untersuchung noch die Rechtsmedizin Hinweise auf Fremdverschulden bei einem von ihnen gefunden hatten, konnten die drei Verstorbenen an diesem 6. Dezember zu Grabe getragen werden. Nach Elmars Erfahrung mutete das wie ein Rausschmiss aus den Kühlkammern der Rechtsmedizin an. Er vermutete, dass auch hier Dr. Heiner Klardorf in seiner Eigenschaft als Firmeninhaber und Vorsitzender der Handels-und-Gewerbe-Vereinigung seine Finger im Spiel hatte. So viele Tote in unmittelbarer Nachbarschaft waren einfach nicht gut fürs Geschäft.

Albert Tietjohanns hatte sich bereit erklärt, die Trauerrede zu halten, obwohl er schon im Ruhestand war. Schließlich war er mal Pastor in Neuburg gewesen. Für den musikalischen Rahmen sorgte Leander von Ohmstedt, ebenfalls Gildemitglied und ausgebildeter Opernsänger, wie er nicht müde wurde zu betonen. Leider verschwieg er, dass er seine Stimme dem übermäßigen Genuss von Tabak und Whisky geopfert hatte. Dennoch beglückte er die Neuburger Bürger gern mit seinen Kammerkonzerten. Aktuell probte er mit einer jungen Pianistin ein neues Programm ein, das er am 17. Dezember im Weihnachtszelt aufführen wollte.

Am heutigen Nikolaustag würde er, wenn auch aus traurigem Anlass, eine Kostprobe zum Besten geben. Schade nur, dass Eilers und Kranzler immer noch im Kühlschrank der Rechtsmedizin tiefgekühlt wurden, mit ihnen zusammen wäre es eine runde Sache geworden.

Immerhin hatte die Herrmann den Hausarrest für die Gildemitglieder aufgehoben. Bei der Gelegenheit hatte sie Elmar sogar seine Dienstwaffe zurückgegeben mit den Worten: »Alles weist darauf hin, dass Ihr Weihnachtsmannkollege sich in einem Anfall von akuter Spielsucht selbst getötet hat. Aber jetzt ist Advent, und wir wollen endlich zu Ruhe und Besinnlichkeit zurückfinden.«

Auf die Frage, ob sie hier Klardorf zitierte, hatte Elmar keine Antwort bekommen.

»Wo bleibt denn unser Pressemann?«, beschwerte sich Tietjohanns. »Die Leute warten schon alle auf dem Friedhof.«

Addicks fehlte. Wahrscheinlich hatte er sich wieder irgendwo verquatscht.

»Meine Pianistin muss auch in die Schule zurück«, quengelte

der Opernsänger, aber in diesem Moment stürzte Addicks in das Zelt.

Er wedelte mit der neuesten Ausgabe des Neuburger Boten.

»Na? Schon gelesen?«, erklärte der Redakteur stolz.

»Nicht schon wieder eine Hiobsbotschaft!«

»Quatsch! Ich hab's auf die Titelseite geschafft.«

Elmar riss ihm die Zeitung aus der Hand und las den anderen vor: »›Mysteriöses Weihnachtsmannsterben in Neuburg. Geschenke bald auch gestorben?‹«

»Wir machen auch eine Meinungsumfrage«, rief Addicks aufgeregt.

»Was denn für eine Meinungsumfrage?«, wollte Friedhelm Hammberger wissen. Er hatte sich bisher eher im Hintergrund gehalten. Elmar wusste, dass er ein großes Callcenter im Gewerbegebiet betrieb.

»Was wollt ihr von den Leuten wissen?«, fragte Hammberger verächtlich. »Ob sie noch an den Weihnachtsmann glauben?«

Addicks schnappte beleidigt nach Luft. »Wir fragen, ob sie sich Neuburg ohne Weihnachtsmann überhaupt vorstellen können.«

»Ich denke, es ist gerade nicht der richtige Zeitpunkt, um das zu klären«, mischte Tietjohanns sich ein und zupfte das weiße Pastorenbeffchen zurecht, das er unter seinem Weihnachtsmannkostüm angelegt hatte. »Wir sollten aufbrechen.«

Eine Prozession von Weihnachtsmännern zog kurze Zeit später über den Weihnachtsmarkt in Richtung Friedhof. Vor dem Rathaus hing die Fahne mit dem Stadtwappen auf Halbmast. Die Neuburger unterbrachen kurz ihre Weihnachtseinkäufe, blieben stehen und sahen ihnen nach. Einige schlossen sich dem Zug sogar an. Es war ein trauriger Nikolaustag, und ein düsterer dazu, denn das Wetter war umgeschlagen. Die Temperaturen stiegen, und statt Schnee fiel nun Regen.

Elmar trottete in der letzten Reihe neben Fangmann her. Er war völlig übernächtigt, denn er hatte sich die Nacht wieder mal am Backofen um die Ohren geschlagen und Knecht-Ruprecht-

Kekse gebacken. Die würde es nach der Beisetzung zum Beerdigungskaffee geben, eine Geste zu Ehren der Verstorbenen. Elmar stöhnte auf.

»Geht es dir nicht gut?«, fragte Fangmann besorgt.

»Doch, doch. Ich denke nur gerade an die Kinder. Unser Pastor wäre heute an der Reihe gewesen, die Nikolausgeschenke an sie zu verteilen. Stattdessen muss er nun eine Trauerandacht halten. Die armen Kleinen werden enttäuscht sein.«

»Mach dir darüber keine Gedanken«, tröstete Fangmann. »Die sind eher enttäuscht, dass es nur Süßkram gibt.«

Elmar musste an den verzweifelten Vater denken, den er vor dem Selbstmord gerettet hatte, und nickte bekümmert.

»Weihnachten ist einfach nicht mehr das, was es mal war. Ist schon ziemlich frustrierend als Weihnachtsmann«, sagte Fangmann.

»Ob unsere Kollegen sich deshalb ...« Elmar strich bedeutungsschwer mit dem Finger von links nach rechts über seinen Hals.

»Wer weiß das schon? Man kann niemandem hinter die Stirn gucken.«

Elmar nickte bekümmert. »Aber warum gleich so ein Massensterben? Kranzler zum Beispiel. Der hat in der Schule damit geprahlt, wie abgehärtet er war. Hat jeden Morgen kalt geduscht.«

Fangmann nickte. »Ich weiß. Deshalb habe ich mal in der Kardiologie nachgefragt. So von Kollege zu Kollege.«

»Und?«

»Tja. Der liebe Martin hat vor einem halben Jahr einen Stent bekommen. Wenn man die ganze Aufregung der vergangenen Tage bedenkt ... Da kann die Pumpe schon mal schlappmachen.«

»Hast du dich über den Gesundheitszustand von unserem Pastor ebenfalls schlaugemacht?«, fragte Addicks, der vor ihnen ging und anscheinend gelauscht hatte. »Nicht, dass er heute auch den Abgang macht.«

»Hätte er einen Grund?«

»Er hat Dienst. Wie alle anderen, die dran glauben mussten.«

Bevor Elmar weiter darüber nachdenken konnte, waren sie bereits auf dem Friedhof angekommen. Vor der Kapelle wartete schon der Bestatter und blickte ihnen mit Leichenbittermiene entgegen. Eine nicht unerhebliche Anzahl von Neuburger Bürgern hatte sich ebenfalls dort eingefunden. Die junge Pianistin stand mit ihrem E-Piano bereit und rieb sich die Hände. Von Ohmstedt drängelte sich nach vorne und stimmte »Es kommt ein Schiff geladen« an.

Elmar erkannte den Bürgermeister, einige Stadträte, Dr. Klardorf und seine Chefin samt Petter. Sogar Dr. Karl aus der Rechtsmedizin war gekommen.

Tietjohanns öffnete die Tür zur Kapelle, und sie zogen ein, zuerst der Pastor, dann die Angehörigen, die Gilde und am Ende der Rest der Trauergemeinde. Jeweils zu zweit verharrten sie vor den drei Särgen, die üppiger Blumenschmuck zierte. Unterdrücktes Schluchzen und verhaltenes Schnäuzen waren zu hören. Die Pianistin eilte nach vorn, um ihr Instrument aufzustellen, dann stimmte sie getragene Weihnachtsmusik an.

Endlich trat der Pastor ans Rednerpult. Der rote Mantel irritierte ein wenig, aber sonst machte er einen stattlichen Eindruck. »Liebe Angehörige, liebe Freunde, liebe Gildemitglieder«, begann er salbungsvoll. »Wir haben uns heute hier versammelt, um drei echte Weihnachtsmänner zu Grabe zu tragen ...«

Elmar stiegen die Tränen in die Augen. Er schaffte es nicht, weiter zuzuhören, denn er brauchte alle Konzentration, um nicht vollends die Beherrschung zu verlieren. Seinen Dienst in der Gilde hatte er sich anders vorgestellt.

Das E-Piano setzte wieder ein, und alle erhoben sich.

Fangmann stieß Elmar in die Seite. »Nach vorne«, raunte er ihm ins Ohr. »Wir tragen den mittleren Sarg.«

Elmar stolperte dem Arzt hinterher. Gemeinsam hievten sie sich den Sarg auf die Schultern. Wer wohl darin lag? Er konnte es nicht einmal sagen. Es waren gerade noch genug

Weihnachtsmänner übrig, sechs Träger für jeden Verstorbenen. Die Gilde hatte sogar eine Grabstätte gekauft, in der sie nebeneinanderliegen konnten, und es war noch Platz für mehr. Elmar fand den Gedanken tröstlich, dass auch er irgendwann im Kreise der Weihnachtsmänner begraben sein würde. Er spürte, wie ihm jemand einen Tritt in die Kniekehle gab, und knickte ein, sodass er den Sarg kurz loslassen musste.

»Wir sind da«, raunte Addicks ihm zu.

Elmar hatte gar nicht bemerkt, dass sie schon am offenen Grab angekommen waren. Links und rechts von ihnen postierten sich die anderen mit ihrer traurigen Last. Von Ohmstedt setzte zu einem weiteren Lied an. Elmar ließ den Kopf sinken, denn er schämte sich seiner Tränen. Er blickte in die Grube, die mit Rasenteppich ausgelegt war. Es sah irgendwie schön aus. Weniger kalt als nackte Erde. Der Küster hatte einiges zu tun gehabt, diese riesige Grube auszuheben, und es würden in den nächsten Tagen sogar noch zwei Särge dazukommen. Buddeln im Akkord, und das in der Adventszeit.

Elmar vernahm mit einem Ohr, dass Tietjohanns wieder angefangen hatte zu reden. Er erzählte irgendwas vom Himmel und dass man sich dort nun über gestandene Weihnachtsmänner freuen könnte. Er und seine Kollegen standen direkt vor Tietjohanns, den sie mit ausgestrecktem Arm hätten berühren können. Elmar hoffte, dass das hier bald vorbei war.

Seine Gedanken schweiften wieder ab, bis ein heftiger Ruck ihn ins Hier und Jetzt zurückkatapultierte. Der Sarg auf seiner Schulter machte einen unerwarteten Satz nach vorne, als hätte ihm jemand von hinten einen kräftigen Stoß verpasst. Die Träger stolperten vorwärts und ließen instinktiv los, um nicht mitgerissen zu werden und am Ende selbst im Grab zu landen. Einer der schweren Messinggriffe schlug hart gegen Elmars Ohr. Er kippte zur Seite, hörte einen dumpfen Schlag, und gleichzeitig stöhnte jemand auf. War er das gewesen? Er rappelte sich auf die Knie. Der Sarg stand aufrecht in der Grube. Tietjohanns war verschwunden. Elmar verlor das Bewusstsein.

Als er wieder zu sich kam, lag er auf dem überlappenden

Teppichrasen. Die Herrmann beugte sich über ihn und starrte ihn an wie ein seltenes Insekt. Sie half ihm, sich aufzurichten. Sein Schädel brummte heftig.

»Der Notarzt ist sofort da.«

»Für wen?«

»Das ist die Frage«, sagte seine Chefin.

Elmar fasste sich an sein Ohr und zuckte zurück. Seine Hand war voller Blut. Er wandte den Kopf und sah Dr. Karl, der mitten in der Grube stand. Was um Himmels willen tat er da? In dem Moment kletterte der Rechtsmediziner wieder heraus.

»Und?«, fragte die Herrmann.

Der Arzt schüttelte den Kopf.

»Was ist hier los?«, wollte Elmar wissen.

Dr. Karl deutete nur auf das offene Grab, und Elmar erinnerte sich an den rutschenden Sarg auf seinen Schultern. Er rappelte sich auf und blickte in die Grube. Der Sarg, den Elmar auf seinen Schultern bis hierher getragen hatte, stand auf Tietjohanns Brust. Ein dünnes Rinnsal Blut sickerte aus seinen Mundwinkeln.

»Verflucht! Warum −«, Elmar kam nicht weiter, denn in diesem Moment preschten zwei Notarztwagen heran und kamen mit quietschenden Reifen zum Stehen. Die Helfer sprangen heraus, einige kamen zu ihnen gelaufen, einer wurde von Fangmann abgefangen, der ihn zu einer Bank führte, auf der Petter lag.

»Was hat der denn?«, fragte Elmar verblüfft.

Julia Herrmann holte tief Luft. »Er … ist ohnmächtig geworden.«

»Ach so.«

»Sie wissen ja. Er kann nicht so gut mit dem Tod …« Seine Chefin wurde rot, dann blass, schließlich kniff sie die Lippen zusammen und senkte den Blick.

Elmar runzelte die Stirn. »Chefin?«

»Er ist gegen den Sarg gestoßen. Wollte sich wohl daran festhalten.«

Elmar brauchte eine Weile, bis er das Gesagte verdaut hatte.

»Sie meinen, Ihr geschätzter Kollege Fredo Petter war es, der dem Sarg diesen Stoß verpasst hat?«

»Ja, meine Güte«, fuhr sie aus der Haut. »Eine Verkettung unglücklicher Umstände.«

»Kommt mir irgendwie bekannt vor.«

Omas Zimtsterne

Zutaten:
5 Eiweiß
450 g Puderzucker
500 g Mandeln
2 TL Zimt
1 EL Kirschwasser

Zubereitung:
1. Eiweiß steif schlagen, den Puderzucker unterrühren. Etwas von der Masse für die Glasur aufheben. In die übrige Eiweiß-Puderzucker-Masse Mandeln, Zimt und Kirschwasser rühren und den Teig eine Stunde zugedeckt und kühl ruhen lassen.
2. Die Arbeitsfläche mit Zucker bestreuen, den Teig darauf fingerdick ausrollen. Sterne ausstechen und mit der Eischneemasse bestreichen. Auf ein Backblech legen und über Nacht trocknen lassen.
3. Backofen auf 160 Grad (Ober-/Unterhitze) vorheizen. Die Zimtsterne 6 bis 7 Minuten backen.

7. Dezember

Am nächsten Morgen wachte Elmar wie gerädert auf. Sein Kopf fühlte sich an wie in einen Schraubstock gepresst. Bröckchenweise sickerten die Erinnerungen an den gestrigen Tag in sein Bewusstsein. Da war diese schreckliche Beerdigung gewesen, die Tietjohanns das Leben, ihn das linke Ohrläppchen und Petter, so hoffte er, den Job gekostet hatte. Letzteres wäre zumindest eine winzige Genugtuung für diesen schwärzesten aller Nikolaustage, den er jemals erlebt hatte. Statt im Zelt Süßigkeiten zu verteilen, hatte er am Grab gestanden, anschließend im Krankenhaus gelegen und zu guter Letzt wieder mal auf der Wache gesessen. Seine Chefin hatte ihn gnadenlos befragt, dabei gehörte er selbst zu den Opfern dieser Tragödie. Sogar auf den Knecht-Ruprecht-Keksen war er sitzen geblieben, denn den Beerdigungskaffee hatte die Gilde angesichts der Umstände abgesagt.

Das Gebäck hatte am Abend dennoch seine Abnehmer gefunden, denn Hammberger war auf die Idee gekommen, sie alle in sein Callcenter einzuladen, um die Ereignisse gemeinsam zu verdauen. Wieder mal hatte er zu viel getrunken. Irgendetwas war dort vorgefallen, das ihn unangenehm berührte. Sehr unangenehm. Elmar schoss hoch und verharrte sitzend, denn um ihn herum drehte sich das Zimmer. Als sich der Schwindel gelegt hatte, stellte er die Beine vorsichtig auf den Boden und starrte eine ganze Weile auf seine Füße. Irgendetwas irritierte ihn.

Er drehte sich um. Warum hatte er in seinem Bett diesen Berg von Decken und Kissen angehäuft? Und wann hatte er das getan? Der Berg kam in Bewegung und gab ein Stöhnen von sich. Elmar blieb vor Schreck fast das Herz stehen. Arme kamen zum Vorschein, schließlich eine ganze Gestalt. Elmar starrte auf das Wesen, und seine Lippen formten die Worte »Oh Gott, ein Kerl«.

Er schoss hoch und spürte weder Schwindel noch Übelkeit, nur noch blankes Entsetzen. Die Bettdecke rutschte ihm auf die Füße, und Elmar erkannte, dass er nackt war. Er fiel auf die Knie und kroch in seiner Verzweiflung hinter den Herrendiener, über den er seine Kleidung ordentlich abgelegt hatte, wie er es immer tat. Immerhin etwas.

In seinem Hirn ploppten mehrere Erinnerungen gleichzeitig auf. In Hammbergers Callcenter waren eine ganze Menge Frauen gewesen. Sie hatten telefoniert und dabei laszive Gespräche geführt, um nicht zu sagen, ziemlich versaute Sachen gesagt.

»Ruf mich an«, flüsterte Elmar, dem langsam schwante, was Hammberger in seinem Callcenter verkaufte. Die gedrückte Stimmung innerhalb der Gilde hatte das jedoch ganz erheblich gehoben, außer bei Elmar, der hatte heimgehen wollen, doch Bernd Brammstede hatte ihn davon abgehalten.

Der Wirt vom Neuburger »Ochsen« war mit Mitte fünfzig, ähnlich wie Elmar, eines der jüngsten Gildemitglieder, ein kleiner, rundlicher Typ, immer gut aufgelegt und jederzeit zu einem schlüpfrigen Witz bereit. Er hatte ihn genötigt, einen Zug von seiner Selbstgedrehten zu nehmen. Elmar rauchte eigentlich nur noch an seinem Geburtstag und zu Weihnachten, aber er hatte sich überreden lassen, ja, die Zigarette sogar zu Ende geraucht. Danach hatte er sich deutlich entspannter gefühlt. Geradezu heiter. Aber wie war es dazu gekommen, dass dieser Wirt jetzt in seinem Bett lag?

Ein Kopf erschien über dem Herrendiener. »Was machst du da, Elmy?«, fragte der Wirt und grinste breit.

Elmy? Für eine solch vertraute Ansprache gab es doch nur eine Erklärung, oder? Elmar schloss die Augen und betete inständig, dass seine Mutter ihn vom Himmel aus nicht sehen konnte. Als er sie wieder öffnete, grinste Brammstede ihn immer noch an.

»Soll ich uns allen einen Kaffee kochen?«, fragte er. Elmar nickte nur vage, unfähig, ein Wort herauszubringen. Und warum hatte er »uns allen« gesagt? Erwarteten sie Besuch?

»Wer kommt denn noch?«, stieß Elmar hervor.

Brammstede hob die Augenbrauen. »Niemand. Wir sind doch schon genug, oder?«

Der Wirt drehte sich um, klaubte seinen Weihnachtsmannmantel vom Bettläufer auf, um ihn sich um die nackten Schultern zu werfen.

Als der Wirt aus dem Zimmer gegangen war, kroch Elmar hinter dem Herrendiener hervor. Er trat vor die uralte Schminkkommode, die noch von seiner Großmutter stammte, und betrachtete sich. Dann klappte er die Flügel des Spiegels so zusammen, dass er, wenn er sich seitlich stellte, seine Rückseite sehen konnte. Alles war wie immer. Wonach suchte er überhaupt? Nach Knutschflecken am Po?

»Du bist so süß, Elmy«, hauchte eine weibliche Stimme hinter ihm.

Elmars Kopf ruckte so schnell herum, dass seine Halswirbel schmerzhaft knackten. Der Decken-und-Kissen-Berg war wieder in Bewegung gekommen. Diesmal blickte eine Frau daraus hervor, sie hatte drei Arme. Elmar blinzelte. Vielleicht hatte sein Kopf doch mehr abbekommen? Der dritte Arm verschwand jedenfalls nicht. Er stürzte ins Bad, wo er sich einschloss und zitternd stehen blieb. In der Küche hörte er Brammstede mit Geschirr klappern und »O du fröhliche« vor sich hinsummen.

Elmar stülpte sich die Duschhaube seiner Mutter über das verbundene Ohr und duschte ausgiebig. Er kam zu dem Schluss, dass er halluzinierte. Es gab Drogen, die lange wirkten. Irgendetwas hatte er zu sich genommen. Als das Wasser nur noch kalt aus dem Duschkopf kam, drehte er es ab und fischte nach einem Handtuch, um sich abzutrocknen. Wenn er gleich in die Küche ging, würde er allein sein.

Als er sich den Bademantel überzog, klopfte es jedoch an der Tür. »Wie willst du dein Ei? Hart oder weich?«

Elmar sog scharf die Luft ein. Den Wirt hatte er sich also nicht eingebildet. Und seine Frage klang, als ob die beiden schon seit zehn Jahren verheiratet wären.

»Ich esse keine Eier«, antwortete Elmar unwirsch, obwohl das nicht stimmte.

»Oh. Ich dachte nur, weil da so viele in deinem Kühlschrank liegen …«

»Die brauche ich zum Backen.«

»Ach so. Und wie trinkst du deinen Kaffee? Milch und Zucker?«

»Schwarz.«

Kurze Zeit später saßen sie sich in Elmars kleiner Küche gegenüber. Elmar musterte schweigend den Tisch. Er musste zugeben, dass Brammstede recht appetitlich gedeckt hatte, aber für wen waren die zwei zusätzlichen Gedecke?

»Wer kommt denn noch?«, fragte Elmar.

Jetzt lächelte Brammstede breit und hob den Zeigefinger. »Elmy! Sag nicht, du kannst dich an gar nichts erinnern.«

»Und du sag nicht immer Elmy zu mir!«

»Entschuldige.«

»Da war was in dem Tabak, oder?«

Brammstede ging nicht darauf ein. »Wir hatten einen, wie soll ich sagen … einen wirklich netten Abend. Und als Friedhelm uns aus seinem Callcenter rausgeschmissen hat, da hast du vorgeschlagen, dass wir zu dir zu gehen und –«

»Moment mal«, unterbrach ihn Elmar. »Ich habe euch eingeladen? Dich und diese Dreiarmige?«

»Was denn für eine Dreiarmige?«

»Schönen guten Morgen, ihr beiden Süßen«, kam es nun von der Tür her. Elmar fuhr herum. Da stand eine Frau und lächelte etwas verlegen. Sie hatte nur zwei Arme. Aber was hinter ihr stand, war viel schlimmer. Er fuhr so schnell hoch, dass sein Stuhl gegen die Küchenwand krachte.

»Ein Christkind in meiner Küche? In meinem Bett?« Elmar schnappte nach Luft und dann nach Brammstedes Hemdkragen. Er zog ihn über den Tisch, sodass das sorgfältig hergerichtete Frühstück durcheinanderrutschte. »Was ist das für ein Spiel, das du mit mir treibst? Christine Ammer in meinem Bett? Und wer ist die andere Frau?«

Brammstede riss sich los und rückte alles wieder an seinen Platz. »Das ist Karin. Und ich verstehe wirklich nicht, warum du dich so darüber aufregst.«

Elmar holte zitternd Luft. Er konnte kaum sprechen vor Zorn. »Ich bin ein Weihnachtsmann. Ein Gildeweihnachtsmann! Ebenso wie du. Und ein echter Weihnachtsmann gibt sich niemals mit einem Christkind ab.«

Brammstede setzte sich und lächelte nur wissend. Die beiden Frauen ließen sich ebenfalls nieder. Brammstede schlug genüsslich sein Ei auf. »Jetzt lasst uns frühstücken.«

»Frühstücken?«, schnappte Elmar.

Der Wirt ließ kurz den Löffel sinken. »Also, ich möchte nicht mit leerem Magen meinen Dienst im Weihnachtszelt antreten. Das ist ja schließlich für uns alle etwas Besonderes.«

»Wie kannst du jetzt an das Zelt denken? Bist du lebensmüde?«

»Wieso? Die Gefahr, von einem Sarg erschlagen zu werden, ist heute eher gering, und ich habe auch nicht vor, mich zu erschießen.«

Die Frauen lachten darüber, aber Elmar war jeglicher Appetit vergangen. »Ich habe immer gedacht, in der Gilde gibt es nur ehrenhafte Männer. Leute, die ihren Dienst auch ernst nehmen. Aber ihr habt ja nur Wein, Weib und Gesang im Kopf. Macht sogar gemeinsame Sache mit den Christkindern. Kein Wunder, dass euch das alles über den Kopf wächst. Irgendwann wird es einem dann zu viel, und schon kommt man auf dumme Gedanken.«

»Nun bleib mal locker«, versuchte Brammstede ihn zu beruhigen. »Was hast du denn erwartet? Dass wir wie Mönche leben?«

Elmar machte den Mund auf und wieder zu. Dann sackte er auf seinen Stuhl zurück. »Ich will einfach nur Advent feiern. Weihnachten. Meine Plätzchen backen und die Neuburger Bürger in Weihnachtsstimmung versetzen. Ist das zu viel verlangt?« Er spürte, wie ihm die Tränen in die Augen schossen. »Aber stattdessen gibt es das große Weihnachtsmannsterben. Und ihr benehmt euch, als wäre das nur ein lustiges Spiel.«

»*Shit happens*«, nuschelte Brammstede, der sich den Rest des Eis in den Mund gestopft hatte. »Nee, ehrlich, Elmar. Das mit den Unglücksfällen tut mir leid und geht mir auch irgendwie nahe, aber *the show must go on*. Lebe den Moment.« Er wandte sich den beiden Frauen zu und küsste sie auf die Wange.

»Ich möchte, dass ihr jetzt geht«, sagte Elmar schließlich und erhob sich wieder. »Ich müsste auch schon längst in meinem Büro sein.«

Christine blickte auf die Uhr an der Wand. »Ach du meine Güte! Ich muss auf den Markt. Wir backen heute Waffeln für das Müttergenesungswerk.«

Auch Brammstede trank seinen Kaffee aus. »Sehen wir uns später im Zelt, Elmar? Ich habe die Neuburger Tabledance-Gruppe eingeladen. Eintritt frei. Um siebzehn Uhr geht es los. War ein Tipp von Hammberger.«

Elmar schloss die Augen und schluckte. »Raus«, sagte er gefährlich leise.

Das Kontaktbüro sah immer noch aus, als habe ein Elefant hier gewütet. Es war so kalt, dass Elmar bei jedem Atemzug

Dampfwölkchen ausstieß. Der künstliche Kamin lag zertrümmert auf dem Boden, und die Weihnachtsbeleuchtung, die Elmar mit so viel Liebe zum Detail aufgehängt hatte, war nur noch rudimentär vorhanden. Rudi gab keinen Mucks mehr von sich, denn die Batterien hatten ihren Geist aufgegeben. Unordnung herrschte allenthalben, und in der Ecke hinter der Tür waren noch die Umrisse von Eilers Leiche zu sehen. Zeit, aufzuräumen, dachte Elmar, außerdem könnte ich bei Klardorf Batterien und einen neuen Heizlüfter kaufen. Vor allem auch die eine oder andere Lichterkette. Aber er fühlte sich wie gelähmt. Sogar das Weihnachtsmannkostüm, das er pflichtbewusst über die Uniform gezogen hatte, kam ihm seltsam fremd vor. Er hatte nicht einmal selbst gebacken, sondern Fertigteig aus dem Discounter geholt und ein paar Zimtsterne auf das Blech geworfen. Dabei hatte er nicht einmal Appetit.

Trübsinnig setzte er sich auf den Schreibtischstuhl. Aus dem Lautsprecher dröhnte der Bariton eines bekannten Schlagersängers, der mit rollendem R deutsche Weihnachtsweisen zum Besten gab, allerdings wurde er jäh unterbrochen. Ein Sprecher gab die aktuelle Rabattaktion durch: Rasierapparate und Toaster für die Hälfte. Elmar hoffte, dass das kein Anlass war, eine Fonduegabel in die Steckdose zu rammen.

Müde stützte er seinen Kopf in den Händen ab. Niemals hätte er es für möglich gehalten, dass er die Weihnachtszeit einmal schrecklich finden könnte, aber nun war es so weit. Innerhalb der Gilde wurde gesoffen, gezockt und gehurt, bis der Bestatter kam.

Er seufzte tief und beobachtete eine Weile das Treiben in der Fußgängerzone. Es war wieder kälter geworden. Die Temperaturen fuhren in diesem Dezember Achterbahn. Gestern hatte es bei acht Grad über null geregnet, heute war Dauerfrost angesagt. Sogar geschneit hatte es wieder ein wenig, und an einigen geschützten Stellen zeigte sich eine dünne Schneeschicht. Am Rand seines Schaufensters blühten zarte Eisblumen. Elmar erhob sich, rückte den Weihnachtsmannmantel zurecht und hockte sich vor das Fenster, um die Szenerie zu betrachten.

Ein Kind blieb stehen und beobachtete ihn dabei. Es mochte

zwei oder drei Jahre alt sein. Mit leuchtenden Augen sah es zuerst ihn an, dann die Frau, die es an der Hand hielt. »Tuck ma, Oma! Ein Weihnamann«, rief es aufgeregt.

Elmar musste lächeln, und in seinem Herzen ging ein kleines Licht an. Er erhob sich, holte die Plätzchendose hervor und trat zu den beiden nach draußen. Das Kind machte große Augen.

»Bist du immer schön brav gewesen?«, fragte Elmar. Das Kind schüttelte den Kopf.

»Macht nichts. Ich war auch nicht immer brav«, gestand Elmar und öffnete die Dose. Er hielt sie den beiden hin. Sie griffen zu, bedankten sich und zogen weiter. Elmar sah ihnen noch lange nach. Dann kehrte er in sein Büro zurück und begann mit dem Aufräumen.

Kurz vor fünf am Nachmittag war er endlich damit fertig und mit seinem Ergebnis höchst zufrieden. Der neue Kamin, den er bei Klardorf erstanden hatte, war ein wenig größer und wärmte sogar besser, auch das künstliche Feuer sah fast echt aus. Die Beleuchtung hing wieder an ihrem Platz, und Rudi sang wie ein junger Gott. Der Tag war größtenteils ruhig verlaufen, und Elmar fühlte sich etwas besser. Er dachte ernsthaft darüber nach, im Zelt vorbeizusehen. Schließlich war er nicht nur Weihnachtsmann, sondern auch Polizist und sollte dort sicherheitshalber alles überwachen. Außerdem war er ein klein wenig neugierig auf Brammstedes Programm. Es wunderte ihn, dass die Herrmann nichts von sich hatte hören lassen, wahrscheinlich plagte sie wegen Petter das schlechte Gewissen, und das war auch gut so.

Kurz entschlossen stapfte er los und stand keine zehn Minuten später vor dem Zelt, aus dem lauter Technobeat dröhnte. Einige Jugendliche lungerten kichernd vor dem Eingang herum und versuchten, einen Blick ins Innere zu erhaschen.

»Was ist denn hier los?«, fragte Elmar sie.

»Zieh Leine, Opa«, war die Antwort.

»Also hört mal, ich bin der Weihnachtsmann!«

»Steckst du uns jetzt in den Sack? Huh, da haben wir aber Angst.«

Elmar öffnete seinen roten Mantel und zeigte seine Polizeiuniform, die er darunter trug. Die Halbstarken machten große
Augen und dann, dass sie wegkamen.

Elmar betrat das Zelt. Der Lärm war ohrenbetäubend. Eine
Discokugel verteilte zuckendes Licht wie Konfetti, und im
Kegel eines Scheinwerfers wand sich eine Frau schlangengleich
um eine Stange, die aus einem massiven Tisch ragte. Sie war
mit einer roten Mütze und einem Puschelbikini bekleidet.

Hier drinnen war es brechend voll. Männer, vorwiegend
im vorgerückten Alter, standen dicht an dicht. Hinter einer
improvisierten Theke schenkte Brammstede Getränke aus.
Elmar drängelte sich zu ihm durch. Nun sah er auch die anderen Weihnachtsmänner, die sich um den Tisch der Tänzerin
herumquetschten.

»Na? Feierabend?«, überschrie Brammstede die laute Musik.

Elmar nickte.

»Bier? Glühwein? Grog?«

»Kaffee.«

»Hab ich nicht.«

In diesem Moment machte die Musik eine Pause. »Ich finde
das geschmacklos«, schimpfte Elmar.

Brammstede grinste. »Aber die Bude ist endlich mal voll.
Von uns sind auch alle gekommen, bis auf Hammberger. Der
muss noch arbeiten und kommt nach.«

Er schob Elmar ein Glas hin, aus dem es dampfte. »Grog.
Wärmt auf bei der Affenkälte.«

»Das solltest du lieber deiner Tänzerin geben«, schrie Elmar,
denn die Musik hatte dröhnend wieder eingesetzt. Er blickte
nur kurz zu der Frau hin. Die Tänzerin nestelte mit einer
Hand am Verschluss ihres fellbesetzten Bikinioberteils herum,
während sie sich mit der anderen an der Stange festhielt, dabei
sah sie ihn an. Dann riss sie sich den Fetzen vom Leib und
schleuderte ihn in seine Richtung. Das Dessous landete auf
Elmars Kopf, und es gab tosenden Beifall. Elmar riss es herunter
und machte, dass er wieder rauskam. Sein Gesicht glühte.

»Na, Elmy?«, sprach ihn jemand an, als er an der Bude der
Christkinder vorbeirannte. Er hatte gehofft, sie würden ihn

nicht sehen, denn sie waren mit Waffelbacken beschäftigt. Ihm blieb einfach nichts erspart.

»Ich habe zu tun«, knirschte er mit den Zähnen und eilte weiter.

»Was denn?«

»Ich muss ins Callcenter«, log er, »Hammberger abholen. Ist zu gefährlich für uns, so allein.«

»Ist ja süß«, hörte er Christine sagen.

Er legte einen Schritt zu, pflügte sich durch die Menschenmassen, die sich über den Markt wälzten, und atmete erst wieder auf, als er vor seinem Kontaktbüro stand. Ihm kam der Gedanke, dass das, was er sich da gerade aus den Fingern gesogen hatte, gar keine schlechte Idee war. Vielleicht könnte er so einige seiner Gedächtnislücken auffrischen, was die gestrige Fete dort anging. Also kettete er sein Fahrrad los und radelte ins Gewerbegebiet.

Neuburg war nicht gerade groß, und so brauchte er nur zehn Minuten, bis er vor dem Callcenter stand.

»Polizei. Ich möchte mit Ihrem Chef sprechen«, sagte er zu dem Pförtner, der am Eingang in einem Glaskasten saß. Er zeigte seinen Ausweis. Der Pförtner musterte Elmar von oben bis unten.

»Ich bin in der Gilde. Wie Ihr Chef. Wollte nur mal nach ihm sehen.«

»Erster Stock, letzte Tür links. Ich melde Sie an.«

Als Elmar vor dem Chefbüro angekommen war, klopfte er artig an die Tür. »Friedhelm? Ich bin's, Elmar. Kann ich reinkommen?«

Keine Antwort. Vielleicht war er schon fort? Elmar drückte die Klinke, die Tür schwang auf.

Ein riesiges weißes Sofa beherrschte den Raum, Hammberger saß in der Ecke dieses Sofas und blickte Elmar an. Sein Hemd war bis zum Bauchnabel aufgeknöpft, und auf dem Boden vor ihm lag etwas, das Elmar für einen Hauch von einem Damenslip hielt. Er wich erschrocken zurück. »Es tut mir leid, Friedhelm. Ich wollte nur mal kurz ...« Er schluckte den Rest des Satzes hinunter. »Friedhelm?«

Der Angesprochene rührte sich nicht, sondern starrte auf einen Punkt über Elmars Kopf. Der folgte seinem Blick, aber da war nichts als Tapetenmuster. Elmar hatte mal gehört, dass es Menschen gab, die auf diese Weise über etwas nachdachten. Also trat er näher und stupste seinem Weihnachtsmannkollegen leicht gegen die Schulter. Der neigte sich zur Seite und kippte um. Langsam schwante es Elmar, dass dieses seltsame Verhalten nicht an einer zu intensiven Tapetenmeditation liegen konnte. Mit zitterndem Zeigefinger prüfte er den Puls. Hammberger war tot. In der Hand entdeckte Elmar eine Pillenschachtel und las: »Erektosan. Potenzsteigernd«. Die Schachtel war leer.

Kokosmakronen

Zutaten:
2 Eiweiß
150 g Zucker
1 EL Zitronensaft
200 g Kokosraspeln
Backoblaten (50 Millimeter Durchmesser)

Zubereitung:
1. Eiweiß sehr steif schlagen, nach und nach Zucker, Zitronensaft und Kokosraspeln hinzufügen.
2. Backofen auf 150 Grad (Ober-/Unterhitze) vorheizen. Backoblaten auf ein mit Backpapier ausgelegtes Backblech verteilen, mit zwei Teelöffeln Teighäufchen daraufsetzen.
3. Im vorgeheizten Backofen bei 150 Grad circa 30 Minuten backen.

8. Dezember

»*W*as machen wir denn jetzt?«, fragte der Stadtarchivar Erhard Hilfers.

»Abwarten und Tee trinken«, nuschelte Bäckermeister Hans-Georg Kühling mit vollem Mund. Er hatte zu diesem Krisengipfel, den die Gilde am Morgen nach Hammbergers Tod in Brammstedes Gasthof »Zum Ochsen« abhielt, Brötchen gespendet.

Elmar kauerte in der hintersten Ecke, denn die Begegnung mit dem Wirt bereitete ihm immer noch Kopfschmerzen.

Brammstede tat jedoch so, als sei nichts geschehen. Gerade stellte er zwei Kannen Kaffee auf den Tisch und blickte in die Runde. »Eigentlich hätte es mich erwischen müssen.«

»Wieso?«, fragte Christian Meibach.

»Weil ich gestern Dienst hatte.«

Meibachs Kompagnon Noah Grantler nickte. »Unser Wirt hat recht«, sagte er mit unverkennbar amerikanischem Akzent, denn er stammte aus Ohio. »Hammberger hätte erst heute seinen Dienst gehabt.«

Bäckermeister Kühling stopfte sich den Rest seines Weltmeisterbrötchens in den Mund, bevor er zu sprechen begann. »Dann hat der Täter sich vielleicht im Datum geirrt?«

»Wenn es überhaupt einen Täter gibt«, warf Elmar ärgerlich ein. »Auch wenn es mir schwerfällt, aber in diesem Fall denke ich, dass er schlichtweg zu viele von den Potenzpillen geschluckt hat. Das kann böse enden.«

»Echt jetzt?«, fragte Hilfers erschrocken.

Elmar warf ihm einen leicht irritierten Blick zu.

»Was passiert jetzt eigentlich mit diesem Petter?«, fragte Kühling und stocherte in seinem Rührei herum.

Elmar hob die Schultern. Seit dem Vorfall auf dem Friedhof hatte er weder von der Herrmann noch von Petter etwas gehört. »Ich weiß es nicht. Die hüllen sich alle in Schweigen.«

»Jetzt sag doch mal, was du von der ganzen Sache hältst«, forderte Addicks ihn auf. »Schließlich bist du vom Fach.«

Alle Augen richteten sich auf Elmar. »Also«, begann er langsam und räusperte sich erst einmal ausgiebig, »ich habe mit der Rechtsmedizin gesprochen. Und mit meiner Chefin. Das war vor Tietjohanns tragischem Unfall. Sie sind der Meinung, dass alles auf eine Verkettung unglücklicher Umstände hinweist.«

»Die wollen allen Ernstes behaupten, die Gilde hat in diesem Jahr einfach nur Pech?«, schnaubte Addicks und schüttelte den Kopf. »Die machen es sich echt einfach.«

»Was ist denn mit diesen Christkindern? Warum fühlt ihr denen nicht auf den Zahn?«, schlug Hilfers vor. »Weiß doch jeder, dass die scharf sind auf unser Weihnachtszelt. Erst machen die sich einzeln an uns ran und dann …«, er fuhr sich mit der Handkante über den Hals, »zack und tot.«

Elmars Auge begann nervös zu zucken. Wusste der Archivar von dem Damenbesuch in seinem Bett?

»Erhard, ganz ehrlich, das finde ich ein bisschen weit hergeholt«, versuchte der Wirt Hilfers zu beschwichtigen, was
allerdings das Gegenteil bewirkte.

»Weit hergeholt?«, schnaubte Hilfers. »Die Existenz der Gilde
ist in Gefahr. Ach, was sage ich: das ganze Weihnachtsmann-
wesen! Eine jahrhundertealte urdeutsche Tradition wird gerade
ausgerottet, und wir sitzen hier und frühstücken.«

Kühling stimmte ihm zu. »Genau, aber für manche sind wir
anscheinend nicht mehr so wichtig. Wir tun es doch für die
Kinder. Und die Alten. Nicht auszudenken, wenn es uns nicht
mehr gäbe.«

»Meint ihr, da draußen ist jemand, der uns aus dem Weg
räumen will, weil wir zu altmodisch sind?«

»Vielleicht brauchen wir tatsächlich ein wenig frischen
Wind. Die Leute wollen Action, Event und Abenteuer.«

»Also gestern war die Bude voll«, warf Brammstede ein.

»Stimmt. Das war erfrischend anders.«

»Tabledance! Was hat das denn mit Weihnachten zu tun,
außer dass die Tänzerin eine rote Mütze aufhatte?«, wagte Elmar
zu widersprechen.

»Es hat mal ein anderes Publikum ins Zelt gelockt.«

»Und was soll dann als Nächstes kommen?«, fragte Hilfers
genervt. »Boxkampf? Pferdewetten?«

»Schaumdisco und Bullenreiten fänd ich auch interessant«,
fügte Noah Grantler hinzu.

Das reichte. Elmar sprang auf. »Seid ihr noch bei Trost?«,
schimpfte er. »Wir sind doch nicht dazu da, primitive Events
zu veranstalten, sondern Werte wie Besinnlichkeit, Stille und
Einkehr zu pflegen. Wir sind Weihnachtsmänner. Die letzten,
die noch von einer Zeitarbeitsfirma vermittelt werden.
Und was tun wir? Wir verraten unsere Ziele. Vielleicht bringen
sich deswegen so viele von uns um.«

Betretenes Schweigen war die Antwort. Elmar ließ sich
erschöpft auf seinen Stuhl zurückfallen und wischte sich den
Schweiß von der Stirn.

»Weiß eigentlich jemand, was Hammberger heute als Programm geplant hatte?«, fragte Noah Grantler nach einer Weile.

Mehrere Sekunden lang blieb es still. Dann murmelte der Wirt: »Er wollte ein Speeddating machen.«

»Das klingt ja auch schon wieder unanständig«, beschwerte sich Elmar.

»Na ja«, Brammstede knetete nervös seine Hände. »Es war sozusagen als Fortsetzung meiner Aktion gestern gedacht. Wir haben uns das zusammen überlegt, Hammberger und ich.« Er biss sich auf die Lippe.

»Du willst doch unser Weihnachtszelt nicht in ein Freudenhaus verwandeln, oder?«, fragte Elmar sehr leise. Er spürte, wie sich sein Magen zusammenzog.

»Nein!« Der Wirt hob die Arme. »Gott bewahre. Das ist nur so eine Art Singlebörse. Völlig harmlos.«

»Was muss man da machen?«

»Man sitzt sich gegenüber und hat fünf Minuten Zeit, sich vorzustellen, dann wird gewechselt. Am Ende kann man sich mit dem Menschen verabreden, der einem am besten gefallen hat.«

»Und was genau hat das mit Weihnachten zu tun?«, fragte Elmar zähneknirschend.

Der Wirt streckte sich. »Das liegt doch auf der Hand. Wer ist schon gern allein an den Feiertagen? Ich dachte, da könnten wir als Gilde ein bisschen helfen.«

»Und die Folgeveranstaltung ist dann Telefonsex für einsame Herzen? Oder ein kostenloser Shuttleservice ins nächste Bordell?«

Alle sahen betreten auf ihre Teller, was Elmar erst richtig in Fahrt brachte. »Da ist ja die Konkurrenz nebenan weihnachtlicher eingestellt als wir. Die Christkinder backen wenigstens Waffeln für das Müttergenesungswerk, während bei uns gestrippt wird!«

»Wir sind ja auch ein Männerclub«, warf Addicks ein.

Darauf wusste Elmar keine Antwort. Er war drauf und dran, alles hinzuschmeißen, da meldete sich ein kleiner Mann mit feurigen Augen zu Wort. Er trug einen dünnen Schnauzbart, sein schwarzes Haar hatte er nach hinten gegeelt. Bisher hatte er sich selten zu den Treffen der Gilde blicken lassen, wie einige andere auch, aber Elmar kannte ihn aus der Zeitung. Er nannte sich Antonio di Silva, hieß aber mit richtigem Namen Eugen Schaf. Er war früher Schauspieler gewesen und konkurrierte nun mit Leander von Ohmstedt um das kulturinteressierte Neuburger Publikum. Denn regelmäßig lud er zu Rezitationsabenden ein, vornehmlich zeitgleich mit von Ohmstedts Liederabenden. Sie pflegten eine erlesene Feindschaft.

»Ich hätte da eine Idee«, begann di Silva zögerlich, »die schwirrt mir schon länger im Kopf herum. Ich finde, sie vereinigt Event und Weihnachten auf schöne Weise.«

»Und die wäre?«

»Wir studieren ein Krippenspiel ein.«

Nach einer Schrecksekunde war allgemeines Gelächter zu hören.

»Und wer gibt den Esel?«, kicherte von Ohmstedt.

»Na, du willst doch sicher die Maria sein«, bemerkte di Silva beleidigt. »Du kannst ja so schön singen.«

»Oh Mann, wie primitiv«, ereiferte sich von Ohmstedt.

Brammstede war aufgesprungen und eilte hinter die Theke, wo er ein Tablett mit Schnapsgläsern füllte. »Leute, ich finde die Idee gar nicht mal so schlecht«, rief er begeistert. »Da ist alles mit drin: Tradition, Besinnlichkeit und Action.«

»Und wie stellst du dir das vor? Männergesangsverein statt Engelschor?«, fragte der Bäckermeister.

Von Ohmstedt schlug ihm auf die Schulter. »Das ist es! Ein Weihnachtsmannchor unter meiner Leitung.«

»Darauf sollten wir einen trinken.« Brammstede kam mit dem Tablett an den Tisch und verteilte die Gläser.

»Was ist das?«, fragte Elmar misstrauisch.

»Zum Frühstück immer Kosakenkaffee.« Er hob sein Glas. »Auf das erste Neuburger Weihnachtsmann-Krippenspiel.«

Sie prosteten sich zu und tranken.

»Bleibt trotzdem noch die Frage, wer die Maria spielt«, warf Fangmann ein und stellte sein Glas zurück. »Eine von den Christkindern?«

»Die spielt natürlich einer von uns«, bestimmte di Silva alias Eugen Schaf.

Elmar runzelte die Stirn. »Wie sieht das denn aus?«

»Die weiblichen Rollen wurden früher immer nur von Männern gespielt. Das ist sehr traditionell.«

»Das ist höchstens peinlich«, meinte Kühling und erntete zustimmendes Gemurmel.

»Haben wir denn überhaupt einen passenden Text?«, fragte Hilfers.

»Na ja«, bemerkte di Silva und betrachtete dabei eingehend seine manikürten Fingernägel, »zufällig trifft es sich, dass ich selbst etwas geschrieben habe. Ein modernes Weihnachtsstück. Es heißt ›Maria und Joseph beim verkaufsoffenen Adventssonntag‹.«

»Willst du das etwa bei Klardorf aufführen?«, fragte Elmar entsetzt.

»Ich dachte auch, es wäre etwas Traditionelleres«, wandte von Ohmstedt ein. »Warum nehmen wir nicht einfach den Bibeltext?« Er begann zu deklamieren: »Es begab sich aber zu der Zeit, da ein Gebot von Kaiser Augustus ausging, dass alle Welt sich sollte schätzen lassen, ein jeglicher —«

»Wir können uns dein Stück ja erst einmal ansehen«, unterbrach Meibach ihn.

»Also schön«, sagte di Silva, »dann treffen wir uns heute Nachmittag um fünfzehn Uhr im Weihnachtszelt. Ich bitte um Pünktlichkeit. Wer zu spät kommt, singt im Chor.«

Elmar hatte keinerlei Ambitionen auf eine Theaterrolle, dennoch siegte am Nachmittag sein Pflichtbewusstsein, und er kam pünktlich zur ersten Probe.

Von Ohmstedt saß am E-Piano und klimperte Weihnachtslieder vor sich hin. Als er Elmar entdeckte, hämmerte er einen Tusch in die Tasten. »Ah! Unser Sicherheitsbeauftragter. Wo sind die anderen?«

»Bin ich etwa der Erste?«

»Bis auf uns beide hat sich noch keiner hier blicken lassen. Nicht einmal der große Meister.«

Elmar kletterte auf die Bühne, wo die Luft ein wenig wärmer war. Seit drei Tagen lagen die Temperaturen weit unter dem

Gefrierpunkt. Elmar pustete in seine erstarrten Hände, denn trotz des neuen Kamins wurde es nie richtig warm in seinem Büro. »Meinst du, die kneifen alle?«, fragte er.

Bevor von Ohmstedt antworten konnte, kam ein rotes Knäuel aus Weihnachtsmännern hereingetorkelt. Als es sich entwirrt hatte, erkannte Elmar den Wirt, Hilfers, Kühling, Fangmann, Addicks, Maibach, Grantler und den Zooleiter Fabian Zimpel. Sie kicherten und halfen sich gegenseitig auf die Füße.

»Werdet ihr eigentlich auch mal nüchtern?««, fragte Elmar empört.

»Wir haben uns nur ein bisschen Mut gemacht«, meinte Brammstede mit schwerer Zunge.

»Und schon mal für die passende Ausstattung unseres Krippenspiels gesorgt«, ergänzte Zimpel.

»Wie meint ihr das?«, wollte von Ohmstedt wissen.

Brammstede winkte Zimpel zu. »Hol sie rein, Fabian. Der große Meister wird Augen machen.«

Der Zoodirektor ging wieder hinaus und kam kurze Zeit später mit einem Esel und einer Ziege wieder herein. Er band die aufgeregten Tiere an den Mittelpfahl des Zeltes. »Der Ochse hat nicht mehr in meinen Pferdeanhänger gepasst«, erklärte er, »aber wir dachten, die Ziege tut's auch. Die Milch ist auch gut für Säuglinge.«

Brammstede stimmte ihm zu und wankte dann Arm in Arm mit Hilfers zur Bühne. Die anderen folgten.

»Wo is denn unser Regisseur?«, fragte Zimpel, nachdem er sich umgesehen hatte.

»Wir haben keine Ahnung.«

»Vielleicht schreibt er sein Stück um.«

»Oder er is eingeschlafen.«

»Und was machen wir jetzt?«

»Wir proben den Chor«, schlug von Ohmstedt vor. »Dieser Schauspieler soll mir nicht vorwerfen, ich nehme die Sache nicht ernst. Wir fangen an mit ›Maria durch ein Dornwald ging‹.«

Doch bevor sie den ersten Ton anstimmen konnten, platzte Fredo Petter herein. »Hände hoch«, schrie der junge Kommissar, und seine Stimme überschlug sich dabei. Da er mit leeren Händen herumfuchtelte, hielten es die meisten für einen Witz.

»Haben sie dich schon wieder freigelassen?«, rief Kühling, aber das Feixen verging ihnen schnell.

Hinter Petter stürmten schwarz gekleidete Kampfmaschinen in das Zelt, allesamt beeindruckend bewaffnet.

»SEK?«, murmelte Elmar völlig überrumpelt. Seine Hände flogen wie die seiner Kollegen in die Luft.

»Ich nehme Sie alle fest! Alle«, schrie Petter. »Und dann geht es ab in den Knast.« Er sprang wie Rumpelstilzchen vor der Bühne herum. Wie aus dem Nichts war auch Julia Herrmann aufgetaucht. Der Esel in der Mitte untermalte das Chaos mit einem lautem Iah, und die Ziege bockte meckernd.

»Das Spiel ist aus«, kreischte Petter.

Die Chefin legte ihm eine Hand auf die Schulter. »Es ist gut, Fredo.«

»Darf ich fragen, was das soll?«, fragte Elmar.

»Sie werden verdächtigt, gemeinsam den ehemaligen Staatsschauspieler Antonio di Silva alias Eugen Schaf erschlagen zu haben.«

»Was? Aber er war vorhin noch bei uns.«

»Wir sind doch keine terroristische Vereinigung«, protestierte Brammstede, und alle stimmten ihm zu.

Petter wippte auf den Zehenballen. »Nun, wie es aussieht, sind Sie das doch. Acht Tote!«

»Sie haben doch bisher nichts Verdächtiges festgestellt«, muckte Elmar auf.

»Ha«, machte Petter, »das wird alles wieder aufgerollt. Alles!«

»Die Sache auf dem Friedhof auch?«

Petter wurde rot wie ein frisches Steak.

»Warum verdächtigen Sie uns auf einmal?«, wollte Meibach wissen.

Julia Herrmann schob Petter beiseite und baute sich vor ihnen auf. »Weil Sie so nett waren, den Mord auf di Silvas Anrufbeantworter anzukündigen, meine Herren.«

»Wie bitte?«

Die Herrmann schob den aufgedrehten Petter beiseite und

zog ein Notizbuch aus ihrer Jackentasche. Dann wandte sie sich dem Zoodirektor zu. »Herr Zimpel, stammt dieser Satz von Ihnen? ›Wehe, du besetzt mich als Maria, dann verfüttere ich dich an die Krokodile.‹«

Zimpel wurde blass. »Wir haben gar keine Krokodile«, flüsterte er, aber Elmars Chefin hatte sich schon dem Archivar Hilfers zugewandt.

»Ich spiele keine schwangere Frau! Oder ich hau dir den Text um die Ohren, bis du keinen Mucks mehr machst.‹ Kommt Ihnen das bekannt vor?«

Hilfers schnappte nach Luft. »Aber …«

»Und Sie beide?«, unterbrach die Herrmann lauernd, während sie Meibach und Grantler ins Visier nahm. »›Ich spiel den Joseph und Noah die Maria, verstanden? Wenn du einen von den anderen Idioten mit den Hauptrollen besetzt, bist du tot!‹ Soll ich weitermachen?« Sie blickte in die Runde, alle hielten die Köpfe gesenkt, bis auf Elmar.

»Das glaube ich nicht«, stieß er hervor.

»Nun, Herr Wind, Sie müssen zumindest nicht mit einer Festnahme rechnen. Sie und dieser Zeitungsfritze sind nicht auf dem AB.« Sie seufzte. »Leider.«

»Aber suspendiert sind Sie«, sagte Petter siegestrunken. »Diesmal wirklich.«

»Petter übernimmt vorübergehend Ihren Job bei Klardorf«, bestätigte Julia Herrmann.

»Und dann weht da ein anderer Wind«, ereiferte sich Petter. »Im wahrsten Sinne des Wortes.«

Julia Herrmann machte den SEK-Leuten ein Zeichen, sie ließen die Waffen sinken und begannen, den Männern Handschellen anzulegen.

»Finden Sie das nicht ein bisschen übertrieben?«, fragte Addicks. »Ich werde natürlich darüber berichten, das muss Ihnen klar sein.«

Petter schaute ihn böse an. »Passen Sie auf, was Sie schreiben. Sie könnten der Nächste sein.«

Mokkakekse

Zutaten:
150 g Butter
50 g Puderzucker
1 Eigelb
3 TL Instantkaffeepulver
125 g Mehl
1 EL Kakao
100 g Blockschokolade
3 EL Sahne
3 EL Rum
70 g dunkle Kuvertüre
45 Mokkabohnen

Zubereitung:
1. Geschmolzene Butter mit dem Puderzucker verrühren. Dann das Eigelb und 1 TL Kaffeepulver dazugeben und mit dem Mehl und dem Kakao verkneten.
2. Den Teig zu circa 3 Zentimeter dicken Rollen formen und eine Stunde in Folie verpackt kühl ruhen lassen.
3. Backofen auf 180 Grad (Ober-/Unterhitze) vorheizen. Die Rollen in fingerdicke Scheiben schneiden, auf einem mit Backpapier ausgelegten Blech 10 Minuten backen.
4. Schokolade klein hacken. Sahne mit 2 TL Kaffeepulver aufkochen und die Schokolade darin schmelzen lassen. Rum einrühren, abkühlen lassen. Anschließend steif schlagen.
5. Jeweils zwei Kekse mit einer dicken Schicht Schokocreme zusammenkleben, die Mokkabohnen mit einem Tropfen Kuvertüre auf die Doppeldecker kleben.

9. Dezember

In den kurzen Momenten, in denen Elmar einnickte, träumte er von Petter, wie er mit der Nagelschere die Lichterketten in seinem Büro zerschnitt. Schließlich hatte er es aufgegeben und beschlossen, sein angefangenes Lebkuchenhaus fertigzustellen. Jetzt fehlte nur noch der Rauch aus dem Schornstein. Elmar klebte ein Zipfelchen Watte mit Zuckerguss an den Kamin. Zufrieden und müde lehnte er sich zurück und betrachtete es. Das Häuschen war ein kleines Kunstwerk geworden. Es hatte sogar einen Stall und einen Erker im Dach, aus dem Gretel herauswinkte. Die Hexe stand bucklig in der Tür, und Hänsel blickte traurig aus einem vergitterten Fenster im Stall.

Die Arbeit an diesem Meisterstück hatte ihn kurz auf andere Gedanken gebracht, aber jetzt fing er wieder an zu grübeln. Er verstand, warum die Herrmann mächtig unter Druck stand, aber gleich das SEK anrücken zu lassen, hielt er für maßlos übertrieben. Fast noch mehr wurmte ihn, dass ausgerechnet Petter seinen Job im Kontaktbüro übernehmen sollte.

Elmar hob das Lebkuchenhaus hoch und trug es vorsichtig zur Fensterbank, wo er es zwischen zwei Weihnachtssterne platzierte. Jetzt wirkte es so, als stünde das Haus im Wald. Die Sterne, die er an die Fensterscheibe geklebt hatte, gaben den Himmel ab. Das sah schön aus und tröstete ihn über diesen traurigen Adventstag hinweg. Er machte die Kaffeemaschine an und setzte sich an den Tisch. Dann zündete er feierlich zwei Kerzen auf seinem Adventskranz an, der über dem Küchentisch von der Decke baumelte.

Im Radio liefen zur Feier des Tages Weihnachtslieder. Gerade kündigte der Moderator »Schneeflöckchen, Weißröckchen« an. »*Denn zum Frost fehlt uns jetzt nur noch der Schnee. Die Meteorologen haben übrigens eine Wahrscheinlichkeit von 55,6 Prozent für weiße Weihnachten ausgerechnet*«, plapperte er munter weiter. Elmar schaltete das Radio aus. War es das, was ihm vom Fest aller Feste noch blieb? Wahrscheinlichkeitsmeldungen über weiße Weihnachten? Das Thermometer vor dem Küchenfenster zeigte minus zehn Grad, aber das hielt Elmar nicht davon ab, einen Entschluss zu fassen. Er musste raus hier und irgendetwas unternehmen, statt tatenlos herumzusitzen.

Kurz darauf schwang Elmar sich auf sein Fahrrad und radelte zur Polizei. Er stellte das Rad in den Ständer, schloss ordnungsgemäß ab und stürmte in die Wache. Erst vor der Bürotür von Julia Herrmann machte er halt. Eigentlich rechnete er nicht damit, dass sie am Sonntagmorgen arbeitete, andererseits hatte sie acht Todesfälle auf dem Tisch. Er klopfte an.

»Ja«, kam es von drinnen.

Er trat ein.

Die Herrmann saß an ihrem Schreibtisch vor einer aufgeschlagenen Zeitung, neben sich ein Fertigsandwich von der Tankstelle und einen Becher Kaffee to go. Überrascht blickte sie ihn an. »Herr Wind! Können Sie Gedanken lesen?«

»Ich muss mit Ihnen reden.«

»Und ich mit Ihnen.«

»Ach ja?«

Die Herrmann schob ihm den Neuburger Sonntagsboten hin, der mit der Schlagzeile »Weihnachten im Eimer, SEK überfällt Neuburger Weihnachtsmänner« aufmachte.

Elmar überflog den Artikel, den kein anderer als Addicks verzapft hatte. Es war unter anderem die Rede von Polizeiwillkür. Seine Chefin wurde scharf angegriffen und Elmar zitiert mit den Worten: »Ich bin erschüttert über diese unverhältnismäßige Aktion meiner Dienststellenleiterin. Aber sie hat uns Weihnachtsmänner schon immer gehasst. Vielleicht hat sie ein frühkindliches Trauma durch einen unprofessionellen Weihnachtsmann-Imitator. Sie sollte eine Therapie machen.«

»Das habe ich niemals gesagt«, stieß Elmar entsetzt hervor.

»Und warum steht das dann hier?«

»Fragen Sie Addicks. Der hat den Artikel geschrieben.«

»Ich habe gerade Petter zu ihm geschickt. Bei Ihnen sollte er auch vorbeischauen. Aber Sie sind ja schon da.« Sie kniff die Augen zusammen. »Warum eigentlich?«

»Ich wollte mich erkundigen, ob es etwas Neues gibt.«

»Dieser Schauspieler wurde ermordet. Daher werden alle anderen Fälle jetzt auch noch mal aufgerollt. Das wird Ihnen ja sicher bekannt sein.«

»Ist das ein Grund, die komplette Gilde in Haft zu behalten?«

»Vergessen Sie nicht die Morddrohungen.«

»Das ist doch noch lange kein Beweis.«

Julia Herrmann fuhr sich nervös durch das Haar. »Mal sehen, was die KTU und die Rechtsmedizin heute für uns haben. Ich kann mir keine Fehler mehr erlauben.«

In diesem Moment klingelte das Telefon. Die Herrmann nahm ab. »Petter? Wo sind Sie?«

Sie lauschte, und ihre Miene verhieß nichts Gutes. »Ich muss sehen, wer zur Verfügung steht. Das übersteigt einfach unsere Kapazitäten. Ich mache mich auf den Weg. Und Petter, Sie fassen nichts an, verstanden?«

Elmar hatte mit wachsendem Interesse zugehört. »Was ist denn los?«

Seine Chefin musterte ihn nachdenklich. »Auch wenn Sie suspendiert sind, muss ich Sie bitten, mitzukommen. Wir brauchen jetzt jede Hand. Petter hat Ingo Addicks tot in seiner Wohnung aufgefunden.«

Addicks wohnte in einem der Blocks am Stadtrand, im dritten Stock hatte er eine Zwei-Zimmer-Wohnung mit Balkon zur Straße hin. Als Elmar mit seiner Chefin eintraf, ließen die Spurensicherung und die Rechtsmedizin noch auf sich warten.

»Was macht der denn hier?«, fragte Petter, als er Elmar erblickte.

»Das geht in Ordnung«, sagte die Herrmann, und Petter verkniff sich jeden weiteren Kommentar, stattdessen ignorierte er Elmar.

Dieser hatte selten eine solche Unordnung gesehen. Im Flur standen Müllsäcke, die Tische in Küche und Wohnzimmer waren übersät mit Zeitungen, vollen Aschenbechern und leeren Pizzakartons, in der Spüle stapelte sich Geschirr mit haarigen Schimmelauswüchsen. Überall lagen Bierdosen der billigsten Sorte herum, und es stank nach kaltem Zigarettenrauch. Einen Kontrast dazu bildeten die Bücherregale im Wohnzimmer, die mit großer Literatur, teuren Bildbänden und politischen Sachbüchern gefüllt waren. Addicks musste auch mal bessere Zeiten erlebt haben.

»Was haben wir?«, fragte die Chefin.

»Die Tür war nicht abgeschlossen«, begann Petter zu berichten. »Ich habe mehrmals geklingelt, und als er nicht reagiert hat, bin ich rein.« Er schnappte nach Luft. »Addicks liegt in der Badewanne.« Petter zeigte auf eine Tür, die verschlossen war.

»Sie haben nicht überprüft, ob er noch lebt?«

»Der ist tot! Das sieht man sofort.«

Julia Herrmann kniff die Lippen zusammen und öffnete die Badezimmertür. Es brannte Licht. Sie trat ein, und Elmar blickte ihr über die Schulter. Das Bad war winzig. Neben der Badewanne stand ein Hocker mit überquellendem Aschenbecher und halb voller Weinbrandflasche. Es stank penetrant nach billigem Fusel. Addicks selbst lag im Wasser, die Augen weit aufgerissen, eine abgebrannte Zigarette noch zwischen den Fingern, die Hand auf dem Badewannenrand. Sein rechtes Bein hing aus der Wanne heraus, als ob er noch versucht hatte, auszusteigen.

»Ich glaub es nicht«, rief jemand hinter ihnen. Es war Dr. Karl, der Rechtsmediziner. »Kaum bin ich mit einem fertig und freue mich auf ruhigere Tage, da liegt der Nächste schon tot in der Wanne.«

Die Herrmann drehte sich um, und Elmar machte ihm Platz, sodass er eintreten konnte.

»Wo sind die Kollegen?«, fragte Elmar.

»Beschäftigt.« Der Rechtsmediziner kniete sich neben die Badewanne und betrachtete Addicks eingehend. Dann schüttelte er den Kopf. »Weihnachtsmann ist in diesen Tagen ein riskanterer Job als Soldat im Kampfeinsatz.«

»Gibt es irgendwelche Neuigkeiten im Fall Eugen Schaf?«, fragte Elmar.

»Sie meinen diesen Sänger?« Dr. Karl nickte. »Die gibt es tatsächlich. Ich habe in seiner Kopfwunde Tauwasser gefunden. Den Fotos vom Tatort nach zu schließen, ist er von einem Eiszapfen am Kopf getroffen worden und dann unglücklich gefallen. Er wohnte ja in einem alten Bauernhaus mit Reetdach, und über dem Eingang hingen viele dicke Eiszapfen. Der hatte richtig fettes Pech.«

Elmar wandte sich seiner Chefin zu. »Damit ist die Gilde dann wohl aus dem Schneider, oder?«

Zuckerkringel

Zutaten:
350 g Mehl
200 g Butter
150 g Zucker
3 Eigelb (eines davon für den Guss)
2 TL geriebene Zitronenschale
2 EL Milch
75 g Hagelzucker

Zubereitung:
1. Mehl, Butter, Zucker, 2 Eigelb und Zitronenschale zu einem Teig verkneten und eine Stunde in Folie gewickelt kühl ruhen lassen.

2. Backofen auf 180 Grad (Ober-/Unterhitze) vorheizen. Den Teig dünn ausrollen und mit einer Halbmondform Kringel ausstechen. Die Kringel auf ein mit Backpapier ausgelegtes Backblech legen.

3. 1 Eigelb mit Milch verrühren, auf die Kringel streichen und mit Hagelzucker bestreuen. Anschließend 12 Minuten backen.

10. Dezember

Als Elmar am nächsten Tag wieder vor der Polizeiwache vom Rad stieg, musste er sich eine dicke Schneeschicht von Mantel und Mütze klopfen. Es schneite flauschige Flocken. Im Park baute eine Handvoll Kinder einen Schneemann, ein selten gewordenes Bild.

Es war kurz nach zehn. Elmar hatte, nachdem er den Tatort gesichert und seine Kollegen aus dem Gefängnis geholt hatte, den Rest des zweiten Advents in der Küche zugebracht und Zuckerkringel gebacken. Sogar durch die geschlossene Keksdose duftete es köstlich. Er hatte es sich mühevoll verkniffen, von den Plätzchen zu naschen. In einer Stunde würden sie sich alle im Zelt treffen, aber davor wollte Elmar sich nach Neuigkeiten über Addicks plötzlichen Tod erkundigen. Wie gerufen lief seine Chefin ihm über den Weg.

»Frau Herrmann, warten Sie«, rief er ihr nach.

Sie hatte es offensichtlich eilig, blieb aber stehen und drehte sich nach ihm um. Sie sah übernächtigt aus. »Was machen Sie denn hier, Herr Wind? Ich dachte, Sie feiern die Freilassung Ihrer Kollegen.«

»Später. Ich habe zwei Fragen. Die erste wäre: Bin ich jetzt offiziell wieder im Dienst?«

»Die Anweisung kam gerade von ganz oben, ich hätte Sie gleich angerufen. Sie können sich Ihre Dienstwaffe abholen. Was noch?«

»Gibt es neue Erkenntnisse im Fall Addicks?«

»Nur den Todeszeitpunkt, und der liegt zwischen sieben und acht Uhr am Morgen.«

»Soll ich eigentlich in mein Büro zurück? Da sitzt ja nun Kollege Petter.«

»Dr. Klardorf hat darum gebeten, dass Sie zurückkommen.« Sie seufzte bekümmert. »Fredo ist für diesen Job definitiv nicht geeignet.«

»Man fragt sich, ob er überhaupt für den Polizeidienst taugt.« Das war Elmar nur so rausgerutscht, aber zu seiner Überraschung nickte seine Chefin.

»Was hat er angestellt?«, fragte Elmar.

»Er hat das komplette Bällebad im Kinderparadies ausräumen lassen, weil er einen geflohenen Ladendieb darin vermutete.«

»Oha! Das Bällebad ist ziemlich groß.«

»Das Kinderparadies *ist* das Bällebad.«

»Ist er fündig geworden?«

»Mehrere Zahnspangen, Handys, Gameboys, Windeln und die Mumie eines Rehpinschers.«

»Na, dann wurde es ja mal Zeit.«

»Dr. Klardorf schäumt. Das Kinderparadies wurde vom Gesundheitsamt geschlossen, mit der Auflage, es desinfizieren zu lassen. Können Sie sich vorstellen, wie lange es dauert, eine Million Bälle zu putzen?«

Elmar schüttelte den Kopf.

»Was ist jetzt? Gehen Sie in Ihr Schaufenster zurück?«

»Wenn ich nicht bei der erstbesten Gelegenheit wieder suspendiert werde, könnte ich es mir überlegen.«

Die Chefin gab einen gequälten Laut von sich. »Ganz unter uns«, raunte sie, »wenn es nach mir ginge, würde ich Petter ins Archiv verbannen. Aber der Polizeipräsident ...«

»Was hat der denn damit zu tun?«

»Fredo ist sein Neffe.«

Das erklärte natürlich vieles. Elmar verkniff sich dennoch jeglichen Kommentar und fragte stattdessen: »Was war denn nun die Todesursache bei Addicks?«

»Materialermüdung.«

»Wie bitte?«

»Dr. Klardorf meinte, Addicks war schlichtweg verbraucht. Seine Kollegen bei der Zeitung haben das im Grunde bestätigt. Nach der Scheidung ist er völlig abgerutscht. Alkohol, Zigaretten, Drogen. Das ganze Programm.«

»Hm. Schon seltsam, dass er ausgerechnet jetzt stirbt.«

»Ja. Irgendwie schon.« Sie hob den Kopf. »Sie sollten gut auf sich aufpassen, Herr Wind. Und auf die restlichen Weihnachtsmänner auch. Ach übrigens: Der rote Mantel steht Ihnen ausgezeichnet.«

Dass Petters Stern bei seiner Chefin zunehmend verblasste, während seiner ein wenig heller zu leuchten schien, besserte Elmars Laune erheblich. Er summte »Jingle Bells« vor sich hin. Am Eingang der Fußgängerzone stieg er, wie es sich gehörte, vom Rad und schob es bis zu seinem Büro. Er betrachtete die hübsch geschmückten Schaufenster mit der Weihnachtsdekoration und freute sich auf Rudi und seine Plätzchen. Für einen Moment vergaß er sogar die Tragödie in der Gilde. Als er jedoch vor dem Kontaktbüro stand, war die Tür verschlossen und Petter nicht da. Ihm blieb nichts anderes übrig, als sich auf die Suche nach ihm zu machen, denn er hatte seinen Schlüssel an ihn weitergegeben.

Im Erdgeschoss fand er ihn zwischen zwei Grabbeltischen mit Damenunterwäsche in Übergrößen. Er wühlte in den geblümten Slips und BHs und schimpfte dabei vor sich hin. Der Sicherheitschef des Kaufhauses stand daneben und versuchte, ihn von seinem Treiben abzubringen, während er mit einer Hand eine betagte Frau festhielt, die herzergreifend jammerte: »Ich war es nicht! Mein Mann ist doch schon lange tot.«

Um sie herum hatte sich bereits eine Traube von Schaulustigen gebildet, die dem Treiben zusahen.

»Ah, da kommt der richtige Mann«, rief der Securitychef erleichtert, als er Elmar erblickte.

Petter sah nur kurz auf und wühlte weiter.

»Was macht er da?«, fragte Elmar.

»Er meint, diese Dame hier hätte etwas zwischen den Unterhosen versteckt. Seit er nicht mehr ins Bällebad darf, durchwühlt er die übrige Ware.«

»Und wonach sucht er?«

»Manschettenknöpfe.«

»Ich habe nichts geklaut«, wimmerte die Frau.

Elmar ging zu Petter und tippte ihn an. »Kann ich helfen?«

»Ich hab's genau gesehen, wie die da«, er zeigte auf die Frau, »die Manschettenknöpfe hier reingetan hat.«

»Ich wollte doch nur Schlüpfer kaufen. Ehrlich!«

»Ich brauche den Büroschlüssel, Petter.«

»Sie sind suspendiert.«

»Nicht mehr. Also her mit dem Schlüssel. Sie sollen sich bei der Chefin melden.«

Petter unterbrach sein hektisches Gewühle. Er war wie immer rot im Gesicht. Über seiner Schulter hing ein fleischfarbener BH. Er blickte leicht panisch. »Ich soll wieder in die …«

»Mordkommission. Das hier ist doch sowieso nichts für einen ambitionierten Mann wie Sie, oder?«

»Ja. Na ja.« Er richtete sich auf, und der Sicherheitschef zupfte ihm den BH von der Schulter. Petter griff zögerlich in seine Hosentasche und holte den Schlüssel heraus. »Hier. Ich habe nichts angerührt.«

Er wandte sich zum Gehen, da trat die Seniorin vor ihn hin

und verpasste ihm eine saftige Ohrfeige. Die Schaulustigen applaudierten, und Petter machte, dass er wegkam.

»Danke«, sagte der Sicherheitschef und drückte Elmar gerührt die Schulter. »Schön, dass du wieder da bist.«

Als Elmar endlich in seinem Büro angekommen war, begrüßte er Rudi und kraulte ihm das Maul. Der begann sofort, vor Freude zu singen. Dann schaltete Elmar den künstlichen Kamin und die Beleuchtung ein und machte es sich an seinem Schreibtisch bequem. Zur Krönung des Tages vollzog er das Plätzchenritual. Er nahm seine heilige Dose aus der Arbeitstasche und stellte sie feierlich vor sich hin. Dann lüpfte er langsam den Deckel. Der Duft, der ihm entgegenströmte, war überwältigend. Sofort lief ihm das Wasser im Mund zusammen. Er nahm sich einen Keks und legte ihn sich auf die Zunge. Vorsichtig kaute er, lutschte eher, ließ den Teig zergehen und genoss die verschiedenen Aromen, während es draußen weiterschneite. Er überhörte auch die Durchsage, dass der kleine Frederick seine Mama suchte und an der Information im zweiten Stock abgeholt werden könnte. Sogar der Kinderchor gefiel ihm heute, und er gönnte sich ein weiteres Plätzchen. So verging die Zeit mit Schwelgen, bis das Schlagen der Kirchturmuhr in sein Bewusstsein drang und er gewohnheitsmäßig mitzählte. Zwölf Uhr, Mittag. Er schreckte hoch. Es wurde höchste Zeit, nachzuprüfen, ob seine Chefin Wort gehalten hatte und die Weihnachtsmänner wieder auf freiem Fuß waren.

»Wir wollten schon die Polizei holen«, begrüßten die Weihnachtsmänner ihn.

»Ich musste ein paar Dinge regeln. Hab nämlich meinen Job wieder«, verkündete Elmar stolz. »Plätzchen habe ich auch dabei.« Er stellte die Dose zwischen sie, und alle griffen zu.

»Wenn nicht die ganzen Unglücksfälle wären, gäbe es jetzt einen Grund zum Feiern«, seufzte Zoodirektor Zimpel.

»Na, immerhin werden wir nicht mehr verdächtigt.«

»Hast du was von Addicks gehört?«, fragte Fangmann ernst.

»Tja«, machte Elmar bekümmert, »er war anscheinend ein unglücklicher und kranker Mann. Keiner von uns wusste das.«

»Dann hat er sich selbst …?«

»Nein. Dr. Karl meint, er hatte Organe wie ein Neunzigjähriger.«

Eine ganze Weile schwiegen sie, bis Noah Grantler sich zu Wort meldete. »Wir haben gerade darüber gesprochen, wie es weitergehen soll.«

»Und zu welchem Ergebnis seid ihr gekommen?«

»Nach allem, was passiert ist, wird uns sicher keiner mehr besuchen wollen.«

»Morgen werden Kranzler, Eilers und unser Pastor beerdigt«, fügte Brammstede trübsinnig hinzu, »da könnten wir die Gilde gleich mit zu Grabe tragen.«

»Ihr wollt die Gilde auflösen?«, fragte Elmar entsetzt.

»Hat doch alles keinen Sinn mehr.«

Es folgte eine beklemmende Stille, und in Elmars Kopf überschlugen sich die Gedanken. Die Gilde auflösen? Nur über seine Leiche!

Er sprang auf die Bühne und ging einige Male auf und ab, weil er Zeit brauchte, um die richtigen Worte zu wählen. Dann begann er zu sprechen: »Männer! Ich habe mir schon immer gewünscht, ein Weihnachtsmann zu sein. Ein echter Gildeweihnachtsmann. Und wisst ihr auch, warum? Weil ich dachte, die Gilde sei der einzige Verein, der die Tradition hochhält, gegen alle Strömungen, die unser schönes Weihnachtsfest zerstören.«

»Wovon redet er?«, fragte Professor Dr. Franz Lehr. Er hatte bisher immer so getan, als ob Elmar nicht existieren würde.

Elmar fuhr fort: »Ich meine, guckt euch doch mal um in Neuburg. Die Leute shoppen sich schwindelig. Sie werden mit Musik zugedröhnt und schütten sich mit Glühwein voll, um das Ganze ertragen zu können. Wir saufen uns das Fest ebenfalls schön. Ist das noch Weihnachten? Hat das etwas mit Advent zu tun? Ist es das, wofür wir als Gilde stehen?«

Elmar machte eine Pause und sah zu seiner Überraschung, dass ihm alle gebannt zuhörten. Das spornte ihn an. Er schlug sich leidenschaftlich gegen die Brust und fuhr fort: »Wir sollten uns als letzte echte Weihnachtsmänner gegen diesen Tsunami des Konsums stemmen. Wir sollten hier und jetzt, auf dem Weihnachtsmarkt, wo der Rummel am lautesten tobt, eine Oase der Besinnlichkeit schaffen. Einen Hort der Stille. Eine Insel des Staunens über das Wunder der Weihnacht. Und ich bin mir sicher, dass wir, die Gilde, trotz aller Schicksalsschläge nicht den Mut verlieren werden. Lasst uns ein Fels sein in der Brandung des grassierenden Irrsinns. Lasst uns wieder echte Weihnachtsmänner sein.«

Elmar warf einen Blick in die Runde und sah in gerührte Gesichter. Hilfers begann zu klatschen, die anderen stimmten ein. Der Applaus wurde frenetisch, und Elmar senkte verlegen den Kopf.

»Bravo«, rief von Ohmstedt, und dann stimmten sie ihre Hymne an. »Morgen kommt der Weihnachtsmann …«.

Als sie zu Ende gesungen hatten, ergriff von Ohmstedt das Wort. »Ich finde, Elmar hat recht«, sagte er. »Wir sollten nicht aufgeben. Das hätten unsere Verstorbenen nicht gewollt. Lasst uns weitermachen.«

»Und womit?«, fragte Richter Lehr.

»Mit dem Krippenspiel.«

Elmar konnte hören, wie manche scharf die Luft einsogen.

»Dann sollten wir schnell klären, wer die Maria spielt, nur, damit wir nicht wieder im Knast landen«, gab Brammstede zu bedenken.

Noah meldete sich. »Ich werde es machen.«

Die Rollen waren schnell verteilt, der Rest bildete den Chor unter von Ohmstedts Leitung.

»Was ist mit Kostümen?«, fragte Noah.

»Klardorf hat eine Stoffabteilung. Wir könnten uns da mal umsehen«, schlug Elmar vor und verfluchte sich zwei Stunden später für diesen Rat, denn Noah machte viel Aufhebens um das Kostüm der Maria.

»Ich stelle mir ein gedecktes Rot unter einem leuchtenden Blau vor, dazu goldene Applikationen«, erklärte er der verzweifelten Verkäuferin.

»Goldenen Stoff haben wir, aber Applikationen? Woran hatten Sie genau gedacht?«, fragte sie erschöpft.

»Ich dachte, wir proben heute noch?«, fragte Fokken, seines Zeichens Kapitän auf einem Kreuzfahrtschiff.

Elmar blickte ihn überrascht an, denn es war das erste Mal, dass er sich zu Wort meldete.

Fangmann nickte und tippte Noah auf die Schulter. »Du kannst ja noch ein bisschen an deinem Kostüm basteln«, schlug er vor, »wir gehen schon mal zurück und fangen mit den Proben an. Du brauchst sicher noch eine Weile hier.«

»Maria ist eine komplexe Figur«, schnappte Noah beleidigt, »da kann ich mich nicht einfach in ein Bettlaken wickeln wie die Christkinder.«

Die anderen kehrten in das Zelt zurück und schlüpften in ihre Kostüme, die aus Stoffbahnen bestanden, die sie mit Sicherheitsnadeln befestigten. Sie hatten sich das von den Christkindern abgeguckt.

»Aber was machen wir mit den Bärten?«, fragte der Richter.

»Warum sollen die Hirten und Wirte keine Bärte haben?«

»Schon. Aber was ist mit dem Engel Gabriel?« Kapitän Odo Fokken, der diese Rolle bekommen hatte, strich sich über seinen langen Bart.

»Gott hat auch einen Bart«, meinte Bäckermeister Kühling, »warum nicht sein Bote?«

Das leuchtete ein.

»Und was ist mit Maria?«, fragte Elmar.

»Na ja. Immerhin gibt es schon eine Sängerin mit Bart.«

»Aber doch keine Maria!«

»Wo bleibt Noah eigentlich? Sucht der immer noch nach der richtigen Farbe?«

In diesem Moment trat Noahs Kollege aus der Werbeagentur, Christian Meibach, ins Zelt und ließ sich erschöpft auf einen Stuhl fallen. »Er dreht durch.«

»Wegen der Applikation?«

»Er will sich jetzt komplett in Gold kleiden. Mit Diadem. Eine katholische Maria. Er meint, das sei traditioneller.«

»Ein Diadem ist traditioneller? Was ist das überhaupt?«

»Das ist so eine Art Krone.«

»Kronen führt Klardorf nicht«, bemerkte Elmar, der sich im Sortiment gut auskannte.

»Die Stoffverkäuferin hat ihm gerade ein paar Rollen Goldstoff vorgelegt.«

»Und?«

»Er prüft noch. Ich vermute mal, heute können wir nicht mehr mit ihm rechnen.«

»Und was ist nun mit meinem Bart?«, insistierte Fokken.

»Lass ihn vorsichtshalber mal dran.«

Sie beschlossen, sich erst einmal eine Bratwurst zu gönnen.

Um zehn schlossen die Buden. Die Weihnachtsmänner verabschiedeten sich, und alle trotteten nach Hause, ohne noch einen Gedanken an das Krippenspiel zu verschwenden. Elmar schlug die Richtung zu seinem Büro ein, denn sein Fahrrad stand dort angekettet.

Das Kaufhaus hatte noch zwei Stunden geöffnet. Viel war um diese Zeit allerdings nicht mehr los.

Er schloss sein Fahrrad auf und freute sich darauf, an diesem Abend kleine Anistörtchen zu backen. Den Teig hatte er schon vorbereitet. Da hörte er, wie im Kontaktbüro das Telefon klingelte. Elmar ließ das Rad stehen, schloss schnell auf und nahm den Hörer ab.

»Christian Meibach. Bist du das, Elmar?«

»Ja. Was ist denn?«

»Ich erreiche Noah zu Hause nicht. Könntest du mal kurz bei Klardorf reinschauen, ob er immer noch an seinem Kostüm bastelt? Eigentlich wollten wir in die Spätvorstellung.«

Elmar seufzte. »Ja, klar. Ich melde mich.«

Er legte auf, schloss Bürotür und Fahrradschloss wieder ab und betrat das Kaufhaus, auf der Suche nach Grantler. In der Stoffabteilung fand er nur die immer noch recht angeschlagen wirkende Verkäuferin, die Stoffballen zusammenräumte. Als er sie nach Noah fragte, wurde sie blass. »Der hat mich in den Wahnsinn getrieben. Aber gekauft hat er nichts. Das eine Gold war ihm zu matt, das andere zu grell …«

»Wo ist er hin?«

»Keine Ahnung.«

Elmar bedankte sich und fragte in allen Abteilungen, ob jemandem ein Weihnachtsmann aufgefallen war, der ein sehr spezielles Maria-Kostüm suchte. In der Bastelabteilung wurde er schließlich fündig.

»Er hat mehrere Dosen Goldspray gekauft. Aber das ist schon eine Weile her.«

»Wo wollte er hin?«

»Hat was von Bällebad gefaselt.«

Nicht schon wieder, dachte Elmar und machte sich auf zum Kinderparadies, das wegen der Säuberungsaktion noch geschlossen war.

Elmar entfernte das Flatterband vor dem Eingang und trat in den verglasten Raum. »Noah?«, rief er, bekam aber keine Antwort.

Einer Eingebung folgend stieg er in das Becken und pflügte einmal hindurch. Es roch hier stark nach Chlor, wie in einem Schwimmbad. Als er zurückwatete, stieß er gegen einen Widerstand und kippte nach vorne über. Eine goldene Hand winkte ihm aus den Bällen heraus zu. Erschrocken ruderte er mit den Armen und kam mühsam auf die Füße. Die Hand war verschwunden. Er schüttelte sich. Höchstwahrscheinlich hatten ihm seine überreizten Nerven einen Streich gespielt. Und wenn nicht?

Er atmete einige Male tief durch und begann, die Bälle aus dem Becken zu pfeffern, bis der Sicherheitschef plötzlich im Eingang stand. »Hat Petter dich angesteckt?«, fragte er wütend.

»Hilf mir lieber«, rief Elmar. »Könnte sein, dass hier drinnen eine vergoldete Maria liegt.«

Kleine Anistörtchen

Zutaten:
5 Eier
120 g Zucker
1 TL gemahlener Anis
120 g Mehl
40 Pralinen-Papierbackförmchen (5 Zentimeter Durchmesser)

Zubereitung:
1. Die Eier trennen. 4 EL Zucker mit dem Eigelb und dem Anis schaumig rühren. Das Eiweiß steif schlagen, den restlichen Zucker in den Eischnee rühren. 1 EL Zucker-Eischnee unter die Eigelbmasse rühren, den Rest nach und nach vorsichtig unterheben.
2. Den Backofen auf 160 Grad (Ober-/Unterhitze) vorheizen. Mehl langsam in die Eimasse rühren. Je zwei Pralinen-Papierförmchen ineinanderstellen, Teig hineinlöffeln und im vorgeheizten Ofen 20 bis 25 Minuten backen.

11. Dezember

Elmar hatte sich bereit erklärt, für Kranzler, Eilers und Tietjohanns eine kleine Grabrede zu halten. Jetzt stand er in der Kapelle, hinter sich die aufgebahrten Särge, vor sich die Trauergemeinde, und brachte kein Wort heraus. Die Bilder von gestern waren noch allzu präsent. Noah Grantler, der vergoldet im Bällebad gelegen hatte wie eine Statue, eine der Sprühdosen noch in der Hand. Die Kollegen von der Polizei hatten vier weitere gefunden. Elmar verstand trotzdem nicht, wie jemand an so etwas sterben konnte, schließlich atmete man doch durch den Mund.

»Er ist wahrscheinlich an einer Kombination aus mangelnder Hautatmung und Hitzschlag im aufgeheizten Kinderparadies gestorben. Die Goldfarbe hat die Schweißproduktion gestoppt«, hatte Dr. Karl ihm erklärt. »In ›James Bond: Goldfinger‹ kommt eine Frau so zu Tode. Aber Genaueres kann ich erst nach der Obduktion mit Sicherheit sagen.«

Das konnte dauern, denn in Dr. Karls Katakomben herrschte seit dem 1. Dezember Hochbetrieb. Klar war jedenfalls, dass Grantler es in der Behindertentoilette getan hatte. Der Boden und die Wände waren vollkommen verschmiert gewesen, und überall sah man seine Handabdrücke auf den Fliesen.

Elmar machte sich die größten Vorwürfe. Er hätte nicht zulassen dürfen, dass sie die Idee vom Krippenspiel weiterverfolgten, wo es beim ersten Mal schon schiefgelaufen war. Aber woher hätte er ahnen sollen, dass dieser Grantler über die Zusammenstellung seines Maria-Kostüms den Verstand verlor? Rätselhaft blieb auch, wie er unerkannt ins Bällebad gekommen war, denn er war auf keiner der Überwachungskameras zu sehen.

Die Erklärung lieferte der Sicherheitschef persönlich. Er hatte Elmar von toten Winkeln und Sicherheitslücken erzählt.

»Na super«, schnaubte Elmar laut, hob den Kopf und blickte in die irritierten Gesichter der Trauergemeinde. Er war mit seinen Gedanken ganz woanders gewesen und hatte völlig vergessen, dass er in der Kapelle stand und alle auf seine Rede warteten. Elmar räusperte sich, schluckte den Kloß in seinem Hals hinunter und begann endlich zu sprechen. Er redete vom Sinn der Gilde, dass sie eine große Familie seien, die nun leider sehr klein geworden war, und dass die Verstorbenen im Dienst an der Sache gestorben waren und so weiter. Nachdem er gesprochen hatte, stand ihm der Schweiß auf der Stirn, und seine Zuhörer hatten Tränen in den Augen. Als er sich schließlich dem Trauerzug anschloss, klopften ihm einige auf die Schulter.

Diesmal hatte die Gilde Sargträger engagiert, denn es waren nicht mehr genug Weihnachtsmänner da, um die Kollegen selbst zu Grabe zu tragen. Elmar war das nur recht.

Der Weg zum Grab war gesäumt von Presseleuten. Sogar das Fernsehen war gekommen, um über das rätselhafte Sterben der Weihnachtsmanngilde zu berichten.

Ein Kerl hielt ihm ein Mikrofon unter die Nase: »Haben Sie keine Angst, der Nächste zu sein?«

Elmar schlug den Arm weg, hörte aber, wie Hilfers irgendetwas antwortete. Sollte er doch. Es war ihm egal. Alles war jetzt egal. Maria lag vergoldet im Kühlschrank der Rechtsmedizin. Ohne Maria würde es kein Krippenspiel geben und ohne Krippenspiel keine Gilde, was mittlerweile vielleicht besser war.

Der Rest der Beisetzung rauschte an ihm vorbei. Wie er anschließend in das Weihnachtszelt gekommen war, wusste er nicht. Die Weihnachtsmänner mussten sich durch eine Meute sensationsgieriger Pressevertreter hindurchkämpfen, die vor dem Zelt gewartet und sich wie ein Heuschreckenschwarm auf sie gestürzt hatte. Was Elmar sich trotz allem nicht hatte nehmen lassen, war die nächtliche Backorgie. Das Ergebnis trug er bei sich, aus der übervollen Plätzchendose duftete es tröstlich nach Anis.

Irgendjemand hatte Stühle und Tische auf die Bühne gestellt, denn unter den Scheinwerfern war es wärmer als im Zuschauerraum. Alle setzten sich, und Elmar stellte seine Anistörtchen neben die Platte mit Butterkuchen und Krapfen, die Bäckermeister Kühling gespendet hatte. Die Stimmung war gedrückt – was konnte man anderes erwarten?

Richter Lehr brach als Erster das Schweigen. »Wir müssen alle um unser Leben fürchten«, rief er aufgeregt. »Jemand hat es auf uns abgesehen, und wir bekommen nicht einmal Polizeischutz.«

»Wovor sollen die uns denn beschützen?«, fragte Fangmann müde. »Vor uns selbst?«

»Diese Herrmann kann behaupten, was sie will«, plusterte Luigi Caletti, der kleine Italiener vom Eiscafé »Venedig«, sich auf. »Sagt mir einen Grund, Weihnachtsmänner, warum wir plötzlich alle lebensmüde werden oder dumme Sachen tun!«

Jürgen Koops, Paul Bellermann und René Wagner nickten schweigend.

»Die Polizei kümmert sich einen Dreck um die Aufklärung.«
Fokken ließ seine schwere Faust auf den Tisch niedersausen.

»Zu wenig Personal«, seufzte Elmar resigniert und wunderte sich ein weiteres Mal über das plötzliche Engagement des schweigsamen Kapitäns.

»Dann sollen die Kollegen ranholen.« Fokken knirschte mit den Zähnen. »Wir sind doch nicht irgendwer. Wir sind die Gilde.«

»Ich glaube, da liegt das Problem. Die finden uns, na ja, ein bisschen seltsam.« Elmar blickte verlegen zu Boden.

»Und nun?«, fragte Brammstede. »Was tun wir jetzt?«

Elmar zuckte mit den Schultern. »Meine Chefin kommt gleich. Fragt sie selbst nach Polizeischutz.«

»Das meine ich nicht.«

»Sondern?«

»Das Krippenspiel! Ohne Maria kein Joseph. Meibach hat sich gleich nach der Beerdigung verabschiedet. Der ist fertig mit den Nerven.«

Elmar war plötzlich hellwach. »Wo ist er denn jetzt?«

»Zu Hause. Wo sonst?«

»Hat jemand seine Telefonnummer?«

»Warum?«

»Ich will ihn davon abhalten, etwas Dummes zu tun.«

Brammstede kramte sein Handy hervor, wählte eine Nummer und horchte. Nach wenigen Sekunden hellte sich sein Gesicht auf. »Christian! Gott sei Dank. Wir haben uns schon Sorgen gemacht.«

Elmar riss ihm das Handy aus der Hand. »Du kommst jetzt sofort hierher, damit wir dich im Auge haben. Keine Widerrede. Außerdem will meine Chefin mit uns –«

»Wenn man vom Teufel spricht«, seufzte Paul Bellermann.

Julia Herrmann hatte das Zelt betreten. Alle verstummten, auch Elmar. Sie sahen ihr dabei zu, wie sie auf die Bühne kletterte und sich auf Meibachs Platz setzte. »Und? Wie geht es Ihnen, meine Herren?«

»Ich muss auflegen«, flüsterte Elmar in den Hörer und reichte Brammstede sein Handy zurück.

»Wie soll es uns schon gehen nach so vielen Verlusten?«, knurrte Fokken.

»Wo haben Sie Petter gelassen?«, fragte Elmar, der sich an den Anblick des ungleichen Gespanns schon fast gewöhnt hatte.

»Er kommt nach.« Sie rieb sich die Schläfen, als habe sie Kopfschmerzen. »Meine Herren, ich bin gekommen, um Ihnen die bisherigen Ergebnisse im Fall Noah Grantler mitzuteilen.« Sie zupfte sich einen unsichtbaren Fussel vom Ärmel. »Wir finden einfach keine Spuren …«

»… von Fremdeinwirkung. Welch eine Überraschung. Vielleicht suchen Sie ja gar nicht erst?«, empörte sich Richter Lehr.

»Ich muss mich an die Tatsachen halten. Und die besagen: Es gibt keinen Serienmörder, der es auf Weihnachtsmänner abgesehen hat.«

Der Richter plusterte sich auf. »Wir sind die Gilde der Weihnachtsmänner und kein x-beliebiger Kegelclub, Frau Herrmann. Sie müssen einfach mal in größeren Dimensionen denken, wenn Sie wissen, was ich meine.«

»Nein. Aber Sie werden es mir sicher gleich sagen.«

»Ich tippe auf den Vatikan.«

»Der Papst?«, fragte Caletti und riss Mund und Augen auf.

Richter Lehr lehnte sich zurück. »Genau.«

Es dauerte einen Moment, bis es alle verdaut hatten.

»Das ist jetzt nicht dein Ernst, oder?«, fragte Jürgen Koops.

»Ich will es euch erklären. Der Weihnachtsmann ist nämlich evangelisch.«

Hilfers lachte ungläubig. »Also, jetzt mal ehrlich! Der Dreißigjährige Krieg ist seit 1648 vorbei. Seitdem ist das kein Grund mehr, sich umzubringen.«

»Und er stammt zu allem Überfluss von Knecht Ruprecht ab«, fuhr der Richter unbeirrt fort.

»Du meinst, es liegt am Migrationshintergrund?«

»Entschuldigen Sie, wenn ich diesen Gelehrtenstreit unterbreche«, bemerkte die Herrmann genervt, »aber Verschwörungstheorien helfen uns nicht weiter.«

»Wenn es aber wahr ist«, insistierte Lehr.

Elmar schob der Herrmann die Dose mit den Törtchen hin, denn sie tat ihm plötzlich leid. Sie hatte Augenringe wie ein Pandabär. Seine Chefin lächelte schwach und griff zu. Nachdem sie das erste Anistörtchen gegessen hatte, kehrte ein wenig Farbe in ihre Wangen zurück.

»Was glaubt ihr denn, warum diese Christkinder gleich nebenan ihre Bude aufgeschlagen haben?« Richter Lehr warf einen vielsagenden Blick in die Runde und gab selbst die Antwort. »Weil der Papst mit ihnen unter einer Decke steckt.«

»Jetzt reicht es«, regte sich die Herrmann auf. »Das hier ist kein Thriller von Dan Brown.«

Lehr verschränkte beleidigt die Arme vor der Brust. »Haben Sie eine bessere Erklärung?«

»Der Grund für diese Tragödie liegt möglicherweise innerhalb der Gilde.«

»Wollen Sie damit etwa andeuten, dass wir uns gegenseitig in den Tod treiben?«

»Das ist doch Quatsch!«, empörte sich Fokken.

»Na gut. Dann beantworten Sie mir folgende Fragen: Ist irgendjemandem etwas aufgefallen? Ich meine, werden Sie bedroht? Oder erpresst? Gibt es einen anonymen Stalker? Oder haben Sie Streit untereinander?«

Allgemeines Kopfschütteln war die Antwort.

»Tja«, machte die Herrmann, »dann werde ich Ihnen jetzt einen Vorschlag machen, der Ihnen nicht gefallen wird, aber vielleicht können wir das Artensterben auf diese Weise stoppen. Und bevor Sie gleich empört über mich herfallen, denken Sie einfach mal eine Minute darüber nach.«

»Was denn für einen Vorschlag?«, wollte Brammstede wissen.

Sie holte tief Luft. »Ich schlage vor, wir ziehen einen Fachmann zurate.«

»Ein Fachmann für Weihnachtsmänner?«

»Um ehrlich zu sein, habe ich einen psychologischen Gutachter für Sie bestellt. Er müsste gleich hier sein. Und wenn ich mir Ihre Theorien über eine Vatikanverschwörung so anhöre, liege ich damit genau richtig.«

Einige Sekunden lang herrschte Schweigen, dann sprang

Fokken auf. »Sie hetzen uns einen Seelenklempner auf den Hals? Dann halten Sie uns also für plemplem?«

Die Herrmann massierte sich die Schläfen. »Es soll so etwas wie eine Weihnachtspsychose geben. Noch nie davon gehört?«

Der Psychologe war ein Mann in den Fünfzigern, wie Elmar schätzte, obwohl er mit viel Energie gegen das Älterwerden ankämpfte. Seine schulterlangen Haare waren jedenfalls sorgfältig gestylt und getönt.

Die Weihnachtsmänner, außer Meibach, der immer noch nicht aufgetaucht war, sahen ihm mit wachsender Skepsis dabei zu, wie er auf der Bühne eine Handycam auf ein Stativ schraubte.

»Sie wollen uns doch nicht etwa filmen?«, fragte Brammstede.

»Doch, natürlich. Ich brauche das für die Auswertung. Aber keine Sorge, das Material wird streng vertraulich behandelt.«

»Ich will aber nicht –«

»Wenn Sie sich dann bitte alle im Kreis aufstellen könnten?«

Murrend gehorchten die Weihnachtsmänner seiner Aufforderung. Als sie ihre Plätze gefunden hatten, stellte sich der Psychologe zwischen sie und sagte überdeutlich, als spräche er zu lauter Schwerhörigen: »Mein Name ist Dr. Maschmann, und ich bin vom polizeipsychologischen Dienst. Wir werden heute ein wenig zusammenarbeiten, um gemeinsam herauszuschmecken, wo die Knackpunkte und die Konfliktfelder sind und wo wir intervenierend eingreifen können, damit Sie wieder mehr Freude am Leben finden.«

Er lächelte väterlich. »Weihnachten ist nämlich kein Grund, sich umzubringen, meine Herren. Nicht einmal für Weihnachtsmänner. Und nun entspannen Sie sich, es tut nicht weh. Wir beginnen mit einem kleinen Vertrauensspielchen. Finden Sie sich bitte paarweise zusammen.«

Widerwillig folgten die Männer Maschmanns Anweisung. Von draußen drang der Lärm des Kinderkarussels zu ihnen herein. Dr. Maschmann fummelte noch einmal an seiner Handycam herum.

»Und jetzt?«, fragte Kühling mit vollem Mund. Er hatte sich im Vorbeigehen den letzten Krapfen gegriffen und gierig in den Mund gestopft.

»Jetzt stellen sich die Paare bitte hintereinander auf.«

Elmar, der die ganze Zeit im Hintergrund gestanden hatte, sprang von der Bühne. »Ich würde mich jetzt gern verabschieden.«

»Warum?«

»Ich habe keinen Partner. Außerdem bin ich Polizist und in die Ermittlungen involviert.«

Der Psychologe hob bedauernd die Hände. »Sie sind jetzt in erster Linie Weihnachtsmann. Ich werde … ah, da kommt der Mann der Stunde«, rief Maschmann erfreut. Alle folgten seinem Blick. Neben dem Eingang stand Petter. Keiner hatte ihn kommen sehen.

»Fredo, du kannst hier gleich mal einspringen«, sagte Maschmann und schob den Kommissar zu Elmar, der gequält aufstöhnte. »Der Vordermann schließt die Augen, und der Hintere legt ihm die Hand auf die Schulter.«

Elmar spürte Petters Zeigefinger, der ihm unsanft in den Rücken stach. »Die Schulter«, zischte er.

»Klappe«, kam es von hinten. Dann wurde Elmar vorwärtsgeschubst. So ging das eine Weile, bis Kühling, der ganz in der Nähe sein musste, sich verschluckte. Elmar blieb stehen und öffnete die Augen. Er wollte ihm zur Hilfe eilen, aber Fredos Finger bohrte sich unbarmherzig in sein Fleisch.

»Aua.« Elmar stolperte weiter.

»Konzentration«, mahnte Maschmann. Aber wie sollte das gehen, bei dem Gehuste und Gewürge?

»Jetzt tu doch mal einer was«, rief Caletti, der statt Elmar zum Bäckermeister geeilt war. »Der hat was im Hals!«

Elmar stieß Petters Hand weg und war mit drei Schritten bei Caletti und Kühling. Fangmann kam ebenfalls dazu.

Das Gesicht des Bäckermeisters leuchtete rot wie Lachsersatz, und er sank keuchend auf die Knie.

»Hoch mit ihm«, befahl Fangmann. Elmar und Caletti packten den schweren Mann unter den Achseln und zogen ihn wieder auf die Füße. Fangmann stellte sich hinter Kühling, presste ihm die Faust in den Oberbauch und zog ihn mehrmals kräftig nach hinten. Kühlings Gesichtsfarbe spielte jetzt ins Bläuliche.

»Schlagt ihm auf den Rücken! Kräftig«, schrie Fangmann, was Elmar sofort tat, aber es half nichts. Kühling sackte zusammen wie ein Mehlsack.

Mandellebkuchen

Zutaten:
4 Eier
250 g Zucker
500 g Mehl
1 TL Backpulver
400 g gemahlene Mandeln
50 g Orangeat
50 g Zitronat
1 TL Zimt
je 1 Messerspitze gemahlene Nelken, Muskat und Piment
1 Eigelb
80 g abgezogene Mandeln

Zubereitung:
1. Die Eier und den Zucker schaumig rühren. Mit Mehl, Backpulver, Mandeln, Orangeat, Zitronat und Gewürzen zu einem Teig verkneten. In Folie gewickelt eine Stunde im Kühlschrank ruhen lassen.
2. Den Backofen auf 180 Grad (Ober-/Unterhitze) vorheizen. Auf einer bemehlten Fläche fingerdick ausrollen und in Rechtecke schneiden. Auf ein mit Backpapier ausgelegtes Backblech legen.
3. Das Eigelb mit etwas Wasser verrühren und auf die Rechtecke streichen. In jede Ecke eine halbierte Mandel drücken. Auf mittlerer Schiene 20 Minuten backen.

12. Dezember

*E*lmar stapfte durch eine wunderschöne Winterlandschaft. Der Schnee knirschte unter seinen schweren Stiefeln. Den mit Geschenken gefüllten Sack hatte er auf dem Schlitten festgeschnallt und Rudi davorgespannt.

Untermalt von den bimmelnden Glöckchen an seinem Geschirr trabte der Elch singend durch den Wald, während Elmar froh gelaunt in seine Manteltasche griff und einen saftigen Lebkuchen herausholte.

Als er mit Genuss hineinbiss, stellte er jedoch fest, dass der Lebkuchen trocken und pelzig schmeckte. Rudi gab ein schrilles Geräusch von sich, und Elmar musste feststellen, dass er sich nicht im Wald befand, sondern in seiner Küche und dass gerade jemand Sturm klingelte. Elmar rieb seine eingeschlafene Hand. Er hatte mit dem Kopf darauf gelegen. Und das, wovon er gekostet hatte, war kein Lebkuchen, sondern sein Pulloverärmel. Er zupfte sich die Wollfasern von der Zunge, während er langsam hochkam. »Ja, ja! Ich komme schon.«

Sein Blick streifte die Küchenuhr. Es war kurz vor sieben Uhr und noch dunkel draußen. Mit steifen Schritten ging er zur Eingangstür. In Erwartung, dass es seine Chefin war, öffnete er die Tür und senkte schuldbewusst den Kopf. »Morgen, Chefin. Tut mir leid. Ich war …«

»… noch im Bett?«, kam die unwirsche Antwort.

Elmar riss den Kopf hoch. »Oh! Sie sind das?« Es fiel ihm immer noch schwer, den Richter zu duzen, obwohl sie Gildekollegen waren.

»Ich muss unbedingt mit dir reden, Elmar«, sagte Lehr und drängelte sich an ihm vorbei ins Haus. Im Flur blieb er schnuppernd stehen. »Hm! Hier riecht es aber gut.«

»Ja, ich habe …« Elmar sprach nicht weiter, denn der Richter ging unaufgefordert in die Küche.

Elmar folgte ihm und räumte schnell ein bisschen Geschirr zusammen. »Ich habe noch nicht abgewaschen.«

Lehr achtete nicht darauf, er stand vor dem gefüllten Kuchenblech, das Elmar zum Abkühlen auf die kalte Herdplatte gestellt hatte, und klaubte sich einen Lebkuchen herunter, um genüsslich daran zu knabbern. »An dir ist wirklich ein Bäcker verloren gegangen«, nuschelte er mit vollem Mund und setzte sich an den Tisch. »Hättest du vielleicht einen Kaffee für mich?«

»Ich kann uns einen kochen.«

Während Elmar Wasser in die Kaffeemaschine goss, aß der Richter genüsslich weiter und leckte sich anschließend die

Finger. »Unser Bäckermeister Kühling hätte die Lebkuchen nicht besser hinbekommen. Friede seiner Seele.«

»Ja.«

»Und er ist tatsächlich an einem verirrten Krümel gestorben?«

»Ich weiß es nicht. Dr. Karl kommt mit dem Obduzieren nicht nach, es wird noch ein bisschen dauern, bis wir es wissen.« Elmar zählte löffelweise Pulver in den Filter. Als er damit fertig war, stellte er die Maschine an und setzte sich wieder an den Tisch. »Was möchten Sie … ich meine, was willst du so früh schon mit mir besprechen?«

Professor Dr. Lehr beugte sich zu Elmar und raunte ihm zu: »Wir müssen den BND einschalten, oder wir sind bis Heiligabend alle tot.«

Elmar hatte etwas in der Art geahnt, denn der Richter hatte auch nach der Katastrophe mit Kühling nicht von seiner Vatikanverschwörung abgelassen, obwohl Elmar das ziemlich irre fand, aber das behielt er für sich. Lehr war gestern nur knapp einer Einweisung in die Psychiatrie entgangen, so sehr hatte er die Herrmann damit genervt. Elmar war es sehr unangenehm, dass Lehr sich jetzt an ihn wandte. Er hob bedauernd die Hände. »Da bin ich nicht der richtige Mann, Franz. Ich bin nur ein einfacher Polizeimeister. Du bist Richter und hast den längeren Arm.«

Lehr machte eine wegwerfende Geste. »Ich bin schon viel zu lange in Rente. Und die jungen Schnösel, die heute zu Gericht sitzen, haben den Kalten Krieg nicht mitgemacht. Was wissen die denn noch von Spionage und von diesen ganzen raffinierten Methoden, wie man jemanden ohne Spuren beseitigt? Und wie man es wie Selbstmord oder Unfall aussehen lässt? Da waren die Russen uns haushoch überlegen.«

»Ich dachte, der Vatikan …«

Lehr sah Elmar leicht irritiert an. »Ähm, ja. Der auch.«

Der Kaffee war fertig. Elmar holte zwei Becher aus dem Schrank, stellte sie auf den Tisch, dann goss er ein und setzte sich wieder. »In einem hast du ja recht«, gestand er. »Die ganze Sache stinkt zum Himmel, aber es gibt trotz allem keine Hinweise, dass uns jemand übel mitspielen will.« Nachdenklich drehte er seinen Kaffeebecher in den Händen. »Es scheint fast so, als hätte eine höhere Macht die Finger im Spiel.«

Lehr lächelte zufrieden. »Ich wusste, dass du mir glaubst.«

»Was?« Elmar brauchte eine Weile, bis der Groschen fiel. »Damit habe ich nicht den Papst gemeint. Und auch nicht die Russen. So wichtig sind wir nicht.«

»Wir sind immerhin die Gilde!«

»Wenn uns jemand aus dem Weg räumen will, dann kämen nur zwei in Frage.«

»Und die wären?«

»Die Handelsvereinigung oder die Christkinder.«

»Die?« Lehr machte eine wegwerfende Geste. »Das ist viel zu weit hergeholt.«

»Nicht weiter als Rom oder Moskau«, sagte Elmar. »Die Handelsvereinigung meint, wir halten mit unseren Aktionen die Kunden vom Konsum ab, und die Christkinder sind der Erzfeind. Warum auch immer.«

»Die wollten mal bei uns eintreten.« Lehr verzog angewidert das Gesicht. »Stell dir mal Frauen mit Bärten vor.«

Elmar versuchte es. Eine Weile hingen die beiden ihren Gedanken nach. Als das Schweigen zäh wie Kaugummi wurde und Richter Lehr, statt zu gehen, einen Lebkuchen nach dem anderen vernaschte, schlug Elmar entschlossen mit der flachen Hand auf die Tischplatte. »Wir müssen etwas unternehmen!«

»Deshalb bin ich gekommen. Was schlägst du vor?«

Elmar blickte auf die Uhr. Es war jetzt kurz nach halb acht, und es würde erst in einer Stunde einigermaßen hell werden. »Wir sollten uns mal gründlich bei den Christkindern umsehen. Der Weihnachtsmarkt öffnet erst gegen halb zehn. Zeit genug, die Bude der Damen näher in Augenschein zu nehmen. Vielleicht finden wir etwas, das uns weiterhilft.«

Keine zehn Minuten später stand Elmar gemeinsam mit dem Richter hinter der Holzbude der Christkinder. Er trug heute nur seine Uniform, denn niemand würde einen Polizisten aufhalten, wenn er in eine Marktbude eindrang. Dennoch wollte er kein unnötiges Aufsehen erregen. Der Eingang lag glücklicherweise auf der Rückseite und war schwer einsehbar, was die Sache erleichterte. Die Tür war mit einem massiven Vorhängeschloss gesichert, allerdings hatte man die Riegel einfach auf das Holz geschraubt.

Elmar hatte vorsorglich einen Schraubenzieher eingesteckt. Es dauerte keine fünf Minuten, da hielt er Schloss und Riegel in der Hand. »So, das hätten wir«, sagte er und öffnete vorsichtig die Tür.

Elmar holte eine Kopflampe aus seiner Uniformjacke und streifte sie über. »Polizei! Wir kommen jetzt rein«, rief er vorsorglich. Niemand antwortete, und er schob den Richter kurzerhand hinein.

Es war dunkel hier drinnen, bis auf das schummrige Licht der Lampe. Elmar suchte nach einem Lichtschalter und fand ihn schließlich. »Guck du auf der Seite, ich seh mich hier um«, flüsterte er. Gemeinsam machten sie sich auf die Suche nach … ja, was eigentlich? Elmar wusste es selbst nicht.

»Na bitte«, rief Lehr nach wenigen Minuten und bückte sich, um etwas aus einer Kiste unter dem Tresen hervorzuholen. Es war ein kleines, handliches Fernglas. »Sie beobachten uns!«

Elmar blieb skeptisch. »Das bedeutet noch gar nichts.«

Lehr zog den Karton hervor und wühlte weiter darin. »Sieh mal einer an«, rief er nach wenigen Augenblicken und blätterte einen Stapel Fotos durch, der in einem Briefumschlag neben dem Fernglas in der Kiste gelegen hatte. Dann stockte er. »Bist du das?«

Elmar riss ihm die Fotos aus der Hand und hielt sie ins Licht. Was er sah, entsetzte ihn. »Das kann nicht sein«, flüsterte er.

»Was denn?«

Elmar steckte die Fotos schnell in seine Jackentasche und riss dem Richter den Karton aus der Hand. Die Aufnahmen, die Lehr ihm gezeigt hatte, waren in seinem Schlafzimmer gemacht worden. Eine davon zeigte ihn mit dieser Christine Ammer in einer kompromittierenden Pose. Verdammt, wie blau musste er gewesen sein? Und wie waren diese Fotos zustande gekommen? Die Antwort fiel ihm in die Hände. Eine

Überwachungskamera, so groß wie eine Kirsche, lag am Boden des Kartons. Elmar schloss die Faust darum. Sie hatten ihn also reingelegt, diese Weiber. Ihn und Brammstede. Sie hatten sein Schlafzimmer verwanzt.

»Was hast du gefunden?«, drängelte Lehr, aber Elmar hatte keine Lust, es ihm sagen. Er ließ die winzige Kamera in seiner Hosentasche verschwinden, keine Sekunde zu früh, denn in diesem Moment wurde die Tür aufgerissen.

»Weihnachtsmänner? Was hat das zu bedeuten?«, schrie Charlotte von Leuchtenberg, die wie ein Racheengel vor ihnen stand. Hinter ihr tauchten die restlichen Christkinder auf.

»Spioniert ihr uns etwa nach?«, empörte sich Fanny Mintgen.

Elmar warf Christine einen bösen Blick zu, die hob nur spöttisch die Augenbrauen.

»Das Gleiche könnten wir Sie fragen«, mischte sich der Richter ein und hielt das Fernglas hoch.

Charlotte riss Elmar den Karton aus der Hand und drückte ihn an ihre Brust, nicht, ohne einen kurzen Blick hineinzuwerfen. »Ihr wühlt in unseren Sachen? Das ist Einbruch. Wir zeigen euch an. Ihr bekommt einen Heidenärger, ihr …«

»Das würde ich mir gut überlegen«, sagte Elmar, der endlich die Sprache wiedergefunden hatte.

»Es ist nicht verboten, ein Fernglas zu besitzen, oder? Ich rufe jetzt auf der Stelle die Polizei«, fauchte Fanny Mintgen.

Elmar baute sich vor ihnen auf. »Ich bin ja schon da.«

»Sehr witzig. Habt ihr denn auch einen Durchsuchungsbeschluss?«, fragte Christine Ammer.

Elmar biss sich auf die Lippe. Es blieb ihm keine andere Wahl, als die Flucht nach vorne anzutreten. »Habt ihr drei Hübschen denn die Erlaubnis, so was in Privatwohnungen anzubringen?« Sehr langsam zog er die kleine Kamera aus seiner Hosentasche und ließ sie in der Luft baumeln. Mit Genugtuung sah er, wie das Kleeblatt blass wurde.

»Das war nur ein Spaß, Elmar.« Christine lächelte schuldbewusst. »Ehrlich.«

»Engel-Ehrenwort«, fügte Fanny hinzu.

»Erzengel-Ehrenwort.« Charlotte hob die rechte Hand zum Schwur.

»Aber warum …?«

Die drei Christkinder sahen sich betreten an. Charlotte ergriff schließlich das Wort. »Wir hatten eine Wette.«

»Was denn für eine Wette?«, fragte Elmar und steckte die Kamera wieder ein.

»Na ja«, Charlotte rang nach Worten, »ich habe behauptet, dass du noch Jungfrau bist, und Christine meinte, sie kriegt dich rum. Fanny war der Ansicht, du bist keuscher als der Papst.«

»Habe ich es nicht gesagt?«, triumphierte der Richter.

Elmar stöhnte auf. »Das reicht jetzt. Ihr kommt alle mit auf die Wache. Da werden wir die Sache klären.«

Die Herrmann war alles andere als begeistert, als Elmar mit Lehr und den drei Christkindern im Schlepptau ihr Büro betrat. Und Elmar fühlte sich äußerst unwohl in seiner Haut. Den Einbruch konnte er vielleicht noch mit »Gefahr im Verzug« begründen. Dass er zum Beweis seiner Überwachung die kompromittierenden Fotos präsentieren musste, hatte er zu spät bedacht, aber jetzt gab es kein Zurück mehr.

Seine Chefin hatte die drei Christkinder erst einmal ins Verhörzimmer verfrachtet und den Richter auf den Flur verbannt. Jetzt stand sie mit Elmar vor der verspiegelten Scheibe, durch die sie die drei Engel beobachten konnten.

»Wie kommen Sie dazu, ohne Durchsuchungsbeschluss in die Bude dieser Christkinder einzubrechen? Ich fasse es nicht, Herr Wind.«

»Wir haben etwas gefunden.«

»Ein Fernglas. Toll.«

»Außerdem eine Überwachungskamera. Und … diese Fotos.« Elmar übergab seiner Chefin widerwillig die Fundstücke und widmete sich dann ausgiebig der Betrachtung seiner Schuhspitzen.

Julia Herrmann sah sich alles an und pfiff dann leise durch die Zähne. »Donnerwetter. Das hätte ich Ihnen nicht zugetraut.«

»Ich mir auch nicht.«

Elmar sah aus den Augenwinkeln, wie seine Chefin eines der Fotos drehte und wendete. »Wer hat denn da jetzt mit wem …?«

»Ich weiß es nicht«, flüsterte er.

Julia Herrmann musterte ihn mit neuem Interesse und bemerkte süffisant: »Ich habe Sie völlig falsch eingeschätzt, Herr Kollege.«

Elmar spürte, wie er vor Scham zu schwitzen begann.

Seine Chefin räusperte sich und redete weiter, wobei sie sich bemühte, ernst zu bleiben. »Wenn ich Professor Lehr und Sie gerade richtig verstanden habe, verdächtigen Sie diese drei Damen, die Weihnachtsmanngilde im Auftrag Roms ausspioniert zu haben mit dem Ziel, Sie alle nacheinander zu eliminieren?«

Elmar schluckte. »Na ja, das klingt ein bisschen seltsam, ich weiß, aber der Richter …«

»Professor Lehr sagte noch etwas von den Russen?«

»Nun ja. Er hat den Kalten Krieg miterlebt. Und es ist ja nicht von der Hand zu weisen, dass die Christkinder die Gilde ausspioniert haben.«

»Wohl eher Sie, Herr Wind.«

Elmar ließ den Kopf hängen, und seine Chefin seufzte. »Also gut. Dann werde ich mal mit den Damen reden. Und Sie gehen nach Hause und nehmen um Gottes willen diesen verrückten Richter mit. Dr. Maschmann wird später vorbeischauen.«

Elmars Kopf ruckte hoch. »Der? Warum?«

»Weil ich es so will.«

Elmar ließ wieder den Kopf sinken und wandte sich zum Gehen. Er hörte noch, wie ein Telefon klingelte und seine Chefin das Gespräch annahm. Er sah den Richter am Ende des Ganges auf einer Bank sitzen, in seinem roten Mantel. Zwei Kollegen gingen vorbei, grinsten spöttisch und steckten die Köpfe zusammen. Als Weihnachtsmann hatte man es heutzutage nicht leicht. Keiner hatte mehr Respekt vor diesem Amt. Plötzlich fühlte er sich dem Richter sehr verbunden und setzte sich neben ihn.

»Und?«, fragte Lehr.

»Meine Chefin nimmt sich die drei jetzt vor.«

»Dann glaubt sie uns?«

Elmar überging die Frage. »Wir sollten die anderen informieren«, sagte er. »Vielleicht finden die auch noch Wanzen und Kameras und solches Gedöns. Falls ja, haben wir sie am Kanthaken.«

Lehr erhob sich. »Wo gehen wir zuerst hin?«

»Zu Meibach. Der wohnt in der Nähe. Auf dem Weg kann ich meinen Mantel aus dem Büro holen.«

Sie hatten das Ende des Flures noch nicht erreicht, da kam Julia Herrmann ihnen nach. »Meibach liegt in der Badewanne«, rief sie außer Atem.

Elmar und Lehr drehten sich zu ihr um. Sie blieb vor Elmar stehen. »Ich hatte gerade einen Anruf von einem Ihrer Gildekollegen, Dr. Fangmann«, sagte sie. »Er hat Meibach gefunden. Zusammen mit dem Föhn in der Wanne.«

Dominosteine

Zutaten:
125 g Honig
30 g Zucker
30 g Butter
1 Eigelb
150 g Mehl
40 g brauner Kandis
1 TL Lebkuchengewürz
1 EL Zimt
200 g Marzipan
circa 50 g Puderzucker
300 g rotes Gelee
400 g dunkle Kuvertüre

Zubereitung:
1. Honig, Zucker und Butter im Wasserbad erwärmen, das Eigelb unterrühren. Dann Mehl, Kandis und die Gewürze unter den Teig rühren und einige Stunden kühl ruhen lassen.
2. Das Marzipan mit dem Puderzucker verkneten und ausrollen. Den Backofen auf 180 Grad (Ober-/Unterhitze) vorheizen.
3. Den Lebkuchenteig auf Backpapier ausrollen, circa 20 x 30 Zentimeter, etwa 6 Minuten vorbacken, dann herausnehmen und den Ofen auf 150 Grad herunterschalten.
4. Das Gelee auf der Teigplatte verteilen und 15 Minuten weiterbacken.
5. Aus dem Ofen nehmen, die Marzipanplatte darauflegen, abkühlen lassen. Dann die Platte in Würfel schneiden und je zwei Würfel aufeinanderlegen.
6. Kuvertüre im Wasserbad zum Schmelzen bringen. Die Dominosteine in die geschmolzene Kuvertüre tauchen.

13. Dezember

Sie hatten es bis in die Nachrichten geschafft, gleich nach den neuesten Meldungen von der Einkaufsfront. Elmar schaltete das Radio lauter.

»… mittlerweile die Hälfte der Mitglieder auf tragische Weise ums Leben gekommen. Es werde in alle Richtungen ermittelt, teilte die Pressestelle der Neuburger Polizei mit. Drei Verdächtige wurden mittlerweile wieder auf freien Fuß gesetzt. Experten halten eine Weihnachtspsychose für wahrscheinlich, allerdings gibt es auch Hinweise auf Verstrickungen mit diversen Geheimdiensten, wie Radio Neuburg aus gut unterrichteter Quelle erfahren hat. Weiteres zu dem Thema im Anschluss an die Nachrichten. Im Studio haben wir dann Professor Dr. Lehr zu Gast. Und nun zum Wetter, das in den nächsten Tagen leider wenig weihnachtlich sein wird.«

Elmar schaltete das Radio aus. Weder die Aussichten auf trübes Regenwetter noch Lehrs Vatikanverschwörung interessierten ihn noch. Nach Meibachs klassischem Selbstmord durch Stromschlag in der Badewanne fühlte er sich völlig ausgepumpt. Bei Meibach hatte man sogar einen Abschiedsbrief gefunden. Er hatte von allen Opfern den naheliegendsten Grund gehabt, sich das Leben zu nehmen. Elmar hätte besser auf ihn aufpassen müssen, statt sich Lehrs Gequatsche anzuhören. Auf der Dienststelle konnte er sich ebenfalls nicht mehr blicken lassen, denn die Fotos hatten sicher schon die Runde gemacht. Ich sollte auch Adieu sagen, dachte er deprimiert und erschrak. Hatte es ihn nun auch erwischt? Waren das die Anfänge dieser rätselhaften Weihnachtspsychose?

Elmar nahm das Geschirrtuch und begann, das Geschirr seiner nächtlichen Backorgie abzutrocknen. Vielleicht sollte er einfach den nächsten Teig anrühren. Oder noch besser: Er sollte die restlichen Mitglieder der Gilde einladen, mit ihm zu backen, dann hätte er sie alle im Blick. Er ließ das Tuch sinken und dachte darüber nach, verwarf die Idee aber, denn er wusste, dass er damit auf wenig Begeisterung stoßen würde.

Er blickte auf den Plan der Gilde, der schon lange nicht mehr galt. Heute hätte Erhard Hilfers Dienst gehabt. Als passionierter Jäger hatte er geplant, ein ausgestopftes Rentier, das er auf einer Reise nach Lappland selbst erlegt hatte, im Weihnachtszelt auszustellen. Die Kinder hätten darauf reiten dürfen, und für die Älteren war ein Wildbüfett geplant. Aus gegebenem Anlass fand jedoch bis auf Weiteres keine Veranstaltung im Zelt statt.

Draußen ging die Dämmerung in einen schmuddeligen Tag über. Elmar stopfte die Plätzchendose in seine Arbeitstasche, zog sich das Regencape über die Uniformjacke und ging vor die Tür. Der kalte Ostwind schleuderte ihm eisige Regentropfen ins Gesicht. Er stieg aufs Rad und trat in die Pedale. Es wurde Zeit, das Kontaktbüro zu öffnen, vielleicht brachte ihn das auf andere Gedanken.

Er schaltete die Weihnachtsbeleuchtung und den künstlichen Kamin ein, setzte die Kaffeemaschine in Gang, stellte die Plätzchendose auf den Tisch und streichelte aus alter Gewohnheit Rudis Maul, doch sein Gesang nervte heute nur, und Elmar versetzte ihm einen Hieb auf die Nüstern.

Er fror und zog sich den Weihnachtsmannmantel über. Jemand klopfte an die Tür, und er blickte auf. Normalerweise traten die Leute einfach ein, aber der Herr, der jetzt draußen stand, hatte etwas von einem englischen Gentleman. Er trug einen dunkelgrauen Mantel, dazu einen schwarzen Hut und eine dunkle Anzughose. Sein Schirm hing zusammengeklappt über dem Arm. Mit der anderen Hand beschattete er seine Augen und blickte durch die Scheibe. Elmar ging öffnen.

»Ja bitte?«

»Polizeimeister Elmar Wind?«

»Der bin ich. Kommen Sie herein.«

»Sehr gern. Es ist ein scheußliches Wetter.«

Elmar klappte einen der Besucherstühle auseinander und bot dem Fremden Platz an. Der Mann nahm seinen Hut ab und setzte sich. Er kam Elmar vage bekannt vor. »Victor Heinissen ist mein Name. Ich bin der Vorsitzende des VdB.«

»Freut mich. Möchten Sie einen Dominostein?«

»Sehr gern.« Heinissen nahm sich ein Gebäckstück und aß es langsam auf. »Sehr hübsch weihnachtlich haben Sie es hier.«

»Ich gebe mir Mühe.«

Der Besucher seufzte. »Der Menschen Müh und Streben ist eitel und vergeblich.«

Elmar runzelte die Stirn und musterte Heinissen verstohlen. »Möchten Sie Kaffee zu den Dominosteinen?«

»Wenn Sie Pfefferminztee hätten …«

»Tut mir leid.«

»Schade. Wissen Sie, ich habe einen angeschlagenen Magen.« Heinissen lächelte traurig. »Berufskrankheit.«

»Was arbeiten Sie, wenn ich fragen darf?«

»Ich führe ein Beerdigungsinstitut. Ich sagte doch, ich bin der Vorsitzende des Verbandes der Bestatter. VdB.«

»Ah. Ich verstehe. Wir haben uns auf einer der letzten Beerdigungen gesehen, nicht wahr?«

»So ist es.«

»Wie kann ich Ihnen helfen, Herr Heinissen?«

Der Bestatter nahm seinen Hut von den Knien, drehte ihn in den Händen und legte ihn wieder ab. »Mir ist bewusst, dass die Gilde, der Sie angehören, sich in tiefer Trauer befindet. Zudem ist es recht kurzfristig, aber leider haben wir ein Problem.« Er machte eine verlegene Pause, bevor er fortfuhr. »Unser Verband hat heute eine kleine Weihnachtsfeier, und unser Kulturprogramm ist erkrankt. Eine Märchenerzählerin, die uns auf launige Weise Geschichten zum Thema Tod und Sterben erzählen sollte. Schwere Kehlkopfentzündung.«

»Das ist bedauerlich«, antwortete Elmar etwas ratlos, »und wie kann ich Ihnen da helfen?«

»Wir hatten an die Gilde der Weihnachtsmänner gedacht. Als würdigen Ersatz. Speziell an Sie, Herr Wind. Können Sie sich das vorstellen? Die Feier findet in der Kapelle meines Institutes statt.«

»Welches Institut?«

»Institut ›Seelenruhe‹. Es gibt veganen Glühwein und Fingerfood.«

Elmar klappte der Mund auf, sodass er eine Weile Ähnlichkeit mit Rudi hatte. »Und was sollen wir zum Besten geben?«

Heinissen lächelte maliziös. »Auf den Beerdigungen Ihrer Kollegen haben Sie so schöne Trauerreden gehalten. Vom Sinn des Lebens, vom Dienst am Menschen über den Tod hinaus und so weiter. Dann konnten sie das Ganze so geschickt mit unserer besinnlichen deutschen Weihnacht verbinden. Ich fand das sehr schön. Wenn Sie vielleicht noch die eine oder andere Anekdote einstreuen könnten und Ihr Chor ein paar besinnliche Lieder singt …«

»Trauerchoräle?«

»Etwas Gedecktes wäre schön. Rein stimmungsmäßig. Die Feier beginnt um achtzehn Uhr. Zuerst kommen die Reden, dann das Essen und anschließend Sie. Zum Büfett sind Sie und Ihre Kollegen natürlich auch herzlich eingeladen.«

Heinissen erhob sich und reichte ihm seine Visitenkarte. »Ich verstehe, dass Sie sich erst mit der Gilde besprechen müssen. Wenn Sie sich dazu entschließen, unser Weihnachtsfest zu verschönern, könnten wir uns vorstellen, die Bestattungen aller weiteren Todesfälle innerhalb der Gilde zu rabattieren. Und falls Sie für Ihre persönliche Beisetzung irgendwelche Wünsche haben, werden wir das selbstverständlich auch berücksichtigen.«

Elmar nahm wortlos die Karte entgegen, und Heinissen nickte. »Der Tod währt ewig, aber das Leben nur kurz.« Er setzte seinen Hut auf und verließ das Büro.

Elmar gab ein freudloses Lachen von sich. »Veganer Glühwein. Rabattierte Beerdigung. Gedeckte Lieder …« Er hielt inne, denn ihm war ein ungeheurer Gedanke gekommen. Was, wenn die Bestatter hinter alldem stecken? Wenn sie sich ein kleines zusätzliches Weihnachtsgeld verdienen wollten? Die wussten doch bestimmt, wie man es anstellte, einen Mord zu verschleiern. Er griff zum Telefonhörer und wählte die Nummer seiner Chefin.

»Moment mal«, sagte die Herrmann, nachdem Elmar ihr alles erzählt hatte. »Sie behaupten, der Verband der Bestatter treibt möglicherweise reihenweise Weihnachtsmänner in den Tod, um das Geschäft anzukurbeln?«

»Ich gebe zu, dass es absurd klingt, aber ist das nicht heutzutage der Sinn und Zweck des Advents?«

»Weihnachtsmänner umzulegen?«

»Profitmaximierung.«

Die Herrmann verfiel in Schweigen, Elmar hörte sie atmen, anscheinend überlegte sie gerade, ob sie ihn anschreien oder einfach auflegen sollte. Er kam ihr zuvor. »Frau Herrmann, nur mal so angenommen: Wäre es nicht denkbar, dass der VdB uns einlädt, um endgültig Tabula rasa zu machen?«

»Sie meinen, die vergiften das Büfett und erledigen den Rest in einem Aufwasch?«

»Na ja …«

»Lehr ist nicht zufällig in Ihrer Nähe?«

Elmar spürte, wie er langsam zornig wurde. »Dieses ganze Massensterben ist doch absurd, Frau Herrmann, und wenn es so weitergeht, sind Sie mich auch bald los.«

»Herr Wind, so war das nicht gemeint«, lenkte die Chefin ein und schwieg eine Weile. »Also gut«, sagte sie schließlich, »ich werde Petter mal beim VdB vorbeischicken und −«

»Petter? Warum machen Sie das nicht, Frau Herrmann?«

»Ich bin beschäftigt.«

Petter hatte ihm gerade noch gefehlt. »Wenn ich es mir genau überlege, dann ist diese Idee vielleicht doch ein bisschen schräg«, sagte er.

»Ja, was denn nun?«

»Entschuldigung, ich bin mit den Nerven runter. Es tut mir leid. Vergessen Sie, was ich gesagt habe.« Er legte auf und atmete tief durch. Bevor Petter die Bestatter aufscheuchte, würde Elmar lieber selbst die Augen offen halten. Vielleicht ertappte er die Täter ja auf frischer Tat. Das wiederum bedeutete, dass er die übrigen Weihnachtsmänner dazu überreden musste, zur Weihnachtsfeier des VdB zu gehen.

Überraschenderweise sagten alle zu.

»Das muss endlich ein Ende haben«, hatte Erhard Hilfers gemeint und eine flammende Rede gehalten, die auch die letzten Skeptiker überzeugte. Er rief dazu auf, Elmar bei der Aufklärung des rätselhaften Weihnachtsmannsterbens unter die Arme zu greifen, wenn der Rest der Neuburger Polizei schon so kläglich versagte.

Der Plan war einfach: Die Weihnachtsmänner würden sich am Büfett bedienen und von jeder Speise und jedem Getränk etwas in Beutel füllen, damit Elmar die Proben anschließend zur Untersuchung in die Rechtsmedizin bringen konnte. Was das Unterhaltungsprogramm betraf, würde Elmar seine letzte Trauerrede wiederholen und von Ohmstedt dazu singen. Der Sänger hatte sich gefreut, als er von dem Engagement erfuhr. Er machte ein großes Gewese um seinen Auftritt.

»Ich nehme vorsichtshalber meine Jagdflinte mit«, verkündete Hilfers.

»Zu auffällig«, warf René Wagner träge ein. Der Besitzer des ganzjährig geöffneten Weihnachtshauses in Neuburg war wohl der einzige Geschäftsmann, der in der Adventszeit zufrieden war und insofern sehr entspannt. Nicht nur Touristen stürmten in diesen Tagen seinen Laden.

»Papperlapapp«, widersprach Hilfers. »Ich werde sie einfach als Rute tarnen. Das merkt keiner.«

»Ist das nicht ein bisschen übertrieben?«, wagte Zimpel zu fragen.

»Du vergisst, mit wem wir es zu tun haben«, sagte Hilfers entschlossen. »Die haben Mittel und Wege, uns verschwinden zu lassen. Wie Asche im Wind, wenn du weißt, was ich meine.«

Da mussten sie dem passionierten Jäger unumwunden recht geben.

»Ich finde, es ist eine gute Idee, die Flinte mitzunehmen«, bemerkte Paul Bellermann.

»Das ist doch Blödsinn. Ich habe meine Dienstwaffe dabei«, protestierte Elmar. Er lüpfte seinen Mantel, unter dem er sie versteckt hatte.

»Doppelt hält besser«, widersprach Hilfers, und alle stimmten ihm zu.

Auf den ausgestellten Särgen im Showroom des Bestattungsinstitutes »Seelenruhe« brannten Kerzen, und von der Decke baumelten unzählige Engel, was die Gildemitglieder mit Befremden wahrnahmen. Bevor sie sich jedoch so richtig darüber ärgern konnten, kam Heinissen auf sie zu. Er trug zu seinem schwarzen Anzug eine rote Mütze.

Anscheinend bemerkte er die irritierten Blicke der Weihnachtsmänner. »Eine heitere Reminiszenz unseres Verbandes an das Weihnachtsfest«, sagte er lächelnd und zeigte in die Runde.

Seine Kollegen trugen alle diese Mützen. Heinissen gluckste. »Auch wir Bestatter haben eine humoristische Ader.«

Elmar stieß den Richter in die Seite, der gerade Luft holte, wahrscheinlich für irgendeine neue Verschwörungstheorie.

»Willkommen, willkommen«, rief Heinissen und breitete lächelnd die Arme aus. »Sie können sich kaum vorstellen, wie froh wir sind, dass Sie unsere kleine Feier bereichern. Als unsere Gäste sitzen Sie bis zu Ihrem Auftritt natürlich am Vorstandstisch.«

Er schritt voran durch die Reihen. Elmar war erstaunt, wie viele Bestatter es in der Umgebung von Neuburg gab. Dass sie scharf auf jeden neuen Kunden waren, konnte er – so gesehen – gut nachvollziehen.

Heinissen führte sie zu dem Tisch am Kopfende. Diskrete Namenskärtchen wiesen darauf hin, dass hier für die Gilde reserviert war. Von Ohmstedts Platz blieb frei.

»Wo ist denn Ihr Kollege?«, fragte Heinissen.

»Der muss sich auf seinen Auftritt vorbereiten«, bemerkte Fangmann.

»Gut. Dann fangen wir einfach mal an«, schlug Heinissen vor und erhob sich zur Begrüßungsrede. Er sprach lange und salbungsvoll vom schwierigen Gewerbe der Bestatter. Nach ihm sprachen noch zwei andere.

Elmar saß neben Hilfers, der ungeduldig mit den Beinen hibbelte. Der letzte Redner baute seinen Vortrag anhand des Liedes »Advent, Advent, ein Lichtlein brennt« auf. Er fand kein Ende, und so stand Hilfers schließlich auf und schlich mit einer entschuldigenden Geste zu den Toiletten. Brammstede folgte seinem Beispiel. Kaum jemand achtete auf die beiden.

Elmar unterdrückte ein Gähnen. Er hatte Mühe, seine Augen offen zu halten, bis ein lauter Knall sie alle von ihren Stühlen hochriss. Es hatte sich angehört wie ein explodierender Feuerwerkskörper. Gehörte das am Ende zum Programm? Oder war das von Ohmstedts Überraschung? Elmar konnte den Sänger nirgendwo entdecken. Stattdessen stürzte Hilfers aus der Toilette, gefolgt von Brammstede. Hilfers hielt seine Flinte in der Hand. Die Gäste stolperten schreiend aus dem Schussfeld.

»Er ist tot«, heulte Brammstede und sank hinter Hilfers auf die Knie.

Elmar war mit wenigen Schritten bei den beiden. Er packte die Flinte und riss sie Hilfers aus den Händen. Der Hobbyjäger war weiß wie ein Leichenhemd.

»Wer ist tot?«, schrie Elmar und schüttelte ihn. »Wen hast du erledigt?«

»Er liegt in der Männertoilette.«

Elmar schnappte nach Luft. »Du hast von Ohmstedt erschossen?«

Hilfers schüttelte den Kopf und wies auf Brammstede, der immer noch auf dem Boden kniete und seine Haare raufte.

Der Wirt blickte auf. Ihm lief der Rotz. »Das war ein Versehen«, heulte er. »Dieser verrückte Hund hat sich verkleidet, und ich hab ihn nicht erkannt. Dachte, es ist der Kerl, der uns ans Leder will.«

»Das verstehe ich nicht«, sagte Elmar.

»Ich komm ins Klo, und da steht ein Vampir, dem das Blut von den Lefzen rinnt. Er bleckt die Zähne und geht auf mich los. So!« Er sprang auf die Füße, stieß einen schauerlichen Schrei aus und wedelte mit den Armen.

Elmar stolperte ein paar Schritte rückwärts, bis er gegen einen der Tische stieß.

»Und wie bist du an Hilfers Flinte gekommen?«, fragte er in höchstem Maße alarmiert, denn der Wirt schien nicht er selbst zu sein.

»Ich weiß es nicht mehr.« Brammstede schüttelte den Kopf. »Ich weiß nur noch, dass sich ein Schuss gelöst hat.« Er schlug sich gegen die Stirn.

Elmar erhob sich, seine Beine fühlten sich an, als wären sie mit Blei gefüllt. »Ich muss euch beide festnehmen.«

Dattelstreifen

Zutaten:
200 g Datteln
2 Eiweiß
Mark einer Vanilleschote
100 g Zucker
250 g gehackte Mandeln
Backoblaten (Platten)

Zubereitung:
1. Die Datteln entsteinen und fein würfeln. Das Eiweiß steif schlagen, mit dem Vanillemark und dem Zucker vermischen. Datteln und Mandeln unterheben.

2. Backofen auf 140 Grad (Ober-/Unterhitze) vorheizen. Oblatenplatten auf ein mit Backpapier ausgelegtes Blech legen, fingerdick mit dem Teig bestreichen.

3. 25 bis 30 Minuten backen, nach dem Abkühlen in Streifen schneiden.

14. Dezember

*W*ortlos folgte Elmar Petter in den Verhörraum, wo die anderen schon warteten. Julia Herrmann hatte die Gilde oder das, was davon übrig war, am Morgen einbestellt, nachdem sie gestern schon alle eingehend verhört worden waren. Nur Brammstede und Hilfers waren nicht dabei, denn die befanden sich in U-Haft. Petter zeigte auf einen leeren Stuhl, und Elmar setzte sich. Er warf einen verstohlenen Blick in die Runde. Alle brüteten schweigend vor sich hin.

Dann kam seine Chefin und begrüßte sie mit einem knappen »Morgen«. Elmars Magen rutschte ihm in die Kniekehlen, als er sah, dass Dr. Maschmann ihr folgte. Der hatte ihm gerade noch gefehlt. Maschmann trug einen dicken Aktenordner unter dem Arm. Beide setzten sich ihnen gegenüber an den Tisch, wobei Maschmann den Ordner zwischen sie stellte, als müsste er eine Grenze ziehen. Eine Weile herrschte gespanntes Schweigen. Elmar fand, dass seine Chefin zermürbt wirkte.

»Ich habe Sie kommen lassen, damit Herr Maschmann Ihnen nun erklärt, wie es weitergeht«, sagte sie schließlich und verschränkte die Arme vor der Brust. »Es gibt einen Beschluss von ganz oben, dem Sie alle Folge zu leisten haben.« Sie lehnte sich zurück und gab Maschmann das Zeichen, dass er anfangen konnte.

Maschmann hob die Augenbrauen und musterte sie einzeln. »Ich habe die Aufnahmen, die ich vor einigen Tagen im Weihnachtszelt gemacht habe, noch mal im Hinblick auf das gestrige Drama ausgewertet.«

»Und?«, fragte Elmar angriffslustig. »Hat eines der Paare Cowboy und Indianer gespielt?«

Maschmann ging nicht darauf ein. »Ich fürchte, Sie leiden unter einer sehr speziellen Gruppenpsychose.« Er hob entschuldigend die Arme. »Ich muss es leider sagen: Sie sind für sich und andere eine Gefahr.«

Elmar spürte, wie eine Mischung aus Zorn und Panik in ihm hochkochte. »Dann kommen wir jetzt also in die Klapse?«

»Es geschieht zu Ihrem eigenen Schutz.«

Der Richter erhob sich und funkelte Maschmann böse an. »So langsam begreife ich das ganze Ausmaß der Verschwörung gegen uns.«

Elmar, der neben ihm saß, bekam ihn am Handgelenk zu fassen und zog ihn auf seinen Stuhl zurück. »Das verwendet der alles gegen dich, egal, was du jetzt sagst.«

»Woher nehmen Sie überhaupt die Erkenntnis, dass wir alle plemplem sind?«, meldete sich Fangmann zu Wort. »Sie haben doch nur diesen Ringelreihen im Weihnachtszelt aufgenommen. Wie können Sie da auf eine gefährliche Gruppenpsychose schließen? Das müssen Sie uns erklären.«

Von den anderen war zustimmendes Gemurmel zu hören.

Maschmann lächelte. »Nun, es sind die Feinheiten und kleinen Gesten, die Sie verraten. Ein Stoß hier, ein Tritt da, kaum sichtbar, aber dennoch vorhanden.« Er schlug den Ordner auf und schob ihn über den Tisch, sodass die Weihnachtsmänner hineinsehen konnten. Die aufgeschlagene Seite zeigte Petter, wie er Elmar von hinten triezte. »Sie hassen sich, meine Herren«, sagte er triumphierend. »Sich selbst und jeden Einzelnen hier.« Er gluckste. »Wie im Lehrbuch.«

Elmar gab einen überraschten Laut von sich. »Das ist Kommissar Petter, der mir da in die Wade tritt. Dann wird er also auch eingewiesen?«

»Auf keinen Fall«, stieß Petter hervor, der wieder mal ein beeindruckendes Farbspiel seiner Gesichtshaut zum Besten gab.

»Die Dinge liegen selten so einfach«, seufzte Maschmann und rückte seinen Pulloverkragen zurecht. »Kollege Petter hat sich quasi unbewusst von Ihnen beeinflussen lassen. Klassischer Fall von Übertragung.«

»Dann muss man sich das wie eine Grippe vorstellen?«

Die Herrmann mischte sich nun wieder ein. »Ich kann verstehen, dass Ihnen diese Entscheidung nicht schmeckt, aber es gibt im Augenblick keinen anderen Weg, weitere Todesfälle zu vermeiden. Neuburg ist weltweit in den Nachrichten. CNN hat schon berichtet. Die Handelsvereinigung droht geschlossen nach Rumänien auszuwandern, wegen der billigen Arbeitskräfte. Der Wirtschaftsminister persönlich hat mich angerufen. Er erwartet, dass das Weihnachtsgeschäft auf den letzten Metern nicht mehr gestört wird, sonst …« Sie stöhnte und fuhr sich durch das Haar.

»Sonst was?«, fragte Elmar.

»Sonst bin ich meinen Job los.«

»Ach, so ist das«, stellte Jürgen Koops wütend fest. Alle sahen ihn überrascht an, denn den Leiter des Bauamtes hatte bisher noch keiner zornig erlebt. »Haben Sie diesen Dr. Klardorf schon mal unter die Lupe genommen?«

»Ja. Habe ich«, gestand die Herrmann. »Er hat für alle Todeszeitpunkte lupenreine Alibis.«

»Was allein schon verdächtig ist«, stellte Elmar fest.

»Stricken wir schon wieder an einer Verschwörung?«, mischte Maschmann sich ein. »Das scheint ja so eine Manie unter Weihnachtsmännern zu sein, nacheinander alle möglichen Leute zu verdächtigen. Zuerst den Papst, dann den Geheimdienst, zuletzt den Verband der Bestatter …«

»Wie wäre es mit Psychologen?«, fragte Elmar.

Maschmanns Gesicht verschloss sich. Er sah auf die Uhr und dann zur Herrmann. »Es ist so weit.«

»Ja.« Sie stand auf, klopfte gegen die Tür, und eine beeindruckende Phalanx von Polizeibeamten kam herein und baute sich an der Tür auf. Elmar war erstaunt, wie viele Beamte es plötzlich in dem kleinen Städtchen Neuburg gab. Sie mieden Elmars Blick.

»Ich bitte Sie, keine Schwierigkeiten zu machen«, warnte seine Chefin die Gilde. »Wir müssten Ihnen sonst Handschellen anlegen. Es geschieht alles nur in Ihrem Interesse.«

Sie wurden vor die Tür geführt, wo ein Gefangenentransporter mit laufendem Motor auf sie wartete. Elmar konnte das alles nicht fassen. Er blickte zu Fangmann, der neben ihm herging.

»Was passiert mit uns?«, flüsterte der fassungslos.

»Die sperren uns einfach weg«, gab Elmar zurück.

»Ich will das nicht. Wir müssen etwas tun.«

Elmar nickte zustimmend und sah sich um. »Jetzt«, flüsterte er, und statt einzusteigen, rannte er los, gefolgt von Fangmann, der sofort reagierte.

»Nehmt mich mit«, brüllte der alte Richter und stürzte ihnen überraschend schnell nach. Elmar hatte keine Zeit, sich darum zu kümmern. Er nahm die Beine in die Hand. Elmar wagte es, sich im Laufen kurz umzudrehen. Seltsamerweise verfolgte sie niemand. Die Beamten rangen mit den übrigen Weihnachtsmännern, die ebenfalls versuchten, zu fliehen. Bellermann und Koops lagen schon am Boden, die Herrmann legte ihnen gerade Handschellen an. Elmar rannte weiter.

»Wohin?«, keuchte Fangmann, der immer langsamer wurde.

»Mir nach«, antwortete Elmar und schlug einen Haken in

eine Nebenstraße, die zum Industriepark führte. »Ich weiß ein Versteck. Vertraut mir.«

Mit letzter Kraft kamen sie im nahe gelegenen Gewerbegebiet an. Elmar führte sie auf verschlungenen Pfaden zu einer verlassenen Fabrik im hintersten Winkel. In der Ferne hörten sie eine Polizeisirene. Elmar nahm Anlauf und warf sich mit seinem ganzen Gewicht gegen das Tor. Es knarzte, bewegte sich aber nur wenige Zentimeter von der Stelle.

»Jetzt steht da nicht rum wie die Ölgötzen, sondern packt mit an!«

Gemeinsam schafften sie es, das Tor so weit zu öffnen, dass sie hindurchschlüpfen konnten, und lehnten sich erschöpft von innen dagegen. Als sie ein wenig zu Atem gekommen waren, sahen sie sich um.

»Was ist das hier?«, fragte Fangmann.

»Die alte Seifenfabrik. Gehört einer zerstrittenen Erbengemeinschaft. Steht seit Jahren leer.«

Sie musterten das halb verfallene Gebäude. Auf dem Dach wuchsen Birken, die Fenster waren allesamt eingeschlagen, die Fassade mit ungelenken Graffities beschmiert. Im Hof stapelten sich überraschenderweise Hunderte von frisch geschlagenen Weihnachtsbäumen.

»Was machen die ganzen Tannen hier?«, wollte Fangmann wissen.

»Scheint ein illegales Lager von Christbaumdieben zu sein.«

»Wer klaut denn Tannen und Fichten? Und warum?«

»Das ist ein bombensicheres Geschäft. Die Diebe fahren nachts rum, räumen die Tannenlager an den Straßen leer und verkaufen die Ware anderswo weiter.«

»Ist ja krass«, bemerkte Fangmann.

»Und was tun wir jetzt hier?«, begann der Professor zu quengeln. »Ich hab Hunger und Durst. Und aufs Klo muss ich auch.«

»Tja«, Elmar hob bedauernd die Hände, »was deinen Hunger angeht, sieht es schlecht aus. Die gute Nachricht ist: In der Fabrik gibt es eine Toilette.«

»Du kennst dich hier ja ziemlich gut aus«, bemerkte Fang-mann.

»Mein Onkel hat früher hier gearbeitet.«

»Und was machen wir jetzt?«, fragte der Richter frustriert. »Wir können uns hier nicht ewig verstecken.«

Elmar stopfte seine Daumen in den Mantelgürtel. »Ich hätte da eine Idee.«

»Und die wäre?«

»Wir tarnen uns als Tannenbaumverkäufer und kehren auf den Markt zurück.«

Fangmann verzog verächtlich das Gesicht. »Und was soll das bringen?«

»Wir können uns unerkannt umhören. Irgendjemand will uns ans Leder, und wir müssen endlich herausfinden, wer das ist, sonst geht das Sterben in der Gilde weiter.«

Fangmann tippte sich an die Stirn. »Die Marktbeschicker kennen uns doch. Da können wir gleich zu deiner Chefin zurücklaufen.«

»Nicht, wenn wir uns verkleiden und die Bärte abschnei-den.«

»Die Bärte?« Lehr riss erschrocken die Augen auf. »Das geht doch nicht. Wir sind die letzten echten Weihnachtsmänner in freier Wildbahn.«

»Und auf der Flucht. Frommel hatte auch keinen Bart. In der Fabrik gibt es eine Kammer mit alten Blaumännern und Arbeitsklamotten. Da werden wir uns bedienen.«

»Das ist nicht legal«, bemerkte der Richter.

Elmar und Fangmann stöhnten auf. »Du hättest ja nicht mitkommen müssen.«

Der Richter stimmte zähneknirschend zu, und so folgten sie Elmar in den Keller und scheuchten dabei zwei Männer auf, die auf versifften Matratzen schliefen.

»Was is'n?«, knurrte einer verschlafen.

»Penn weiter«, sagte Elmar, und der Typ kroch wieder in seinen Schlafsack.

Die Klamotten, von denen Elmar gesprochen hatte, stanken schimmlig und waren an einigen Stellen ausgebleicht, aber sonst noch ganz passabel. Sie zogen sich um und hängten ihre Mäntel in einen Spind. Als sie damit fertig waren, sahen sie sich an.

»Sieht gut aus«, meinte Elmar. »Und nun die Bärte.«

»Womit sollen wir uns denn hier rasieren?«

»In der Werkstatt finden wir sicher etwas Brauchbares.«

Lehr und Fangmann trotteten mit hängenden Köpfen hinter Elmar her.

»Das ist doch der komplette Irrsinn«, schimpfte der Professor. »Weißt du, wie lange es gebraucht hat, bis mein Bart so lang war?«

»Ja, das weiß ich. Und er wird wieder wachsen.« Elmar stieß eine weitere Tür auf, und sie gelangten in einen Raum mit Werkbänken, auf denen zwischen toten Vögeln und Laub Werkzeug vor sich hinrostete. Elmar wühlte darin herum und fand eine halbwegs brauchbare Schere. »Damit wird es funktionieren«, sagte er. »Wir schneiden sie einfach so kurz, wie es eben geht.«

Fast ohne Bart war es ganz schön kalt im Gesicht, und sie zogen alle drei die Kragen ihrer Arbeitsjacken hoch, als sie zum Markt trotteten. Es war früher Nachmittag, und eine blasse Sonne ließ sich kurz blicken. Elmar hatte einen Rollwagen gefunden, den sie mit Tannenbäumen vollgestopft hatten. Sie fanden sogar noch einen Verpackungstrichter samt Netzen. Beides konnten sie gut zum Verpacken der Bäume gebrauchen.

Niemand erkannte sie. Der Marktmeister teilte ihnen einen Platz zu, und sie kratzten ihr letztes Bargeld für die Standmiete zusammen. Dann bauten sie ihre Bäumchen auf. Die Besucher schlenderten vorbei, ohne auf sie zu achten, bis eine Frau stehen blieb. »Nein, ist der schön!«, rief sie und stürzte sich auf einen schief gewachsenen Baum mit drei Spitzen, den Elmar ausrangiert hatte. »So natürlich individuell. Was soll der kosten?«

»Zwanzig Euro. Heute Morgen frisch geschlagen«, erklärte Elmar, und der Professor fügte hinzu: »Das Geld kommt der Initiative zur Rettung der Weihnachtsmänner zugute.«

Die Frau lächelte verstehend. »Dann nehme ich den Baum.« Sie wühlte ihr Portemonnaie hervor und gab ihnen einen

Fünfzig-Euro-Schein. »Der Rest ist für Sie. Frohe Weihnachten.«

Fangmann klatschte in die Hände. »Und jetzt gehen wir recherchieren. Der Glühweinstand mit den Bratwürsten ist als Erstes dran.«

»Warum wollt ihr wissen, ob jemand um das Weihnachtszelt geschlichen ist?«, fragte der Inhaber der Bude misstrauisch und schob ihnen drei Becher hin, aus denen es dampfte. »Wer seid ihr überhaupt?«

»Tannenbaumverkäufer aus dem Morgenland«, knurrte Fangmann.

Der Inhaber grinste und musterte sie dann mit zusammengekniffenen Augen. »Kenne ich euch nicht irgendwoher?«

»Bestimmt nicht«, sagte Elmar schnell. »Wir haben im Fernsehen von dieser Tragödie gehört. Schlimme Sache.«

Der Glühweinverkäufer nickte bekümmert. »Die Polizei hat mir auch schon Löcher in den Bauch gefragt. Die Jungs von der Gilde haben hier öfter mal was getrunken und eine Bratwurst gegessen. Ein bisschen meschugge sind die schon, aber sonst ganz in Ordnung. Gute Kunden. Trinkfest und –«

»Ist Ihnen vielleicht mal jemand vom Vatikan hier aufgefallen?«, unterbrach Lehr.

Der Mann hinter der Theke starrte ihn an. »Wollt ihr mich verarschen, Jungs? Seid ihr von irgend so einem Sender? Versteckte Kamera oder so?«

»Nein! Und wir müssen sowieso weiter.« Elmar stopfte sich den Rest seiner Bratwurst in den Mund und zog Lehr und Fangmann mit sich fort.

Sie klapperten die Stände ab, aber niemand konnte ihnen etwas sagen, die meisten wimmelten sie nur genervt ab.

Es dämmerte bereits, als sie wieder vor dem Rollwagen mit den Tannenbäumen standen. Nur einer lag noch darauf, die anderen hatten sich auf wundersame Weise verflüchtigt.

»Da hat uns doch glatt jemand beklaut«, bemerkte der Professor empört.

Elmar zuckte nur mit den Schultern. »Und jetzt?«, fragte er.

143

»Wir sind so schlau wie vorher. Und pleite sind wir auch schon wieder.«

»Wir waren noch nicht bei den Christkindern«, sagte Fangmann.

»Nicht schon wieder!« Elmar hob abwehrend die Hände. »Die Herrmann hat sie doch schon verhört.«

»Die! Wenn du mich fragst, stecken die alle unter einer Decke.«

»Du kannst sie ja besuchen«, schlug Elmar vor. »Vielleicht sind sie bei dir gesprächiger.«

»Und ihr?«, fragte Fangmann.

»Wir versuchen, noch den letzten Baum zu verkaufen. Fürs Abendbrot.«

Fangmann seufzte gequält. »Wie ihr wollt.«

Sie standen sich die Beine in den Bauch, denn Fangmann kam und kam nicht zurück.

»Wenn ihm bloß nichts passiert ist«, meinte der Professor und blies in seine erstarrten Hände.

Es hatte wieder angefangen zu schneien, aber die Flocken schmolzen sofort und verwandelten den Boden in schmuddeligen Matsch. Elmar schlang die Arme um seinen Oberkörper und sehnte sich nach seinem Weihnachtsmannmantel. Der Blaumann wärmte kein bisschen.

Heute war nicht viel los auf dem Markt, obwohl das Wochenende bevorstand. Es lag wohl an dem ungemütlichen Wetter oder an Klardorfs neuer Rabattaktion. »Playstations für den halben Preis, solange der Vorrat reicht«. Vielleicht auch an beidem.

»Ich gehe ihn suchen«, schlug Elmar schließlich vor, »und du versuchst mit deiner Rettet-den-Weihnachtsmann-Masche den letzten Baum an den Mann zu bringen. Aber nerv die Leute nicht mit irgendwelchen Verschwörungstheorien.«

Elmar erkannte Fangmann schon von Weitem. Er stand mit den Christkindern an einem Stehtisch und mampfte gefüllte Champignons. Sie schienen sich bestens zu unterhalten. Elmar blieb neben dem Zelt stehen und rief laut: »He, Kollega! Wir machen Feierabend.«

Fangmann wandte den Kopf. Er brauchte ein paar Sekunden, bis er begriff. »Ah! Feierabend. Klar.«

Die Christkinder stöhnten enttäuscht auf. »Besuchst du uns morgen wieder, Leo?«

»Mal sehen, wo Leo dann ist. Vielleicht in Polen oder Tschechien, vielleicht auch in der Türkei.« Er küsste jeder die Wange und schlenderte zu Elmar.

»Leo?«, fragte Elmar irritiert, als Fangmann bei ihm stand.

»Mein Deckname. Leo ist Lastwagenfahrer. Die Damen sind voll auf mich abgefahren.« Er glückste.

»Das war ganz schön riskant, sich mit den Christkindern einzulassen. Die hätten dich erkennen können.«

»Nicht ohne Bart.«

Sie umrundeten das Zelt und blieben auf der Rückseite stehen, direkt neben dem Kinderkarussel, das sich ohne Kinder drehte, dafür aber seit Stunden den Markt mit poppigen Weihnachtsliedern beschallte.

»Diese Christkinder waren recht gesprächig«, brüllte Fangmann Elmar ins Ohr. »Die haben tatsächlich jemanden beobachtet, der des Öfteren heimlich im Zelt verschwunden ist.«

»Haben sie die Person erkannt?«, brüllte Elmar zurück.

Fangmann machte ein Gesicht wie vor der Bescherung. »Haben sie. Und jetzt halt dich fest! Es war —«

Fangmann hielt mitten im Satz inne. Auf seiner Stirn blühte eine kleine rote Rose auf. Er ruderte mit den Armen und bekam Elmars Schulter zu fassen. Dann sackte er zusammen, wobei er Elmar mit zu Boden riss. Fangmann lag auf ihm und presste ihm alle Luft aus den Lungen. Unter sich spürte Elmar das nasse Pflaster. Er schaffte es, seinen Kopf zu drehen, und sah ein Paar Schuhe ganz dicht vor seinen Augen. Bevor er den Blick heben konnte, um zu sehen, wer darin steckte, waren sie schon wieder verschwunden, sodass er fast glaubte, sich das Ganze nur eingebildet zu haben. Dennoch kamen ihm diese Schuhe vage bekannt vor.

Elmar kämpfte sich unter Fangmanns Gewicht ins Freie. Er

kniete sich auf das Pflaster und drehte ihn auf den Rücken. Der Urologe starrte ausdruckslos in den Himmel. Aus dem kleinen Loch über der Nasenwurzel sickerte ein dünnes Rinnsal Blut. Elmar wusste sofort, dass hier jede Hilfe zu spät kam.

Mürbe Brezeln

Zutaten:
4 hart gekochte Eidotter
140 g Mehl
60 g Zucker
140 g Butter
80 g gemahlene Mandeln
Mark einer Vanilleschote
1 Prise Salz

Zubereitung:
1. Eidotter mit der Gabel zerdrücken, mit den übrigen Zutaten zu einem gleichmäßigen Teig verkneten. Den Teig in Folie gepackt eine Stunde kühl ruhen lassen.
2. Den Backofen auf 180 Grad (Ober-/Unterhitze) vorheizen. Den Teig auf einer bemehlten Fläche fingerdick ausrollen, aus circa 12 Zentimeter langen Röllchen Brezeln formen.
3. Die Brezeln auf ein mit Backpapier ausgelegtes Backblech legen und im Backofen 12 bis 15 Minuten backen.

15. Dezember

Als der stampfende Lärm, der hier gemeinhin als Musik bezeichnet wurde, endlich verstummte, hatte Elmar das Gefühl, taub geworden zu sein. Wenn der Professor ihn nicht hierhergelotst hätte, er wäre niemals auf die Idee gekommen, einen solchen Ort aufzusuchen. Er konnte nicht sagen, wie lange er schon hier saß. Die Angestellten scheuchten die letzten Nachtschwärmer in die Kälte hinaus, stellten die Stühle auf die Tische, wischten die Theke sauber und spülten Gläser.

Die junge Frau, die sich in einem Käfig auf der Bühne so lasziv geräkelt hatte, kam zu ihnen in das Separee und ließ sich neben dem Professor auf die Plüschbank fallen.

»Boah, bin ich hinüber«, stöhnte sie und massierte ihre Schulter.

»Mach dein Studium fertig, und such dir eine ordentliche Kanzlei, Emily. Oder willst du bis zur Rente auf dem Tisch tanzen?«

Sie stupste Lehr auf die Nase. »Bist du gekommen, um mir die übliche Moralpredigt zu halten? Dabei gefällt es dir, sei ehrlich.« Sie zerstrubbelte sein spärliches Haar.

Es hatte den Anschein, als wären die beiden sehr vertraut miteinander, was Elmar irritierte. Außerdem war er hundemüde, denn sie saßen schon die ganze Nacht hier. »Wir haben ein Problem«, unterbrach Elmar etwas ungehalten das Techtelmechtel der beiden. »Wir brauchen dringend ein Bett.«

Emily sah verwundert auf, dann lächelte sie auf eine hintergründige Art, die Elmar den Schweiß in die Poren trieb. Hatte er sich missverständlich ausgedrückt?

»Nur schlafen. Ohne das … was Sie hier so machen.«

Emilys Ausdruck wurde hart. »Wir sind doch kein Hotel.«

»Wir werden aber verfolgt!« Der Professor sprach fast flehend, und die junge Frau runzelte verständnislos die Stirn.

»Wie jetzt? Ihr beide?« Sie lachte auf. »Habt ihr einen Tannenbaum geklaut?«

»Nicht nur einen. Aber das ist nicht unser eigentliches Problem.«

Emily stieß einen überraschten Laut aus. »Sieh an. Der Professor stibitzt also.« Sie blickte zu Elmar. »Hast du ihn dazu angestiftet?«

Elmar plusterte sich empört auf. »Also hören Sie mal. Ich bin Polizist!«

»Aha.« Sie nahm eine Schachtel Zigaretten aus der Tasche ihres Morgenmantels, den sie sich übergeworfen hatte, und steckte sich eine an. »Habt ihr was genommen, Jungs?« Sie blies den Rauch in die Luft. »Nicht, dass ihr mir auf die Matratzen reihert.«

Lehr wedelte den Rauch weg. »Wir haben nichts genommen. Und Elmar sagt die Wahrheit. Er ist wirklich Polizist.«

Emily nahm einen weiteren tiefen Zug und musterte die beiden. »Ich glaube, da besteht Erklärungsbedarf.«

Lehr stöhnte gequält auf. »Wir müssen uns verstecken, weil irgendjemand uns ein paar Morde anhängen will.«

»Ein paar? Euch beiden?«

Der Professor beugte sich vor. »Das Ganze ist eine perfide Verschwörung. Jemand will die Weihnachtsmänner ausrotten und uns die Sache anhängen. Deshalb sind wir hierhergeflohen.«

Emilys Gesichtszüge entspannten sich. »Ach so. Mein Professorchen wittert eine neue Weltverschwörung. Verstehe.«

»Es stimmt aber. Hast du denn keine Nachrichten geguckt? Liest du keine Zeitung?«

Sie schüttelte den Kopf. »Nachts arbeite ich, und tagsüber brauche ich meinen Schönheitsschlaf. Da bleibt keine Zeit für Zeitungslektüre oder Nachrichten.«

»Vierzehn von uns sind schon tot. Verstehst du? Vierzehn Weihnachtsmänner weniger auf der Welt! Kannst du dir vorstellen, was das für Weihnachten an und für sich bedeutet?«

Sie schüttelte den Kopf.

»Er hat recht«, sagte Elmar. »Jemand hat es auf die Neuburger Weihnachtsmänner abgesehen. Bisher sah das alles irgendwie nach Selbstmord oder Unfall aus, aber heute wurde einer von uns vor meinen Augen erschossen.«

Emily riss die Augen auf. »Dann müsst ihr zur Polizei gehen!«

Der Professor lachte verbittert. »Die hat den Rest von uns in die Psychiatrie eingewiesen.«

»Euch nicht?«

»Wir konnten fliehen.«

»Krass.« Emily steckte sich eine weitere Zigarette an.

Während sie rauchte, hingen die drei schweigend ihren Gedanken nach. Elmar hatte sich die ganze Nacht das Hirn zermartert, woher er die Schuhe kannte, die der Täter getragen hatte. Dunkelblaue Sportschuhe mit einer roten Welle an der Seite. Wahrscheinlich waren die weit verbreitet. Was ihm

aber noch mehr zu schaffen machte, war die Tatsache, dass er
Fangmann in seiner Panik auf dem Pflaster hatte liegen lassen.
Stattdessen war er in Todesangst zum Professor gerannt, der
gerade in Verkaufsverhandlungen um den letzten Tannenbaum
steckte. Er hatte Lehr gepackt und war mit ihm in die alte Fabrik geflohen. Allerdings war hier schon alles besetzt gewesen,
und man hatte ihnen unmissverständlich klargemacht, dass sie
sich gefälligst verpissen sollten. Schließlich hatte der Professor
Elmar überredet, in die Chilibar zu gehen. Elmar kannte die
Bar von einer Razzia, der Professor von unzähligen Besuchen
mit anderen Gildemitgliedern. Und er kannte Emily, eine seiner
ehemaligen Referendarinnen, die es vorzog, als Tänzerin zu
arbeiten statt Kleinkriminelle zu verknacken.

»Die Folterkammer würde vielleicht in Frage kommen«,
schlug Emily unvermittelt vor und riss Elmar damit aus seinen
Gedanken.

»Was denn für eine Folterkammer?«, fragte er entsetzt.

»Für die ganz speziellen Wünsche unserer Gäste. Auf der
Streckbank kann einer von euch schlafen und der andere im
Bett. Ach, guckt es euch selbst an.«

»Ist gut.« Der Richter gähnte laut.

»Und was kostet das?«, fragte Elmar misstrauisch. »Wir sind
nämlich völlig blank.«

Emily griff unter den Morgenmantel und rückte ihren
knappen BH zurecht. »Das fällt unter die Kategorie Freund-
schaftsdienst. Gegen Mittag müsst ihr aber verschwinden, okay?
Und jetzt kommt mit.«

Die Streckbank entpuppte sich als eine umgebaute Massageliege
mit Gurten. An der Wand hingen Peitschen in verschiedenen
Größen und Ausführungen, von rosa und puschelig bis metallisch und mit scharfen Nägeln bestückt. Stricke und Knebel
lagen auf einem Tisch, und an der Wand stand ein monströses
Babybett.

»Wenn Sie eben von Bett gesprochen haben«, begann Elmar
vorsichtig, »dann meinten Sie *das* da?«

»Siehst du hier irgendwo ein anderes Bett?«

»Nein. Und warum liegen hier so seltsame Geräte herum?«
Emily stöhnte auf. »Weil das ein BDSM-Studio ist. Hier seid
ihr erst einmal sicher.« Sie gähnte herzhaft. »Ich muss in die
Federn, Jungs.« Sie ging zur Tür, wandte sich aber noch einmal
um. »Vielleicht komme ich später mit Frühstück vorbei. Träumt
was Schönes.«

Sie warf dem Richter einen durchdringenden Blick zu. »Und
Fesselspielchen nur unter meiner Anleitung. Verstanden?«

Elmar beobachtete, wie der Professor rot wurde. Dann war
Emily verschwunden, und es wurde still in der Chilibar.

Elmar nahm zwei Decken von einem Stapel und warf Lehr
eine zu, der fing sie auf und machte es sich auf der Massageliege bequem, während Elmar skeptisch das riesige Gitterbett
musterte.

»Am Kopfende ist der Einlass«, murmelte der Richter.

Elmar fand das Türchen und öffnete es langsam. Misstrauisch kletterte er hinein. Er kam sich vor wie in einem Kanin-
chenstall. Hier würde er kein Auge zutun, auch wenn er zum
Umfallen müde war.

»Bist du hier öfter zu Gast?«, fragte er, aber der Professor
war schon eingeschlafen. Elmar wickelte sich in seine Decke
und schloss die Augen. Sofort sah er Fangmann mit dem blü-
henden Fleck auf der Stirn, und er sah die Schuhe vor sich.
Trotzdem fiel er irgendwann in einen unruhigen Schlaf, aus
dem er schweißgebadet aufschreckte, als Petter im Traum eine
Waffe auf ihn richtete.

»Nicht schießen«, rief er und fuhr hoch. Da war jedoch
niemand, außer dem Professor, der auf der Streckbank den
Regenwald kurz und klein sägte. Elmar hielt es keine Sekunde
länger in seinem Käfig aus und kletterte hinaus. Er schlich in den
Barraum, griff sich eine der halb vollen Ginflaschen, die jemand
auf der Theke vergessen hatte, stopfte sie in die Hosentasche
seines Blaumanns und eilte hinaus in die erwachende Stadt.

Es war noch dunkel, nur das orange Blinklicht eines Streu-
wagens durchbrach die dunkelgraue Dämmerung. Nach dem
Schneeregen des gestrigen Tages hatte es gefroren, und die
Straßen und Wege waren vereist.

Elmar eilte nach Hause, in der Hoffnung, dass weder die Polizei noch ein irrer Mörder dort auf ihn warteten. Er musste nachdenken, und dazu brauchte er seinen Backofen und ein Keksrezept, das ihn herausforderte.

Als er in seiner Straße ankam, blieb er stehen und beobachtete eine Weile die Autos, die dort parkten. Die meisten kannte er, bis auf einen roten Smart, in dem jedoch niemand saß. Vorsichtig näherte er sich seinem Haus, aber niemand hielt ihn auf. Dennoch trat er vorsichtshalber in den Eingang des Nachbarhauses, ein Mehrfamilienhaus aus den Siebzigern. Dort blieb er stehen und sah sich vorsichtig in der Umgebung um. Alles blieb still, nur sein Herz schlug ihm bis zum Hals.

Zur Beruhigung trank er einen Schluck Gin, dann huschte er in den Hinterhof, der an seinen Garten grenzte. Er drückte sich durch die Koniferenhecke, die hier hüfthoch stand, und lief zu seiner Terrasse, wo er unter einem Blumentopf einen Zweitschlüssel für den Hintereingang deponiert hatte. Wenige Augenblicke später stand er in seinem Flur.

Hier roch es beruhigend nach Zimt, Vanille und Kardamom. Ihm lief das Wasser im Mund zusammen. Seit zwei Tagen hatte er nicht mehr gebacken, und gerade bekam er Lust auf mürbe Brezeln. Aber zuerst zog er frische Sachen an, denn der Blaumann stank nach Schweiß und Zigarettenqualm. Dann band er sich die Schürze um, ließ die Rollos in der Küche hinunter, damit niemand sehen konnte, dass Licht brannte, und machte sich an die Arbeit.

Als er bis zu den Ellbogen im Teig steckte, ging es ihm schon ein wenig besser. Und als er das erste Blech in den Ofen schob, dachte er nicht mehr an all das Schreckliche, das seit dem 1. Dezember passiert war. Der Kinderchor aus dem Radio versetzte ihn in eine friedliche Stimmung, und er summte mit.

Um halb zehn am Vormittag räumte er die Küche wieder auf. Dann duschte er ausgiebig, kochte Kaffee und setzte sich an den Tisch. Durch das Wohnzimmerfenster hatte er gesehen, dass die Sonne ein kurzes Intermezzo gab. Er wagte jedoch nicht, die Küchenjalousie hochzuziehen. Stattdessen zündete er zwei Kerzen auf dem Adventskranz an. Dann goss er sich eine Tasse Kaffee ein und vertilgte mit Genuss einen Teller des noch warmen Gebäcks. Es war ihm dieses Mal meisterhaft gelungen. Dem Richter und der jungen Dame würde er eine Dose voll mitbringen. Denn gleich wollte er sich auf den Weg in die Bar machen, um den Professor abzuholen.

Im Radio kündigte der Moderator die Nachrichten an: »… *von der Reinigungsfirma in einer Bar in der Innenstadt von Neuburg tot aufgefunden«*, hörte Elmar die Sprecherin sagen. Er drehte den Ton lauter. *»Über die näheren Umstände konnte die Polizei noch keine Angaben machen. Aus gut unterrichteter Quelle wurde jedoch bekannt, dass Professor Dr. Lehr sich bei einem erotischen Fesselspiel möglicherweise selbst stranguliert hat. Er ist somit das fünfzehnte Opfer in der Serie der rätselhaften Todesfälle innerhalb der Neuburger Weihnachtsmanngilde. Als wichtiger Zeuge wird Polizeimeister Elmar Wind gesucht.«* Elmar schaltete das Radio aus.

Butterplätzchen

Zutaten:
150 g Mehl
100 g Butter
50 g Zucker
1 Prise Salz
Mark einer Vanilleschote
1 Eigelb
Pistazien und Mandelstifte zur Dekoration

Zubereitung:
1. Alle Zutaten zu einem Teig verkneten und eine Stunde in Folie gewickelt kühl ruhen lassen.
2. Den Backofen auf 200 Grad (Ober-/Unterhitze) vorheizen. Den Teig auf einer bemehlten Fläche dünn ausrollen, die Plätzchen ausstechen und auf ein mit Backpapier ausgelegtes Backblech legen.
3. Mit gequirltem Eigelb bestreichen und mit Pistazien und Mandelstiften nach Belieben bestreuen. Bei 200 Grad 10 Minuten backen.

16. Dezember

Nach der Hiobsbotschaft vom Tod des Professors hatte Elmar die angebrochene Flasche Gin aus der Chilibar hinuntergestürzt und war in einen komatösen Schlaf gefallen. Als er erwachte, war es stockdunkel um ihn herum, und er konnte sich nicht erinnern, wo er sich befand und wie lange er geschlafen hatte. Von fern hörte er eine Kirchturmuhr. Nach dem vierten Schlag verstummte sie.

Ihm war übel, und er hatte das Gefühl, in einer kleinen

Nussschale auf großen Wellen zu reiten. Das Schlimmste aber
war die Dunkelheit, die ihn umgab. Er wollte die Arme heben,
um seine Umgebung zu ertasten, aber das gelang ihm nicht
richtig, denn nur der rechte Arm gehorchte ihm. Der andere
war vollkommen taub, weil er mit dem Kopf darauf gelegen
hatte. Langsam rappelte er sich hoch und schüttelte die Hand.
Nach einer Weile erwachten tausend Ameisen in seinen Adern.

Vom anderen Ende des Raumes vernahm er ein schabendes
Geräusch. Jetzt gelang es ihm, beide Arme zu bewegen. Er
wedelte in der Luft herum und patschte prompt mitten in den
Plätzchenteller. Schlagartig kehrte die Erinnerung zurück.
Er lag auf der Küchenbank, und der Richter war tot. Elmar
kam hoch und knallte mit dem Knie unter die Tischkante.
Das seltsame Schaben verstummte, und jetzt wusste Elmar
auch, woher es kam. Jemand versuchte, die Jalousie des Kü-
chenfensters nach oben zu drücken. Elmars Nackenhaare
sträubten sich. Der Weihnachtsmannkiller hatte den Weg zu
ihm gefunden.

Er hielt die Luft an und horchte. Es blieb so lange still, bis er
schon meinte, sich getäuscht zu haben. Gerade als er sich etwas
entspannt hatte, hörte er es wieder. Diesmal kam es vom Flur
her. Die Küchentür stand offen, und ein Streifen zuckendes
Licht fiel auf den Boden vor ihm. Offenbar hatte der Einbrecher
eine Taschenlampe.

Elmar tastete sich zur Spüle vor und fand das Nudelholz, das
er in der Nacht zum Teigausrollen benutzt hatte, ein massives
Ding, das einst seiner Mutter gehört hatte. So bewaffnet schlich
er in den Flur und lauschte gespannt. Die Geräusche kamen
jetzt aus dem Wohnzimmer. Langsam stieß er die Tür auf und
erkannte eine Gestalt vor der Terrassentür. Verdammt, warum
hatte er die Jalousien hier nicht auch heruntergelassen?

Er überlegte. Wenn er es zum Hinterausgang schaffte, könnte
er dem Einbrecher von hinten eins überbraten, wenn er nur
schnell genug war. Er packte das Nudelholz fester, und zum
ersten Mal vermisste er seine Dienstwaffe.

Elmar huschte in die Küche zurück und bewaffnete sich
noch zusätzlich mit dem Brotmesser. Dann schlich er durch

den Hauswirtschaftsraum und die Garage zum Hinterausgang. So leise wie möglich steckte er den Schlüssel ins Schloss und öffnete vorsichtig. Vor seiner Terrassentür stand ein Kerl in gebückter Haltung, er wandte ihm den Rücken zu und hantierte mit einem Brecheisen. Er war nicht allein. Im Schatten des Hauses stand noch jemand, anscheinend unbewaffnet, denn die Person hielt die Arme vor der Brust verschränkt.

Elmar ging alle Möglichkeiten durch. Er musste schnell sein und das Überraschungsmoment nutzen. Also holte er tief Luft, hob Nudelholz und Brotmesser wie Samuraischwerter über den Kopf und stürzte sich schreiend auf die Einbrecher.

Die beiden fielen vor Schreck fast in Ohnmacht. Derjenige an der Tür ließ das Brecheisen los und sank auf die Knie, der andere warf sich flach auf den Boden.

»Hände über den Kopf«, brüllte Elmar die beiden unnötigerweise an, denn das hatten sie schon von sich aus getan. Er hielt den einen mit dem Nudelholz und den anderen mit dem Brotmesser in Schach. »Was wollt ihr hier?«

»Kennst du denn deine Weihnachtsmänner nicht mehr?«, wimmerte der am Boden Liegende.

Elmar hielt die Luft an. »Fabian? Odo?« Er ließ die Waffen sinken und starrte die beiden an. »Zimpel und unser Friesenkapitän Fokken. Na, das ist ja mal eine Überraschung. Was macht ihr hier?«, fragte Elmar. »Haben sie euch wieder rausgelassen?«

»So ist es«, stieß Odo Fokken hervor, der langsam die Hände sinken ließ.

»Jesses, er ist es gar nicht«, rief Zimpel plötzlich erschrocken. Er hatte sich aufgerappelt und wich nun vor Elmar zurück. »Er hat ja gar keinen Bart!«

»Den habe ich abgeschnitten.«

»Um Gottes willen! Du siehst gar nicht mehr aus wie ein Weihnachtsmann.«

Elmar ließ den Kopf sinken. »Das war der Sinn der Aktion.«

»Klar, eine Tarnung.« Fokken stieß Zimpel an. »Die Herrmann kam zu unserer Entlassung. War ziemlich aus dem Häuschen wegen dieser Fangmann-Sache. Meinte, du läufst

Amok und steckst wahrscheinlich auch hinter den anderen Todesfällen.«

Elmar trat einen Schritt zurück, denn ihm kam ein beunruhigender Verdacht. »Dann hat die Herrmann euch hierhergeschickt, damit ihr mich findet und zu ihr bringt?«

»Nein«, sagte Zimpel und ließ den Kopf hängen.

»Was treibt ihr denn hier?«

»Wir waren in Sorge und wollten mal nach dir sehen.«

»Ich habe eine Klingel!«

»Wissen wir. Wir haben geklingelt, geklopft, gerufen, aber du hast nicht reagiert.«

Fokken grinste. »Hast wohl ein bisschen zu tief ins Glas geschaut, was? Deine Fahne reicht immer noch bis nach Timbuktu.«

Irgendwo wurde ein Fenster aufgerissen. »Verzieht euch, ihr besoffenen Penner«, schrie jemand vom Nachbarhaus herüber. »Erst besauft ihr euch am Glühweinstand, und dann pinkelt ihr noch in fremde Gärten. Ihr solltet euch was schämen!« Das Fenster wurde wütend wieder zugeschlagen.

»Kommt rein«, flüsterte Elmar schließlich, »sonst steht die Polizei gleich auf der Matte.« Er ließ sie durch den Hintereingang herein.

»Wusste ich es doch.« Fokken setzte sich auf die Küchenbank und schnupperte an den Plätzchen.

Elmar nahm ihm den Teller weg und füllte ihn auf. Dann setzte er sich zu den anderen an den Tisch und zündete drei Kerzen auf seinem Adventskranz an. Er seufzte. »Wir hätten nicht abhauen sollen«, sagte er vollkommen resigniert. »Fangmann und der Richter wären dann vielleicht noch am Leben.«

»Sei dir da nicht so sicher.«

»Warum?«

»Du kannst dir nicht vorstellen, wie es da drinnen war«, stöhnte Fokken.

»Die ganze Palette historischer Massenmörder war vertreten«, fügte Zimpel hinzu

»Ein Typ hielt sich für Dracula. Er hat mich gebissen.« Fokken zeigte Elmar seinen Hals, auf dem sich ein blassroter Fleck abzeichnete. »Wenn dieser Schnösel von Kommissar mich beim Einladen in den Transporter nicht festgehalten hätte, wäre ich mit euch abgehauen.«

»Petter hat sich auch eingemischt?«, fragte Elmar neugierig.

Fokken nickte grimmig. »Hat mich mit dem Fuß auf den Boden gedrückt. Mit seinen blödsinnigen Schuhen.«

»Was denn für Schuhe?«

Der Kapitän schnaubte. »Da war so eine bekloppte rote Welle drauf.«

»Und wie sahen die sonst aus?«, fragte Elmar aufgeregt.

Fokken blickte angestrengt an die Decke. »Ich glaube, es waren Sportschuhe. Irgendwie dunkel. Schwarz oder so. Mit dieser Welle an der Seite.« Sein Gesicht verfinsterte sich noch mehr. »Daran erinnere ich mich ganz deutlich. Warum fragst du das?«

»Weil jemand mit solchen Schuhen Fangmann erschossen hat.« Elmar sah im Kerzenschein, wie Zimpel dem Kapitän einen seltsamen Blick zuwarf. Sie glaubten ihm nicht, und er konnte es ihnen nicht einmal verdenken.

»Na ja«, fuhr er fort, »vielleicht ist euch ja auch aufgefallen, dass Petter die Ermittlungen nicht gerade vorangetrieben hat.« Er nahm sich ein Plätzchen. »Das könnte allerdings auch mit seiner Leichenphobie zusammenhängen.«

Fokken ließ ein trockenes Lachen hören. »Ein Kommissar, der keine Toten sehen kann? Das klingt ebenso absurd wie ein Serienmörder, dem es vor Leichen graut.«

»Oder Weihnachten ohne Weihnachtsmann.« Elmar legte das Plätzchen zurück, er hatte keinen rechten Appetit. »Ich möchte schwören, dass ich Petter am Tatort gesehen habe. Nur verstehe ich es nicht. Wo liegt sein Motiv?«

»Weihnachtspsychose?«

»Quatsch!«

»Da wäre ich vorsichtig.« Zimpel wiegte den Kopf hin und her. »Vielleicht hat ihn irgendwann einmal ein bezahlter Kaufhausweihnachtsmann in den Sack gesteckt, weil er kein Gedicht aufsagen konnte, und jetzt leidet er unter einer posttraumatischen Belastungsstörung.« Seine Mundwinkel zuckten.

Elmar atmete erleichtert auf. »Ich dachte schon, du meinst das ernst. Was haben die eigentlich mit euch angestellt?«

Fokken und Zimpel blickten betroffen zu Boden. Dann sagte Zimpel leise: »Wir sollten malen, worin wir unsere Bestimmung als Weihnachtsmann sehen.«

Der Kerzenschein spiegelte sich in den Augen der beiden wider, es lag etwas Beunruhigendes in ihrem Blick.

»Und was ist eure Bestimmung?«, fragte Elmar vorsichtig.

Fokken räusperte sich. »Unsere Bestimmung ist es, für gewisse Werte einzustehen.«

»Ruhe, Besinnlichkeit, Solidarität, Frieden auf Erden und den Menschen ein Wohlgefallen«, fuhr Zimpel fort.

Elmar schluckte. »Hört sich erst mal gut an.«

»Ja«, rief Zimpel, »aber jetzt guck dich mal um in der Stadt. Ist davon irgendwas zu spüren? Maria und Joseph wären schon längst abgeschoben worden, und wer sich dem Konsumzwang nicht beugt, wird liquidiert. Da wären wir beim Grund allen Übels.«

Elmar sah von einem zum anderen und rechnete damit, dass sie jeden Moment in Gelächter ausbrechen würden, aber sie blickten weiterhin ernst und entschlossen.

»Und was wollt ihr jetzt tun?«, fragte er. »Die Internationale im Weihnachtszelt singen?«

»Wir gehen in den Untergrund und dachten dabei an deine Küche.«

»Du backst, und wir sabotieren die Konsumschlacht da draußen.«

»Ihr habt also an eine Art Weihnachtsmannguerilla gedacht?«

Beide nickten eifrig. Sie schienen es ernst zu meinen.

»Wollt ihr die Leute mit Plätzchen bombardieren?«

Fokken begann, am weichen Rand einer der brennenden Adventskerzen zu knibbeln, bis ein Stück herausbrach und das Wachs an der Seite herunterlief. Elmar schlug ihm auf die Finger.

»Haben die euch irgendwelche Medikamente gegeben?«

»Nur ein paar Tabletten. Hast du nicht eine gute Idee, wie wir diese hässliche Konsumwelt mitten ins Herz treffen?«, fragte

Zimpel mit schwerer Zunge und legte seinen Kopf auf den Tisch. Er schien plötzlich sehr müde zu sein.

Auch Fokken gähnte.

»Wo sind eigentlich die anderen?«, fragte Elmar.

»Hilfers und Brammstede sind noch in U-Haft«, murmelte Zimpel schlaftrunken. »Koops, Bellermann, Caletti und Wagner haben sich im Weihnachtszelt verschanzt und malen Bekennerbriefe für unseren ersten Anschlag.«

Elmar stand langsam auf. »Anschlag? Wie meint ihr das denn?«

»Wir werden bei Klardorf die singenden Kinderchöre gegen Walgesänge vertauschen.«

Elmar nickte. »Schöne Idee. Ich glaube, ihr legt euch jetzt erst einmal hin und schlaft euren Tablettenrausch aus. Ich gehe die anderen holen, bevor sie irgendetwas Blödes anstellen.«

Es war sechs Uhr in der Frühe, als Elmar sich aus dem Haus schlich. Er trug unauffällige Jeans und eine dunkle Kapuzenjacke. Die Sorge, erkannt zu werden, war jedoch unbegründet, denn die Stadt wirkte verlassen an diesem frühen Morgen. Viele schienen länger zu schlafen, um Kraft zu tanken für weitere Schlachten in den Kaufhäusern. Shoppen an den Adventssonntagen galt hier als Königsdisziplin. Nur noch acht Mal schlafen, dann würden sich unter dem Tannenbaum die Schicksale von Ehen entscheiden.

Der Weihnachtsmarkt kam in Sicht. Die Läden der Holzbuden waren heruntergelassen, das Kinderkarussell stand still. Auf dem Rücken eines Löwen saß eine weiße Katze und leckte sich die Pfoten. Als sie Elmar entdeckte, sprang sie herunter und huschte den Stamm der Weihnachtstanne hinauf, die nur wenige Meter entfernt im Pflaster steckte. Elmar betrachtete den gigantischen Baum, der mit unzähligen Glühbirnen bestückt war. Es war ein schöner Baum, schlank und kerzengerade gewachsen. Die Stadt hatte ihn aus den tiefen Wäldern des Hunsrücks hierherschaffen lassen. Später würde sie im Kamin des Bürgermeisters landen. Oder in dem von Klardorf. Was, wenn er die Tanne einfach absägte? Elmar schüttelte den irrwitzigen Gedanken ab und machte sich auf den Weg zum Weihnachtszelt.

Als er eintrat, meinte er, leises Schnarchen zu hören. »Hallo? Wo seid ihr?«, rief er leise. Niemand antwortete ihm. »Ich bin es, Elmar.«

Einer der Schnarcher gab ein schnappendes Geräusch von sich, stöhnte kurz auf und schnorchelte weiter. Elmar hatte vorsorglich eine Taschenlampe eingesteckt und schaltete sie ein. Er folgte dem Geräusch und fand seine Kollegen hinter dem Vorhang im hinteren Teil der Bühne. Sie lagen, in ihre Mäntel gewickelt, auf dem nackten Holzboden. Um hier schlafen zu können, brauchte es eine ordentliche Dröhnung, und die hatten sie offensichtlich intus. Verstreut um sie herum lagen Zeichenblätter und Buntstifte.

Elmar nahm eines der handgemalten Plakate auf. Jemand hatte einen Fisch darauf gezeichnet, der vage Ähnlichkeit mit einem Wal hatte. Darunter stand geschrieben: »Lieber Wal als Kapital«. Er hob den Blick und sah besorgt auf die drei Schlafenden nieder, wurde aber aufgeschreckt, als jemand in das Zelt stolperte.

Elmar wirbelte herum und leuchtete dem Eindringling ins Gesicht. Der hielt sich schützend die Hand vor die Augen. Elmar atmete auf, denn er erkannte einen roten Mantel.

»René Wagner!« Er ließ die Taschenlampe sinken und sprang von der Bühne. »Ich dachte schon, es ist dieser Petter.«

Wagner stand nur da und starrte ihn an.

»Ich bin gekommen, um euch zu holen, bevor hier der Rummel wieder losgeht«, erklärte Elmar.

René antwortete nicht, aber er gehörte ohnehin nicht zu den gesprächigsten Weihnachtsmännern. Er stand nur da mit gesenktem Kopf. In seiner Hand hielt er etwas, das wie eine Sprühdose aussah.

Elmar ging hin und nahm sie an sich. »Farbe?« Er blickte auf seine rot gefärbte Hand. »Oh nein! «

Elmar ließ die Farbdose fallen, klemmte sich die Taschenlampe unter die Achsel, fummelte mit der sauberen Hand ein Taschentuch aus seiner Hosentasche und wischte, so gut es ging, die Farbe von seinen Fingern. »Hast du Parolen gesprüht?«

Wagner presste seine ebenfalls rot gefärbte Hand an den Hals und blickte ihn mit schreckgeweiteten Augen an.

Elmar richtete den Lichtschein auf ihn. Aus Wagners Kehle ragte die Öse einer langen Polsternadel. »Das … war … ich …«, flüsterte Wagner und kippte um.

Pfeffernüsse

Zutaten:
125 g Butter
300 g flüssiger Honig
125 g Zucker
1 Messerspitze Nelkenpulver
½ TL gemahlener Piment
2 TL Zimt
530 g Mehl
150 g gemahlene Walnüsse (oder Mandeln)
15 g Pottasche
4 EL Rum
1 Ei
150 g Puderzucker
1 EL Zitronensaft

Zubereitung:
1. Butter schmelzen lassen, flüssigen Honig und Zucker unterrühren. In einer anderen Schüssel Nelkenpulver, Piment, Zimt, 500 g Mehl und die Nüsse vermischen.
2. Pottasche und Rum verrühren. Das flüssige Butter-Honig-Gemisch mit der Mehl-Nuss-Mischung vermengen. Ei und Pottasche damit verkneten. Restliches Mehl darüberstreuen, mit Frischhaltefolie abdecken. Bei Zimmertemperatur einen Tag stehen lassen.
3. Den Teig nochmals kräftig durchkneten und walnussgroße Stücke mit einem Esslöffel abstechen. Den Backofen auf 170 Grad (Ober-/Unterhitze) vorheizen. Die Teigklößchen zu Kugeln rollen und auf ein mit Backpapier ausgelegtes Backblech setzen.
4. Im vorgeheizten Backofen 12 bis 15 Minuten backen.
5. Aus Puderzucker und Zitronensaft einen Guss bereiten, auf die erkalteten Pfeffernüsse streichen.

17. Dezember

*N*achdem er die überlebenden Weihnachtsmänner in sein Haus gebracht hatte, war Elmar in seiner Küche in eine Art Schockstarre verfallen, unfähig, auch nur ein Blech Plätzchen in den Backofen zu schieben. Nur die Nachrichten hatte er stündlich verfolgt. Die hatten sich überschlagen mit Meldungen über das Neuburger Weihnachtsmannsterben. Doch über den Tod von René Wagner hatte bisher kein Sprecher eine Silbe verloren, sodass Elmar am Ende hoffte, dass er vielleicht doch noch lebte. Immerhin hatte Elmar noch den Notarzt alarmiert, bevor er in einer Panikreaktion mit den anderen geflohen war, was er inzwischen bitter bereute. Alldieweil schliefen sie sich jetzt radikal nüchtern. Auch Elmar war schließlich eingenickt.

Er schreckte hoch, als im Radio Rudis Lied gespielt wurde. Völlig zerschlagen sah er sich um. Wie schon letzte Nacht hatte er auf der Küchenbank geschlafen, und um ihn herum sah es aus wie nach einem Wirbelsturm. Mehrere Kuchenbleche mit Pfeffernüssen standen herum. Er erinnerte sich, dass er am Nachmittag den Teig vom Vortag gebacken, aber in seinem Tran nicht in die Dose geräumt hatte. Mit seinen Gedanken war er zu sehr bei Lehr und Wagner gewesen, obwohl er Letzteren kaum gekannt hatte. Jetzt war es elf Uhr am Vormittag, und die restlichen Weihnachtsmänner pennten immer noch. Er ging ins Schlafzimmer, wo Fokken, Zimpel, Bellermann, Koops und Caletti eng aneinandergekuschelt in seinem Bett lagen. Er rüttelte sie wach. »Wollt ihr ewig schlafen?«

Koops, der außen lag, drehte sich auf die andere Seite. Fokken blinzelte nur kurz. »Sei nicht so ungemütlich.«

»Ungemütlich?« Elmar schnaubte. »Wolltet ihr nicht irgendwelche Werte verteidigen?«

Der Kapitän machte eine abwehrende Geste und schloss wieder die Augen. Elmar seufzte. Vielleicht hatten sie recht. Sollten sie schlafen, so lange sie konnten, da draußen wartete sowieso nur der Tod auf sie alle.

Elmar schlurfte in die Küche zurück, wo gerade die Kurznachrichten angekündigt wurden. Er setzte sich wieder an den Tisch und vergrub das Gesicht in den Händen. Die Sprecherin berichtete, dass in der vergangenen Nacht mehrere Buden auf dem Weihnachtsmarkt beschmiert worden waren mit Parolen wie: »Gebt Joseph und Maria ein warmes Zimmer« oder »Rettet den Weihnachtsmann«. Der Polizeipsychologe wurde zugeschaltet.

»Herr Dr. Maschmann, glauben Sie, die Schmierereien könnten von den aus der Psychiatrie entlassenen Weihnachtsmännern stammen?«

»Ich will keine Kollegenschelte betreiben«, begann der Psychologe, *»aber ich denke, die schnelle Entlassung war ein grober Fehler. Die Patienten zeigen alle Anzeichen einer schweren Weihnachtspsychose, und damit ist nicht zu spaßen. Jährlich kommen mehrere hundert Menschen in der Adventszeit aus diesem Grund ums Leben.«*

»Was raten Sie den Menschen da draußen?«

»Nehmen Sie keine Geschenke von Weihnachtsmännern an, und halten Sie Ihre Kinder davon ab, Gedichte aufzusagen.«

Die Moderatorin bedankte sich und kündigte das Wetter an.

Elmar schaltete das Radio aus. Immer noch kein Wort über René Wagner. Ob er zu sich gekommen und geflohen war, bevor die Rettungskräfte eingetroffen waren? Irrte Wagner am Ende verwirrt in der Stadt umher? Elmar versuchte sich an jedes Detail zu erinnern. Hatte er sich diese gigantische Nadel in seinem überreizten Hirn möglicherweise nur eingebildet? Nachdenklich betrachtete er seine rechte Hand. Die Reste von rotem Lack waren noch deutlich zu erkennen, obwohl er sich gestern daran wund geschrubbt hatte. Es war dunkelrote Farbe. Blutrot. Möglicherweise war das Blut an Wagners Hals nur Lack gewesen.

Caletti kam in die Küche geschlurft. Er trug seinen Weihnachtsmannmantel. »Gibt es Frühstück?«, fragte er und klaubte ein Plätzchen von einem der Bleche.

Nach ihm trudelten Bellermann und Koops herein. Schließlich kamen auch noch Fokken und Zimpel dazu. Sie machten sich über die Plätzchen her.

Elmar seufzte. »Ich koch uns Kaffee.«

»Wo ist eigentlich René abgeblieben?«, fragte Bellermann, nachdem sie die Bleche fast komplett leer geräumt hatten.

»Tja«, sagte Elmar, »genau das wüsste ich auch gern.« Er erzählte ihnen, was passiert war.

»Und du bist dir sicher, dass du dir das alles nicht nur eingebildet hast?«

Elmar schüttelte resigniert den Kopf.

»Das heißt, dass wir schon wieder alle gesucht werden?«, fragte Koops.

Elmar nickte.

»Wir sollten uns einfach stellen«, schlug Fokken müde vor. »Das wird langsam lästig.«

Elmar drehte sich zu ihm um. »Das sagst ausgerechnet du?«

»Warum?«

»Gestern wolltet ihr so eine Art Weihnachts-RAF gründen, und kaum seid ihr wieder nüchtern, werft ihr die Flinte ins Korn? Ihr seid mir schöne Untergrundkämpfer.«

»Wovon redest du?«, fragte Zimpel.

»Ihr wolltet in den Untergrund gehen.«

Alle starrten ihn völlig verständnislos an. Wie es schien, hatten sie alles, was sie im Psychopharmaka-Rausch gefaselt hatten, bereits wieder vergessen.

Zimpel wischte sich über das Gesicht. »Odo hat recht. Wir sollten diese Herrmann anrufen.«

Elmar lehnte sich zurück. »Und wenn es jemand aus den Reihen der Polizei ist, der uns ausrotten will? Petter zum Beispiel?«

Zimpel winkte ab. »Petter hat doch gar nicht den Mumm.«

»Aber alles andere ergibt keinen Sinn«, rief Elmar empört. »Denkt doch mal an die Verschleppung der Ermittlungen oder dass es angeblich keine Spuren von Fremdeinwirkung gibt, bei so gut wie keinem Opfer, und –«

»Fangmann wurde erschossen.«

»Ja. Ich war dabei. Und ich weiß, was ich gesehen habe.«

»Dunkle Sportschuhe mit einer roten Welle an der Seite.« Fokken nickte müde. »Und was schlägst du jetzt vor?«

»Wir sollten Petter beschatten. Außerdem sollte einer von uns mit den Christkindern reden. Fangmann meinte noch, sie hätten ihm gesagt, dass sie jemanden beobachtet haben, der in unser Zelt geschlichen ist.«

»Wir sollen mit den Christkindern sprechen?«, fragte Bellermann überrascht.

»Ich hatte auch nicht geglaubt, diese Worte jemals aus meinem Mund zu hören, aber hier geht es um mehr als alte Feindschaften.«

»Und wenn sie doch dahinterstecken? Was dann?«

»Dann übergeben wir sie der Polizei. Also, was ist, Männer? Wollt ihr nun kämpfen oder aufgeben?«

»Wir wollen lieber aufgeben«, sagte Koops leise. »Diese Sache ist mir einfach zu groß.«

Elmar stand auf und funkelte sie wütend an. Er kochte innerlich. »Was seid ihr nur für Waschlappen.«

»Pscht«, machte Caletti, der mit einem Ohr am Radio hing. Er drehte es lauter.

»... *unterbrechen die Sendung für eine Eilmeldung. Offenbar gibt es ein weiteres Opfer unter den Weihnachtsmännern der Gilde.*«

»Jetzt haben sie Wagner gefunden«, sagte Elmar und schlug mit der flachen Hand auf den Tisch.

»*Wie uns die Pressestelle der Polizei gerade mitteilte, gab es heute Vormittag in der Haftanstalt Bocksbüttel eine Messerstecherei, bei der der bekannte Wirt vom Neuburger ›Ochsen‹, Bernd Brammstede, mit einem Brotmesser tödlich verletzt wurde. Erhard Hilfers, der für die Messerattacke verantwortlich ist, versuchte sich daraufhin das Leben zu nehmen und schwebt seitdem in Lebensgefahr. Sowohl Brammstede als auch Hilfers befanden sich wegen Totschlags an dem Opernsänger Leander von Ohmstedt in U-Haft. Über die Motive der Tat und die Herkunft der Waffe tappt die Polizei noch im Dunkeln. Am Telefon ist jetzt Julia Herrmann, Dienststellenleiterin der hiesigen Polizei. Frau Herrmann, hat die Polizei versagt?*«

»*Wir ermitteln unter Hochdruck.*«

»*Siebzehn Morde und noch keine heiße Spur?*«

»*Bei den meisten Todesfällen handelt es sich um tragische Unfälle oder Selbstmord.*«

»*Wie erklären Sie sich die hohe Selbstmordrate?*«

»*Mit einer handfesten Weihnachtspsychose. Das hat unser Polizeipsychologe Ihnen doch schon gesagt.*«

»*Aber warum trifft es nur die Neuburger Weihnachtsmänner?*«

»*Da müssen Sie schon einen Spezialisten fragen. Ich bin Polizistin.*«

»Geht von den entflohenen Weihnachtsmännern eine Gefahr für die Bevölkerung aus?«

»Durchaus möglich. Wir sind für jeden Hinweis über ihren Verbleib dankbar und rufen die Bevölkerung zu großer Vorsicht auf.«

»Was sagen Sie zur Ermordung von Dr. Fangmann? Auch ein Unfall oder Selbsttötung?«

»Wir vermuten einen Trittbrettfahrer.«

»Handelt es sich dabei um den zur Fahndung ausgeschriebenen Polizeimeister?«

»Kein Kommentar.«

»Vielen Dank, Frau Herrmann.«

Elmar schaltete das Radio aus. »Glaubt ihr mir jetzt, dass wir von der Polizei keine Hilfe zu erwarten haben?«

Bellermann, Fokken, Zimpel, Koops und Caletti sahen sich an. Dann stand der kleine Italiener auf und zog die Rute aus seinem Gürtel. »Ich kämpfe!«

Eine Stunde später lagen ihre Bärte in einem Müllsack. Elmar hatte die Kollegen so gut es ging mit Kleidung versorgt. Bis auf Caletti und Bellermann sahen sie jetzt wie unauffällige Passanten aus. Caletti schlotterte die Kleidung um den Leib, während Bellermann skeptisch seine frei liegenden Fußknöchel und Unterarme betrachtete.

Sie brachen in Zweiergruppen auf, wobei sie auf Elmars Rat hin durch die Hecke auf das Nachbargrundstück schlüpften und von hier aus auf die Straße traten. Es war ein düsterer Tag, der Himmel tief verhangen mit dichten Regenwolken. Der Abend dämmerte bereits herauf, als sie sich auf den Weg machten. Elmar hoffte, dass der streitbare Nachbar gerade nicht am Fenster hing und sie beobachtete. Wie es schien, hatten sie Glück.

Elmar und Fokken wollten zu den Christkindern gehen, während die anderen an verschiedenen Glühweinständen die Augen offen halten und ihre Kollegen warnen sollten, sobald sie etwas Verdächtiges bemerkten. Das Unternehmen war riskant, aber sie hatten keine andere Wahl.

Ausgerechnet Christine Ammer begrüßte sie. Elmar senkte den Blick und zog den Kopf zwischen die Schultern.

»Frohe Weihnachten, ihr beiden Süßen. Auch einen selbst gemachten Früchtepunsch mit Stollen?«, fragte sie munter. »Der Erlös geht an –« Sie stockte. »Elmar?«

Einen Moment lang war er versucht zu fliehen, aber dann hob er den Kopf. »Es wäre schön, wenn wir weiter inkognito bleiben könnten.«

»Was wollt ihr denn hier? Die ganze Stadt sucht euch.«

»Wir brauchen eure Hilfe«, raunte Elmar.

»Inwiefern?«

»Das fragst du noch?«

»Ich frage mich, warum wir verrückten Mördern helfen sollten.«

»Wir sind weder verrückt noch Mörder. Wir glauben schlicht und einfach, dass die Polizei dahintersteckt.«

»Ich dachte, euer Spezialist für Verschwörungstheorien ist tot?«

»Wir sind auf jeden Fall unschuldig.«

Christine kniff die Augen zusammen und musterte die beiden. »Der Bart stand euch eigentlich ganz gut.«

»Dann hilf uns, damit wir ihn wieder wachsen lassen können. Erzähl uns, wer sich in unserem Zelt herumgetrieben hat.«

Christine kniff die Augen zusammen. »Das wollte vor ein paar Tagen schon mal jemand wissen.«

»Fangmann.« Elmar nickte wissend.

»Dann war er es doch!« Christine schlug sich vor die Stirn. Dann nahm sie drei Becher, goss aus einem Thermobehälter dampfenden Punsch ein und verteilte sie zwischen ihnen. »Wir haben tatsächlich öfter jemanden um das Zelt schleichen sehen. Aber der kann nichts mit der Sache zu tun haben.«

»Warum?«

»Weil es dieser Petter war.«

»Volltreffer«, rief Elmar triumphierend.

»Oh bitte«, stöhnte Christine gequält. »Dieses Milchgesicht ist doch kein Massenmörder.«

»Habt ihr ihn an dem Tag, als Fangmann erschossen wurde, denn auch gesehen?«

»Wann war das noch mal? Ich komme mit euren Todesfällen schon ganz durcheinander.«

»Am Freitag.«

Christine überlegte. »Ja, ich erinnere mich. Ich stand am Glühweinstand. Es knallte, und kurze Zeit später rannte Petter vorbei. Ich dachte, er will nachsehen, was passiert ist.«

»Hatte er eine Waffe dabei?«

»Hab ich nicht gesehen in dem Gewühle.«

Elmar nippte nachdenklich an seinem Punsch. »Es tut mir übrigens leid, dass ich euch verdächtigt habe«, sagte er.

»Schon vergessen.«

»Es wäre schön, wenn ihr der Polizei nichts von unserem Besuch verraten würdet.«

»Wenn ihr uns in die Gilde aufnehmt, könnten wir es uns überlegen. Schließlich habt ihr gerade ein paar Plätze frei.«

»Jetzt fangt nicht wieder an zu streiten«, mahnte Elmar, trank seinen Becher leer und warf ihn in den Mülleimer. Er legte zwei Euro auf den Tresen. »Danke vielmals.«

Sie waren schon ein paar Meter entfernt, da rief Christine Elmar noch einmal zurück. »Ich glaube, Petter war heute Morgen noch mal in dem Zelt.«

»Ist dir etwas an ihm aufgefallen?«

»Na ja, er wirkte nervös.«

Elmar wollte noch mehr fragen, aber ein Vater mit zwei Kindern stellte sich an den Tresen und bestellte Früchtepunsch. Elmar und Fokken machten, dass sie zu den anderen zurückkamen, um ihnen zu erzählen, was sie erfahren hatten.

»Und nun?«

»Ihr geht ins Krankenhaus und versucht, an Hilfers ranzukommen«, schlug Elmar vor. »Vielleicht ist er bei Bewusstsein und kann euch etwas sagen.«

»Und du?«

»Ich schleiche mich in mein Büro und versuche herauszufinden, ob Petter Kontakte zu Polstereien hatte.«

In der Fußgängerzone tobte die Konsumschlacht unbeeindruckt von den Ereignissen weiter. So kam Elmar unerkannt in sein

Büro. Er machte kein Licht, schloss von innen ab und setzte sich an den Computer. Während er darauf wartete, dass seine alte Kiste hochfuhr, hörte er aus dem Lautsprecher Loungemusik, aus der man mit Phantasie Weihnachtsmelodien heraushören konnte. Klardorf hatte sich tatsächlich eine neue CD geleistet.

Als der PC die Betriebstemperatur erreicht hatte, gab Elmar Petters Namen ein, durchforstete zunächst einmal dessen Vita und fand eine interessante Information. Sein Großvater hatte in der Nachbargemeinde ein Möbelgeschäft mit Polsterei besessen. Daher also die Polsternadel. Er schaltete den Computer wieder aus und beeilte sich, ins Krankenhaus zu kommen, das eine halbe Stunde Fußmarsch entfernt lag. Auf halbem Wege kam ihm eine Gruppe entgegen, die seine Aufmerksamkeit erregte. Fünf Männer in Arztkitteln schoben einen in Decken gewickelten Mann im Rollstuhl vor sich her.

Cappuccino-Kipferl

Zutaten:
4 EL Instant-Cappuccinopulver
300 g Mehl
50 g gemahlene Haselnüsse
50 g gemahlene Mandeln
100 g Zucker
1 Prise Salz
200 g weiche Butter
100 g weiße Kuvertüre und
Hagelzucker für den Belag

Zubereitung:
1. Cappuccinopulver mit 50 Milliliter kochendem Wasser verrühren und abkühlen lassen. Mit dem Mehl, den gemahlenen Haselnüssen und Mandeln, dem Zucker, Salz und der Butter zu einem Teig verkneten. In Folie verpackt eine Stunde kühl ruhen lassen.
2. Den Backofen auf 160 Grad (Ober-/Unterhitze) vorheizen. Teig zu fingerdicken Rollen formen, circa 5 Zentimeter lange Stücke abschneiden und zu Kipferln biegen.
3. Diese auf ein mit Backpapier ausgelegtes Backblech legen und 10 Minuten backen.
4. Die Kipferl abkühlen lassen und danach mit Kuvertüre überziehen und mit Hagelzucker dekorieren.

18. Dezember

Elmar hatte Paul Bellermann immer für einen griesgrämigen Stinksack gehalten. Zu Elmars Grundschulzeit war er Museumsleiter und Aushilfslehrer für Sachkunde gewesen und hatte regelmäßig Schulklassen zu seinen Vorträgen über die Neuburger Geschichte in sein Museum geladen. Die Vorträge begannen in der Steinzeit und endeten in der Gegenwart, wobei die Gegenwart bei Bellermann vor dem Ersten Weltkrieg endete. Jetzt war er Mitte achtzig und damit der älteste amtierende Weihnachtsmann. Seine eiserne Konstitution mochte von den regelmäßigen strammen Spaziergängen und der allmorgendlichen kalten Dusche kommen. Nach den Strapazen der letzten Tage wirkte er jedoch angeschlagen und weniger einschüchternd. In einem Anfall von Milde hatte er sogar den Keller des Museums als neues Versteck für die Gilde vorgeschlagen.

»Das Lager hat einen Außeneingang und eine kleine Teeküche mit Toilette. Seit der Renovierung wird es nicht mehr gebraucht und staubt nur vor sich hin. Aber ich habe noch einen Schlüssel.«

So kam es, dass sie die Nacht zwischen ausgestopften Wildschweinen, Füchsen und Hirschen, Regalen mit allerlei Krimskrams und einigen unheimlichen Gerätschaften verbrachten, die Elmar in beunruhigender Weise an den SM-Keller in der Chilibar erinnerten. Den verletzten Hilfers hatten sie auf eine vorsintflutliche Klappliege gebettet, auf der Bismarck angeblich persönlich 1873 bei einem kurzen Aufenthalt in Neuburg seinen Mittagsschlaf gehalten hatte.

»Ich weiß nicht, ob das eine gute Idee war, ihn aus dem Krankenhaus zu entführen«, überlegte Elmar, denn Hilfers ging es ganz offensichtlich schlecht. Er war kaum ansprechbar.

»Petter schlich die ganze Zeit herum. Wie sollten wir ihn denn sonst schützen?«, meinte Zimpel beleidigt.

»Die hier sind aus dem ausgehenden Mittelalter«, unterbrach Bellermann stolz und zeigte auf eine Sammlung von verrosteten Halskrausen. Er hatte gar nicht zugehört und versuchte schon die ganze Zeit, den übrigen Weihnachtsmännern seine Schätze vorzuführen.

Elmar wandte sich ihm pflichtbewusst zu, denn immerhin hatte der alte Museumsdirektor ihnen das Versteck besorgt. »Und was ist das?«, fragte er und zeigte auf ein hölzernes Ding mit einer Art Megarasierklinge.

»Das ist unsere Klappguillotine. Praktisch zum Transportieren. Die hat der letzte Henker von Neuburg noch in der Mache gehabt. Hier kannst du sogar das Blut des letzten Delinquenten erkennen. Ein Viehdieb.«

Hilfers öffnete stöhnend die Augen und fasste sich an die bandagierte Schulter. Elmar war sofort bei ihm. »Was ist im Gefängnis passiert, Erhard?«, fragte er. »Warum ist Bernd Amok gelaufen?«

Hilfers versuchte, sich von Bismarcks Liege aufzurichten, und Elmar stopfte ihm eine Decke in den Rücken. Hilfers Augen glänzten fiebrig.

»Weil er doch … Opernsänger abgeknallt hat«, flüsterte Hilfers mühsam. »Glaube … darum hat er es getan.«

»Aber woher hatte er das Messer?«

Hilfers verzog schmerzhaft das Gesicht. »Aus … Küche, nehme ich an.«

»Die lassen im Gefängnis doch nicht einfach Messer rumliegen. Und warum ist er auf dich losgegangen?«

Hilfers schloss die Augen. »Wollte ihn davon abhalten … dass er sich was antut. Dabei hat er … Klinge in meine Schulter gerammt.«

»Und dann?«

»Dann hat er sich selbst …« Hilfers hustete. »Wie ein Samurai.«

»Hat Brammstede vorher mit irgendjemandem Kontakt gehabt? Einem Wärter, einem Häftling, einem —«

»Petter wollte noch vor … Frühstück mit ihm sprechen.«

Elmar klatschte triumphierend in die Hände. »Na bitte!«

»Was meinst du damit?«, fragte Hilfers.

»Er vermutet, dass Petter der Weihnachtsmannkiller ist«, erklärte Fokken.

Hilfers starrte sie alle völlig verständnislos an. »Ihr habt mich … mitgenommen, weil ihr dachtet … Kommissar bringt mich auch um?«

Elmar nickte.

Hilfers stöhnte auf. »Hat jemand Morphium?«

»Nur Schmerztabletten.«

»Leute, ich krepiere!«

Alle schwiegen ratlos. In diesem Moment kam Fabian Zimpel und stellte eine Tortenplatte auf den Tisch. Er nahm den Deckel ab.

»Tatatata! Eine echte und wahrhaftige Torte«, sagte er stolz. »Habe ich aus der Cafeteria oben.«

Bellermann schlug sich vor den Kopf. »Klar! Heute ist der 18. Dezember, der Geburtstag von meinem Nachfolger hier im Museum, Dr. Düppermann. Die Torte bekommt er von den Mitarbeitern. Ich habe mir damals immer eine Marzipantorte gewünscht, als ich noch im Dienst war.«

»Wir sind ihm alle sehr dankbar«, bemerkte Caletti und legte eine Handvoll Löffel dazu.

Nach gefühlten zwei Minuten waren von der Torte nur noch Krümel übrig. Nur Hilfers hatte kaum etwas davon herunterbekommen, er lag wieder matt auf der Liege und atmete schwer. Sein Gesicht war jetzt rot wie ein Weihnachtsstern.

»Er hat Fieber«, flüsterte Koops. »Wenn wir nicht wollen, dass er als Mumie im Museumskeller endet, sollten wir schleunigst etwas unternehmen.«

»Ist diese Fanny Mintgen nicht Krankenschwester?«, fragte Fokken.

»Das ist doch eine von den Christkindern.« Bellermann schnappte empört nach Luft.

»Meine Güte, Paul! Ist doch scheißegal, wer oder was sie ist, Hauptsache, Hilfers stirbt uns nicht weg.«

Elmar fasste einen Entschluss. »Gut«, sagte er, »wir holen diese Fanny. Und wir schnappen Petter. Dann kann Hilfers endlich ins Krankenhaus zurück, ohne Gefahr zu laufen, von ihm umgebracht zu werden.«

»Und wo sollen wir ihn schnappen?«

»In meinem Büro. Ich schätze mal, er vertritt mich.«

»Und dann?«

»Müssen wir ihm ein Geständnis entlocken, sonst nimmt das nie ein Ende. Los jetzt, Männer. Beeilung!«

Während Paul Bellermann bei Hilfers blieb, machten sich die anderen auf den Weg in die Stadt. Koops wollte mit Fanny sprechen, die anderen Petter aufspüren. Sie hatten Glück. Die Lichterketten im Kontaktbüro brannten, der Stern im Fenster leuchtete, und jemand saß hinter dem Schreibtisch.

Elmar linste durch das Schaufenster. »Das ist er.«

»Und wie wollen wir es machen?«, fragte Caletti mit leichter Panik in der Stimme.

»Ich weiß es nicht«, sagte Elmar und trat ein.

Petter blickte nicht einmal auf. »Ja bitte?«

»Ein Serienmörder geht in Neuburg um, und wir wollen mit ihm sprechen.«

Petter stand langsam auf. Jegliche Farbe wich aus seinem Gesicht. »Sie? Was wollen Sie hier?«

»Wir finden, wir haben das Recht, den Grund zu erfahren, warum Sie uns alle umbringen.«

Petter wich bis an die Rückwand zurück, wobei er mit dem Scheitel Rudis Schnauze touchierte, der sofort sein lustiges Lied anstimmte.

Elmar warf ihm einen resignierten Blick zu.

»Sie glauben, ich war das?« Petter brachte ein heiseres Lachen zustande. »Was für eine absurde Idee.«

»Zeigen Sie mal Ihre Schuhe.«

»Was?« Es sah aus, als versuchte Petter, sich durch die Wand zu drücken, die tatsächlich leicht nachgab.

»Ihre Schuhe«, forderte Elmar nachdrücklich.

Petter hob einen Fuß.

»Na bitte!« Elmar nickte zufrieden. Er vermutete, dass Petter seine Dienstwaffe in einer der Schubladen verstaut hatte. Er beugte sich über den Schreibtisch, riss sie auf und hatte mit einem Griff die Waffe gefunden.

»Das dürfen Sie nicht«, keuchte Petter.

»Weihnachtsmänner umbringen darf man auch nicht, Fredo. Hat dein Großvater dir das nicht beigebracht? Der war doch auch ein Gildeweihnachtsmann.«

Petter schnappte nach Luft wie ein Fisch auf dem Trockenen.

Elmar entsicherte die Waffe und richtete sie auf ihn. »Mitkommen. Oder ich drücke ab.«

»Das wagen Sie nicht.«

»Ich würde es nicht darauf ankommen lassen. Ich werde nämlich zur Bestie, wenn man mich vom Plätzchenbacken abhält.«

Sie nahmen den zitternden Petter in ihre Mitte und kehrten zum Museum zurück.

So unauffällig wie möglich gingen sie am Haupteingang vorbei, schlüpften schnell den Kellereingang hinunter und machten das vereinbarte Klopfzeichen. Bellermann öffnete sofort. Er wirkte zermürbt und ließ sie wortlos eintreten.

Fanny war schon da und kniete neben der Liege, auf der Hilfers lag, neben ihr stand Koops. Fanny erhob sich langsam und schüttelte den Kopf.

Elmar wusste, was das bedeutete. Er war zu spät gekommen. Ihn packte die Wut. Er stieß Petter vor sich her und zwang ihn neben der Liege auf die Knie. »Sieh ihn dir an!«

Der Kommissar kniff die Augen zusammen. Er drehte den Kopf weg und würgte.

Elmar schüttelte ihn. »Guck hin! Den hast du auch auf dem Gewissen. Das warst du.«

»War ich nicht!«

»Du warst bei Brammstede im Gefängnis. Du hast dafür gesorgt, dass er das Messer in die Hände bekommt, und dann hast du ihm etwas gesteckt, dass ihn ausrasten ließ. Was war das?« Er stieß Petter den Lauf der Waffe in den Rücken, sodass er über Hilfers fiel. Elmar drückte ihn nach unten. »Achtzehn tote Weihnachtsmänner. Warum, Petter?«

Der Kommissar wimmerte. »Ich habe nichts damit zu tun. Ehrlich.«

»Lüg nicht!« Elmar ließ den Hahn der Waffe knacken, und Petter keuchte, als liefe er Marathon. »Ich knall dich ab!«

Fokken riss Elmar von dem wimmernden Kommissar weg. »Tu nichts, was du später bereust«, zischte er.

Petter kroch jaulend wie ein geschlagener Hund in eine Ecke, und Elmar, erschrocken über sich selbst, warf die Waffe fort.

Bellermann hob sie auf und sicherte sie. »Was machen wir jetzt?«, fragte der ehemalige Museumsdirektor.

Elmar knirschte mit den Zähnen. »Wir brauchen sein Geständnis, Herrgott noch mal!« Er zog ein Aufnahmegerät aus der Jackentasche, das er aus seinem Büro mitgenommen hatte, und warf es auf den Tisch neben die leere Tortenplatte.

Bellermann lächelte versonnen. »Ich wüsste schon, wie wir ihn zum Reden bringen.«

Der alte Museumsdirektor war in seinem Element. Er zeigte Petter die Folterinstrumente und hielt zu jedem Foltergerät einen ausführlichen Vortrag. »... und das hier sind Daumenschrauben. Sehr beliebt im Mittelalter und auch später noch. Und dies hier ist eine Schädelquetsche ...«

Petter drehte den Kopf weg. Sein Atem ging stoßweise. Rotz lief ihm aus der Nase. Er zitterte am ganzen Leib, konnte aber nicht fliehen, denn sie hatten ihn auf die Garotte gefesselt, ohne jedoch die Halskrause anzulegen. Es war bereits tiefe Nacht. Die Folterinstrumente lagen ausgebreitet auf dem Boden, und Bellermann schritt von einem Gegenstand zum nächsten. »Und mit welchem sollen wir anfangen?«, fragte er Petter.

Der schüttelte den Kopf. »Bitte. Ich habe nichts mit dem Weihnachtsmannsterben zu tun.«

»Wir glauben dir kein Wort.«

»Ich will nach Hause«, wimmerte Petter.

»Gib ein Geständnis ab, dann binden wir dich los.«

»Ich habe nichts zu gestehen.«

Bellermann trat hinter ihn. »Dann versuchen wir es zuerst mit der Halsschlinge.«

»Nein! Nein«, jammerte Petter. »Ich rede!«

Elmar trat mit dem Aufnahmegerät neben ihn. »Wir hören.«

»Ich gebe alles zu. Ich war's.«

»Das Ganze bitte noch mal fürs Protokoll. Verhör von Fredo Petter am 18. Dezember, es ist ein Uhr dreißig.« Er nannte die Namen der Anwesenden und fragte dann: »Ihr Name ist Fredo Petter?«

»Ja.«

»Kommissar der Mordkommission in Neuburg?«

»Ja.«

»Und Sie geben zu, die Weihnachtsmänner der Gilde ermordet zu haben?«

»Ja, verflucht noch mal!«

»Was war Ihr Motiv?«

Petter schnappte nach Luft. »Was weiß ich! Weil … mein Großvater mich mal mit der Rute verprügelt hat?«

»Hervorragend«, rief Caletti und klatschte vor Begeisterung in die Hände. »So was freut Dr. Maschmann. Das nimmt er ihm sofort ab.«

»Darf ich jetzt die Klappguillotine aufbauen?«, fragte Bellermann.

Hafervollkornkekse

Zutaten:
250 g Butter
500 g kernige Haferflocken
je eine Messerspitze gemahlenen
Kardamom, Koriander und
Sternanis
3 Eier
225 g flüssiger Honig
2 EL dunkles Weizenmehl (Typ 1050)
1 TL Backpulver

Zubereitung:
1. Butter schmelzen lassen, Haferflocken und Gewürze hinzufügen.
2. Eier und Honig schaumig schlagen. Mehl und Backpulver vermischen und unter die Honigmasse rühren. Die Haferflockenmasse unterziehen.
3. Backofen auf 170 Grad (Ober-/Unterhitze) vorheizen. Mit angefeuchteten Teelöffeln Teighäufchen auf ein mit Backpapier ausgelegtes Backblech setzen.
4. Bei 170 Grad 12 Minuten backen.

19. Dezember

Die Geschäfte öffneten gerade, und der Markt bereitete sich auf den nächsten Ansturm vor. Elmar wanderte ungeniert in seinem Weihnachtsmannkostüm durch die Stadt. Er hatte es am frühen Morgen aus der leer stehenden Fabrik geholt, bevor er in seiner verwaisten Küche schnell ein paar Bleche Haferkekse gebacken hatte, das ließ er sich nicht nehmen. Jetzt war er auf dem Rückweg zum Museum. Zwar erntete er irritierte Blicke und einige Passanten blieben tuschelnd stehen, aber bisher hatte ihn niemand aufgehalten. Sollen sie doch, dachte er. Petters Geständnis hatte er im Kasten, auch wenn es unter zweifelhaften Umständen zustande gekommen war. Achtzehn tote Weihnachtsmänner heiligten die Mittel.

Wenige Minuten später stand er mit der gefüllten Plätzchendose im Museumskeller. Die anderen hatten ebenfalls wie besprochen ihre Mäntel angelegt, denn heute sollte die Tragödie ihr Ende finden. Elmar ließ die Dose herumgehen und steckte auch Petter ein Plätzchen in den Mund. Der Arme war immer noch an die Garotte gefesselt, damit er nicht fliehen konnte.

»Was habt ihr mit Hilfers Leiche gemacht?«, fragte Elmar, dem erst jetzt auffiel, dass Bismarcks Liege leer war.

»Den haben wir vorerst zur Moorleiche in das Vitriolbad gelegt«, bemerkte Bellermann.

Elmar schluckte. »Und wenn ihn da jemand findet?«

»In hundert Jahren nicht«, beschwichtigte ihn der Museumsdirektor. »Und konserviert wird er auch noch. Der liegt da erst mal sicher und geschützt.«

Elmar seufzte. Um Hilfers würde er sich später kümmern, wenn die Sache mit Petter erledigt war. »Dann mal los«, sagte er und gab Bellermann ein Zeichen.

Der machte Petter los, und Elmar legte ihm Handschellen an.

Sie führten Petter durch die Stadt. Sechs bartlose Weihnachtsmänner und ein Kerl in Handschellen. Die Leute hoben nur kurz die Köpfe und hasteten weiter, denn sie hatten zu tun.

Die Herrmann parkte mitten in der Fußgängerzone vor dem Kontaktbüro. Sie lehnte an der Fahrertür und rauchte, was Elmar erstaunte, denn er hatte sie noch nie mit Zigarette gesehen.

»Was soll diese Prozession?«, blaffte sie Elmar an, als der seltsame Zug vor dem Büro angekommen war. »Und warum ist Kollege Petter gefesselt? Wollen Sie mitten im Weihnachtsgeschäft einen Volksaufstand vom Zaun brechen?«

»Sehen Sie hier irgendwelche Anzeichen dafür?«

Sie warf die Kippe weg und trat die Glut mit der Stiefelspitze aus. Elmar schloss sein Büro auf und ließ alle eintreten.

»Und?«, fragte seine Chefin, als sie schließlich alle um den Schreibtisch versammelt waren, die geöffnete Plätzchendose wie ein heiliges Opfer in der Mitte. Elmar legte das Aufnahmegerät daneben und spielte es ab. Mit wachsender Verwunderung hörte Julia Herrmann sich Petters Geständnis an.

»Sie?«, fragte die Herrmann, nachdem Elmar das Gerät ausgestellt hatte.

Petter schüttelte nur schweigend den Kopf.

»Wie sind Sie überhaupt auf die Idee gekommen, Petter zu verdächtigen?«, fragte sie.

Elmar erzählte die Geschichte, und seine Chefin hörte mit zunehmendem Interesse zu. Schließlich sagte sie zu Petter gewandt: »Tja, Kollege, das sieht schlecht für Sie aus.« Irgendwie klang das in Elmars Ohren eine Spur schadenfroh.

Petter fuhr von seinem Stuhl hoch. »Sie glauben denen?«

»Warum nicht?«

»Ich widerrufe mein Geständnis. Es wurde mir abgepresst.«

»Ich fürchte, ich muss das trotzdem überprüfen, Fredo«, seufzte sie.

»Die haben mir Daumenschrauben gezeigt. Und sie hatten eine Garotte«, japste Petter und lief dunkelrot an. »Außerdem haben die diesen Hilfers als Moorleiche getarnt.«

»Mir ist schon länger aufgefallen, dass Sie gern übertreiben«, knurrte Elmars Chefin. »Sie sind für meinen Geschmack für diesen Beruf ohnehin viel zu übereifrig. Statt zur Mordkommission hätten Sie besser zum Theater gehen sollen. Aber wenn man den Polizeipräsidenten zum Patenonkel hat …«

»Sie wollten mich doch —«

»*Ich* wollte Sie?« Sie funkelte Petter wütend an. »Man hat mich gezwungen!«

Petter wirkte vollkommen zerschmettert. »Sie glauben diesen Verrückten doch nicht etwa, oder?«, keuchte er. »Sie sollten *die* festnehmen und nicht mich.«

»Jetzt nehme ich aber Sie fest, wegen des Verdachts der Tötung in …«, sie machte eine wegwerfende Geste, »siebzehn Fällen?«

Petter lachte, und es klang beunruhigend wahnsinnig.

Julia Herrmann ließ sich davon nicht beeindrucken. »Sie haben das Recht, zu schweigen, und so weiter, Sie kennen den Sermon. Und jetzt steigen Sie ohne Widerstand in meinen Wagen. Herr Wind, Sie kommen auch mit.«

»Sind wir mal wieder rehabilitiert?«, fragte Bellermann.

»Natürlich. Schönen Tag noch.«

»Was haben Sie mit Ihrem Bart gemacht?«, fragte die Chefin, nachdem Elmar auf der Dienststelle alles noch einmal zu Protokoll gegeben hatte. Sie saßen in Julia Herrmanns Büro. Sie sah müde aus, lächelte aber. »Man erkennt Sie kaum wieder, so nackt im Gesicht. Macht Sie viel jünger.«

»Ich musste mich tarnen«, antwortete Elmar. »Schließlich wurde ich unschuldig verdächtigt.«

»Verstehe.«

»Rollen Sie die Fälle wieder auf?«, fragte Elmar.

»Ja.« Sie stöhnte auf. »Polizeichef Brunn wird im Karree springen, wenn wir jetzt anfangen, zu exhumieren.«

»Es liegen ja noch einige von uns in der Rechtsmedizin. Fangen Sie mit denen an.«

»Ich habe Dr. Karl schon informiert.«

Elmar nickte.

Eine Weile wusste keiner, was er noch sagen sollte, und Elmar hatte gerade beschlossen, sich zu verabschieden, da fragte seine Chefin: »Wo ist eigentlich Ihr Kollege Hilfers abgeblieben? Die Klinik hat uns mitgeteilt, dass er verschwunden sei. Wissen Sie davon?«

Elmar wurde es heiß und kalt zugleich. Er war drauf und dran, die Entführung zuzugeben und dass Hilfers im Augenblick einer Moorleiche Gesellschaft leistete, aber dann ginge die ganze Chose von vorne los. Er zuckte mit den Schultern. »Er … will sich bei seiner Tochter in Australien auskurieren.«

»Na schön.«

»Und wie geht es jetzt weiter?«

»Zuerst muss ich einen Kollegen ins Museum schicken, um Petters Foltervorwürfe zu überprüfen.« Sie lachte freudlos, und Elmar nickte gelassen, denn im Keller würden sie keine mittelalterlichen Geräte mehr finden. Während er hier saß, hatten die übrigen Weihnachtsmänner gründlich aufgeräumt.

»Außerdem hatte er noch eine andere hanebüchene Geschichte in petto«, fuhr sie fort.

»Was denn für eine Geschichte?«, fragte Elmar und spürte, wie sein Mund in Sekundenschnelle zur Wüste wurde.

Seine Chefin lachte herzlich. »Er meinte, Sie hätten Hilfers in Vitriol eingelegt.«

»Wie ein seltenes Insekt?« Elmar stimmte gequält in ihr Lachen mit ein. »Er erzählt Ihnen Märchen.«

»Dachte ich mir schon. Dr. Maschmann ist gerade bei ihm.«

»Kann ich jetzt gehen?«

»Warten Sie.« Die Herrmann griff in ihre Schublade und holte eine Schachtel hervor. Sie schob sie Elmar hin. »Sie sind wieder im Dienst, Herr Wind. Die Stadt braucht Sie. Und Klardorf auch.«

Statt in sein Kontaktbüro eilte Elmar zuerst einmal zum Museum zurück, in der Hoffnung, Bellermann dort anzutreffen. Leider hatte er Pech. Er fragte an der Kasse nach ihm, und die freundliche Dame erklärte ihm, dass sie ihn tatsächlich gesehen hatte, dass er aber vor wenigen Minuten wieder gegangen sei.

»Er ist ja so ein begeisterter Heimathistoriker und immer noch oft und gern hier«, lächelte sie versonnen. »Vielleicht versuchen Sie es mal im Weihnachtszelt. Das soll heute wieder geöffnet werden.«

Elmar fragte nach der Moorleiche, und die Frau meinte, die könnte er im ersten Stock besichtigen, der Eintritt würde acht Euro kosten. Elmar kaufte sich ein Ticket und eilte die Treppe hinauf. Wie auch immer, Hilfers musste aus dem Museum verschwinden, wenn der Rest der Gilde nicht doch noch im Gefängnis landen wollte.

Elmar fand die Moorleiche auf Anhieb. Sie lag in einem gigantischen Aquarium auf einer Lage Torf, ein verschrumpelter Körper, der Größe nach ein Kind. Er studierte die Informationstafel. Demnach handelte es sich um einen circa fünfundzwanzigjährigen Mann, der vor zweitausend Jahren gelebt hatte. Entweder waren die Menschen damals recht klein gewesen, oder der Körper war im Moor gewaltig geschrumpft. Seine Haut war dunkel und ledrig, die Gliedmaßen verrenkt, aber er hatte immer noch dichtes feuerrotes Haar. Elmar presste seinen Kopf gegen die Scheibe und beschattete seine Augen. Die Schrumpfleiche hatte jedenfalls keinen Besuch von einem Weihnachtsmann bekommen. Da waren nur Torf, künstliche Pflanzen und nachgebildetes Getier.

»Interessant, nicht wahr?«

Elmar drehte sich so schnell herum, dass seine Halswirbel knackten. Hinter ihm stand eine fremde Frau. Sie war um die fünfzig, ein wenig füllig und hatte schon ziemlich ergrautes Haar.

»Die Toten haben uns etwas voraus. Ich beneide sie manchmal«, sagte sie.

»Wie meinen Sie das?«

»Kein Rummel, kein Gehetze, nur Ruhe. Kommen Sie vom Arbeitsamt?«

»Wie kommen Sie denn darauf?«

»Wegen des Kostüms, das Sie tragen. Das Arbeitsamt vermittelt doch um diese Zeit Weihnachtsmänner. Und Sargträger. Die Stadt kann in diesen Tagen beides gut gebrauchen.« Sie lachte, und um ihre Augen zeigten sich unzählige Fältchen.

Dann schlenderte sie weiter, und Elmar starrte ihr nach. Er machte, dass er aus dem Museum kam. Er hoffte, dass die anderen die Sache mit Hilfers schon erledigt hatten, und beschloss, zum Zelt zu gehen, um sie zu fragen.

Fokken, Zimpel, Koops und Caletti waren damit beschäftigt, das Zelt aufzuräumen und sauber zu machen.

»Da bist du ja«, rief Caletti und ließ den Lappen fallen. Er eilte auf Elmar zu. »Ist Petter im Gefängnis? Hat deine Chefin dich ordentlich in die Mangel genommen?«

Elmar beschloss, seine Fragen später zu beantworten. »Wo habt ihr Hilfers gelassen?«, stieß er atemlos hervor. »Die Polizei geht Petters Hinweis nach und sucht ihn im Museum.«

Die vier grinsten. »Wir haben ihn in Sicherheit gebracht.«

»Was heißt das?«

»Er leistet jetzt Brammstede Gesellschaft.«

»Was?«

»Der Wirt ist in der Kapelle aufgebahrt. Heute Nachmittag wird er beerdigt.«

Elmar brauchte ein paar Sekunden, bis der Groschen fiel. »Da passte Hilfers noch mit rein?«, fragte er überrascht.

Die anderen nickten, und Elmar fiel ein Stein vom Herzen. »Wo ist denn Bellermann?«, fragte er.

»Der verstaut zu Hause seine Sammlung. Da haben wir die Sachen nämlich hingeschafft.«

Focken grinste. »Er will die Daumenschrauben entrosten. Unser alter Museumsdirektor hat vorgeschlagen, im Weihnachtszelt eine kleine Ausstellung zu machen.«

»Dann fliegen wir gleich auf! Außerdem ist Advent.«

Focken hob die Schultern. »Er ist wild entschlossen.«

Elmar schüttelte den Kopf. »Ich glaube, ich rede noch mal mit ihm.«

Bellermann wohnte in einer Reihenhaussiedlung, die in den Fünfzigern der Stolz der Stadt gewesen war. Wer hier ein Häuschen besaß, gehörte zu den angesehenen Bürgern von Neuburg. Bellermann hatte sein Haus von den Eltern geerbt, es lag nicht weit entfernt von der Chilibar. Elmar öffnete brav das kniehohe Tor, über das er mühelos hätte steigen können, und ging durch den penibel gepflegten Vorgarten zum Eingang.

Er klingelte mehrmals, aber niemand öffnete. Durch die gelben Scheiben in der Eingangstür konnte er nichts sehen.

»Paul?«, rief er laut. »Ich bin es. Elmar!«

Nichts rührte sich. Elmar sah sich um. Da es ein Mittelhaus war, konnte Elmar nicht in den Garten auf der Rückseite gelangen. Deshalb stieg er in das mit Tannenzweigen gegen Frost geschützte Blumenbeet unter dem Fenster. Er reckte sich und lugte durch die Scheibe. Die Gardine war ein Stück zur Seite gezogen. Er erkannte ein Bücherregal und die Hälfte eines Schreibtisches, anscheinend handelte es sich um Bellermanns Arbeitszimmer. Als sich seine Augen an das schummrige Licht im Zimmer gewöhnt hatten, sah er ihn. Bellermann kniete auf dem Boden und wandte ihm den Hintern zu, als suchte er dort etwas. Elmar klopfte gegen die Scheibe. »Paul? Was treibst du denn da?«

Das Fenster schwang auf. Es war nur angelehnt.

Elmar stieß es noch weiter auf. Und dann sah er, warum Bellermann schwieg. Er hatte nämlich seinen Mund verloren. Um genau zu sein, den ganzen Kopf. Den hatte er, wie es aussah, beim Putzen seiner geliebten Klappguillotine geopfert. Den Lappen hielt er noch in der Hand.

Weihnachtspunsch mit Schuss

Zutaten:
1 walnussgroßes Stück frischer Ingwer
1 Vanilleschote
1 Stange Zimt
4 Nelken
3 Sternanis
4 Kardamomkapseln
3 Körner Piment
50 g gehackte Mandeln
Schale und Saft von je einer Bio-Orange und Bio-Zitrone
5 EL brauner Zucker
1 Flasche Rotwein
200 ml Rum (wahlweise schwarzer Tee)

Zubereitung:
1. Ingwer schälen und in dünne Scheiben schneiden. Das Mark aus der Vanilleschote kratzen, zusammen mit den übrigen Zutaten in einen Topf geben.
2. Mit Rotwein aufgießen und 30 Minuten zugedeckt köcheln lassen. Anschließend durch ein Sieb gießen. Rum oder Tee dazugeben.

20. Dezember

*W*ieder wurden sie gleich im Dreierpack beigesetzt, Kühling, Meibach und Brammstede. Die Todesursachen waren trotz Petters Geständnis eindeutig, und die Rechtsmedizin hatte sie freigegeben. Die Übrigen mussten noch auf ihre Beerdigung warten. Dass ein Vierter heute in die Erde gesenkt wurde, nämlich Hilfers, wussten nur die Weihnachtsmänner.

Von der Gilde war nur ein bedauernswerter Rest übrig geblieben, sogar die Christkinder hatten Mitleid mit Elmar,

Caletti, Fokken und Koops und waren zur Beerdigung gekommen. Überhaupt war die Stimmung in der Stadt umgeschlagen. Die Presse, die die Gilde noch bis vor einigen Tagen geschmäht hatte, stellte die Weihnachtsmänner jetzt als Opfer einer höheren Macht dar, als wäre sie schon immer dieser Meinung gewesen. Dass Jürgen Koops am Grab seinen roten Mantel um die Schultern von Fanny Mintgen gelegt hatte, als es wie aus Kübeln zu gießen begann, war für die Fotografen ein gefundenes Fressen gewesen.

Als Elmar sein Schäufelchen Sand in die Grube warf, konnte er nicht verhehlen, dass bei all der Trauer auch ein Körnchen Erleichterung dabei war, dass es nun endlich ein Ende hatte. Petter war hinter Schloss und Riegel, und die Sache mit Bellermann war wohl wirklich ein Unfall gewesen. Seltsamerweise war sein Tod nur eine kurze Meldung wert gewesen. Das Verschwinden der Weihnachtsmänner schien keinen Sensationswert mehr für die Presse zu haben. Es wurde langweilig, jeden Tag davon in der Zeitung zu lesen. So kurz vor Weihnachten wollten die Leser sowieso lieber Themen, die zu Herzen gingen. Eine Versöhnung zwischen Weihnachtsmännern und Christkindern am offenen Grab verkaufte sich besser als ein schrulliger Rentner, der beim Putzen den Kopf verloren hatte.

In solch düstere Gedanken versunken war Elmar nach der Beerdigung in sein Büro zurückgekehrt, denn es stand ein weiterer Großkampftag bei Klardorf an. Das Kaufhaus lockte die erschöpften Kunden auf den letzten Metern im Einkaufsmarathon mit einem Event und diversen reizvollen Angeboten, zu denen keiner Nein sagen konnte. Am 20. Dezember fand im Kaufhausrestaurant das traditionelle Weihnachtsgans-Wettessen statt. Für einen Einsatz von fünfzig Euro pro Person gab es gestopfte Gans satt, Getränke gingen extra. Der Erlös kam in diesem Jahr dem Tierheim zugute. Die Teilnehmer wurden zu Beginn der Veranstaltung gewogen. Sobald ein Esser aufgab, musste er ein zweites Mal auf die Waage steigen. Wer am meisten in sich reingestopft hatte, gewann einen Kleinwagen. In diesem Jahr hatte Klardorf sich nicht lumpen lassen und einen knallroten Cityflitzer spendiert. Das Auto konnte man schon seit dem 1. Dezember im Erdgeschoss bewundern, wo es sich auf einem Podest wie eine Tabledance-Tänzerin drehte. Elmar hatte auch schon mehrmals bewundernd davorgestanden – leider mochte er keine Gans.

Elmar verzichtete heute darauf, die Weihnachtsbeleuchtung einzuschalten. Auch Rudi blieb stumm. Er ließ sich auf seinen Schreibtischstuhl fallen, trank einen Schluck Punsch und lauschte der Musik, die aus den Lautsprechern drang. Frank Sinatra schmalzte »Let It Snow«. Es hätte schlimmer kommen können. Sein Blick fiel auf die Uhr. Mit Grauen vor dem, was ihn bei Klardorf erwartete, zog er seinen Weihnachtsmannmantel aus, unter dem er die Polizeiuniform trug. Jetzt war Autorität gefragt, keine Plätzchen. Viel lieber wäre er bei den anderen Weihnachtsmännern gewesen, die auf Charlottes Vorschlag hin das Zelt in einen Raum der Stille verwandelten. Elmar war gespannt, wie sie das machen würden, denn gleich nebenan dröhnte die Musik des Kinderkarussels.

Elmar hatte die Türklinke schon in der Hand und wollte sich gerade auf den Weg machen, da stand plötzlich seine Chefin vor ihm. Sein Magen zog sich zusammen. »Es ist doch nicht schon wieder etwas passiert?«

Sie schlüpfte an ihm vorbei und setzte sich wie selbstverständlich auf den Besucherstuhl. »Keine Sorge. Ich wollte nur mal nach Ihnen sehen.« Sie griff in seine Plätzchendose. »Hm! An Ihnen ist ein Bäcker verloren gegangen. Wie kriegen Sie das immer hin?«

»Mit Geduld.«

»Eine seltene Eigenschaft, gerade zum Fest.« Sie leckte ihre Finger ab. »Ich wollte Sie nur schnell über den neuesten Stand der Dinge informieren.«

»Ja?«

»Fredo Petter befindet sich in psychiatrischer Behandlung. Er hat Dr. Maschmann in allen Einzelheiten geschildert, wie er es gemacht hat.« Sie nahm sich noch ein Plätzchen. »Ich muss zugeben, dass einige Geschichten recht abenteuerlich klingen. Aber sei's drum. Der Fall ist gelöst, und wir können auf Exhumierungen verzichten. Weihnachten kann kommen.«

»Na, das ist ja mal eine gute Nachricht.«

Sie griff ein weiteres Mal in die Plätzchendose. »Das mit Bellermann tut mir leid«, sagte sie kauend.

Elmar nickte. »Immerhin hatte er einen schönen Tod. Er liebte diese Guillotine, die Daumenschrauben und das ganze Zeug.«

»Ach ja?« Die Herrmann musterte ihn, und Elmar hätte sich am liebsten die Zunge abgebissen. Aber sie ging nicht darauf ein. »Und wie geht es nun weiter mit der Gilde?«

»Wir richten gerade einen Raum der Stille ein.«

»Sie geben nicht auf?«

»Niemals. Wir gehören zu Neuburg wie das Rathaus und der Weihnachtsmarkt. Wir werden neue Mitglieder suchen und uns die Bärte wieder wachsen lassen.«

Die Herrmann schluckte das Plätzchen hinunter und ließ die flachen Hände entschlossen auf die Tischplatte fallen. »Ich bin froh, dass das Massensterben nun endlich ein Ende hat. Passen Sie trotzdem gut auf sich auf. Bei diesem Gänseessen geht es ja immer ziemlich hoch her.«

Im Kaufhaus war es brechend voll, denn das öffentliche Wiegen der Wettesser stand kurz bevor. Elmar waren Fälle zu Ohren gekommen, bei denen die Kampfesser versucht hatten, den Gewichtableser zu bestechen. In diesem Jahr hatte Klardorf für diesen Job eine Krankenschwester engagiert, um dem Wettbewerb einen Hauch von Seriosität zu verleihen. Als Elmar vor dem Kaufhausrestaurant angekommen war, traute er seinen Augen nicht. Gerade stellte sich Fokken mit Mantel, Mütze, Sack und Rute auf die Waage.

»Neunundachtzig Kilo«, verkündete die Krankenschwester und schrieb die Zahl auf eine Tafel, auf der auch die anderen Teilnehmer verzeichnet waren. Elmar überflog die Liste und blieb an einem weiteren Namen hängen.

»Charlotte von Leuchtenberg?« Elmar konnte sich nicht erinnern, dass jemals eine Frau an diesem Kampfessen teilgenommen hatte, geschweige denn ein Christkind, aber gerade stieg ein mächtiger Engel auf die Waage.

Die Krankenschwester verkündete: »Siebenundneunzig Kilo!«

Das Publikum johlte, und Charlotte winkte jovial mit der Hand, während sie wieder von der Waage herunterstieg.

Elmar drängelte sich bis zu Fokken durch, wobei er mehrmals Leute beiseiteschubsen musste.

»Was machst du denn hier?«, fragte er den Kapitän.

»Charlotte und ich haben eine Wette laufen. Ich verteidige die Ehre der Weihnachtsmänner.«

»Eine Wette?«

»Wer am meisten Gans essen kann.«

»Und ich dachte, ihr bereitet den Raum der Stille vor.« Elmar konnte nicht verbergen, dass es ihn ärgerte, seinen Kollegen ausgerechnet hier vorzufinden.

»Jetzt bleib mal locker. Nach dem ganzen Stress haben wir uns ein bisschen Spaß verdient, oder?«

»Aber doch nicht so was … Primitives. Wo noch nicht mal alle Kollegen unter der Erde sind.«

»Gibt es Probleme?«, fragte Charlotte, die neben Fokken getreten war und ihm den Arm um die Schultern legte.

»Pass auf, dass er sich nicht überfrisst«, fauchte Elmar und machte kehrt.

Dr. Klardorf persönlich eröffnete die Veranstaltung mit einer kleinen Rede. Elmar kannte sie schon auswendig, denn er hielt jedes Jahr die gleiche.

»Wir huldigen mit unserem kleinen Wettbewerb einer mehr als vierhundert Jahre alten Tradition«, begann der Kaufhauschef. Dann folgte ein historischer Rückblick. Man berufe sich auf die berühmte britische Königin Elisabeth I., die höchstpersönlich die Gans als Weihnachtsessen bestimmt habe.

»Während sie einen solchen Vogel verspeiste, wurde ihr die Nachricht überbracht, dass England die spanische Armada auf den Grund des Meeres versenkt hatte. Dies freute sie so sehr, dass sie Gans von nun an jede Weihnachten auf dem Teller haben wollte.« Klardorf warf einen gönnerhaften Blick in die Runde. »Es handelt sich also um ein Siegeressen. Und für einen von Ihnen wird es heute auch so sein. Guten Appetit.«

Neunzehn Männer und eine Frau machten sich über einen Schwarm gebratener Riesenvögel her, die von einem Heer von Köchen mit Kochmützen aufgetragen wurden. Ein interessiertes Publikum sah ihnen dabei zu. Wer keine der überteuerten Platzkarten im Restaurant bekommen hatte, drückte sich die Nase an den Plexiglasscheiben platt, die das Restaurant von der Haushaltswarenabteilung abtrennte. Immer wieder kam es zu Rangeleien.

Elmar platzierte sich gut sichtbar neben dem Eingang und versuchte, Respekt einflößend auszusehen. Er wusste nur zu gut, wie dieses Schauspiel endete. Nach einer halben bis Dreiviertelstunde würde denen, die allzu gierig spachtelten, schlecht werden. Nach einer weiteren Stunde gaben die Nächsten wegen Kreislaufbeschwerden auf. Beide Male musste jemand aufpassen, dass sie den Weg zur Toilette fanden und auch schafften. In diesem Jahr war die Krankenschwester dafür zuständig. Übrig blieben die geübten Esser, die es langsam angingen. Diese würden noch eine weitere Stunde aushalten. Der eine oder andere landete trotzdem im Notarztwagen, der vorsorglich am Hinterausgang wartete. Wer sich noch zur Waage schleppen konnte, hatte eine echte Chance, den Wettbewerb zu gewinnen.

In der aufgeheizten Atmosphäre des Kaufhauses wurden Wetten abgeschlossen, und jeder Teilnehmer hatte seine Fans mitgebracht. Am lautesten krakeelten die Christkinder. Fanny und Christine feuerten Charlotte an, die Odo Fokken gegenübersaß und genüsslich an einer gewaltigen Keule knabberte. Das Fett rann ihr die Finger hinab. Sie ließ sich Zeit, was geschickt war, aber Fokken verfolgte die gleiche Taktik, auch er wirkte völlig entspannt, während ein rotgesichtiger Mann am Nebentisch Fleisch in sich hineinstopfte, als ginge es um sein Leben.

Am liebsten hätte Elmar den Kapitän ebenfalls begeistert angespornt, aber er war im Dienst und musste für Ordnung sorgen.

Bei den Kochtöpfen gab es einen Tumult. Zwei Männer rangen um den letzten kupfernen Bratentopf, der zur heutigen

Aktionsware gehörte. Jeder zog an einem Henkel, bis einer abriss und beide Männer in entgegengesetzte Richtungen kippten, wobei der mit dem Henkel in der Hand in das Geschirrregal stolperte und ein vierundzwanzigteiliges Goldrandservice von Rosenthal ruinierte. Es dauerte eine Weile, bis Elmar die Sache geregelt hatte. Einer der Männer kaufte schließlich den kaputten Topf, der andere das unvollständige Goldrandgeschirr. Preislich blieb es sich gleich.

Kaum waren die Kerle abgezogen, musste Elmar zum nächsten Brandherd eilen. Vor der Waage waren sich einige Zuschauer in die Haare geraten. Die Krankenschwester gestikulierte wild. Elmar entdeckte den rotgesichtigen Mann auf dem Boden, die Waage hatte er unter sich begraben. Er keuchte laut.

»Ich habe zehn Kilo zugenommen, ich habe es genau gesehen!«, sagte er außer Atem.

»Es waren nur fünf«, insistierte die Krankenschwester.

»Hat die Weihnachtsmanngilde Sie gekauft?«, fuhr eine Frau sie an, die zu dem Mann auf der Waage gehörte. »Es waren zehn Kilo, ich habe es auch gesehen.«

»Wie können noch mal nachwiegen«, schlug die Krankenschwester vor.

»Noch mal?« Die Frau schnappte nach Luft. »Sie sehen doch, es geht ihm nicht gut.«

»Kann ich helfen?«, fragte Elmar, nachdem er Fokken im Restaurant aufmunternd zugewinkt hatte. Sein Kollege wirkte ein wenig grün im Gesicht, im Gegensatz zu Charlotte, die immer noch recht entspannt aussah.

»Der Mann hier will die Waage nicht mehr freigegen«, beschwerte sich die Krankenschwester.

»Aus gutem Grund«, verteidigte die Frau ihren Gatten.

Elmar beugte sich über den Mann. »Wären Sie so freundlich, sich ein wenig zur Seite zu rollen?«

»Mein Mann rollt nirgendwo hin!«, echauffierte sich seine Frau.

Elmar seufzte tief. Es war immer das gleiche Drama mit denen, die nicht verlieren konnten. Er fasste den Mann am Arm und zog kräftig, aber der Kerl wog auch ohne Gans mindestens hundertzwanzig Kilo. Elmar erwog schon, die Waffe zu ziehen, um sich Respekt zu verschaffen, da sauste Charlotte an ihm vorbei, packte die Krankenschwester und riss sie mit sich.

Elmar ließ den Kerl liegen und folgte ihr. Fokken lag mit dem Kopf in seinem Teller. Die Hände hielt er auf den Bauch gepresst, er stöhnte, als wenn er große Schmerzen hätte. Die Krankenschwester beugte sich über ihn und fühlte seinen Puls.

»Ich will auf die Waage«, keuchte er.

»Sie wollen ins Krankenhaus«, bestimmte die Krankenschwester und rief über ihr Handy den Notarzt, der draußen schon wartete.

Fokken warf Elmar einen flehenden Blick zu. »Die Waage. Bitte«, flüsterte er kaum hörbar.

Elmar sah Charlotte an. Die nickte. Beide halfen sie Fokken auf die Beine.

»Das ist jetzt nicht Ihr Ernst, oder?« Die Krankenschwester steckte mit einem empörten Ausdruck das Handy wieder ein.

»Doch«, ächzte Fokken. Das Publikum zollte ihm Beifall, und gemeinsam schafften Elmar und Charlotte den schweren Kapitän zur Waage, allerdings lag immer noch der Kerl bäuchlings darauf.

»Nun geben Sie sie endlich frei«, bat Elmar, und die Zuschauer begannen, den Mann auszubuhen.

Schließlich gab der auf, rollte zur Seite und ließ sich von seiner Frau auf die Beine helfen.

Elmar und Christine hievten derweil Fokken auf die Waage. Schwankend blieb er stehen. Die Digitalanzeige flackerte kurz, dann zeigte sie eine Zahl. Charlotte gab einen bewundernden Laut von sich. »Fast zehn Kilo, Odo.« Sie zwinkerte ihm zu. »Respekt. Dass dir übel ist, liegt nur daran, dass die zweite Gans schlecht war.«

Der Kapitän brachte ein gequältes Lächeln zustande, dann brach er zusammen.

Elmar durfte nicht mit in den Notarztwagen. So stand er mit Charlotte davor, sie klammerte sich an ihm fest.

Nach einer Ewigkeit öffnete sich die Tür des Rettungswagens, und der Notarzt winkte Elmar heran.

»Und?«, fragte der und schluckte den Kloß in seinem Hals hinunter.

Der Arzt schüttelte den Kopf. »Er ist tot.«

Charlotte schlug die Hände vor das Gesicht.

»Ich will keine Gerüchte in die Welt setzen«, raunte der Arzt weiter, »aber es gibt Anzeichen einer Vergiftung.«

Elmar spürte, wie ein unbändiger Zorn in ihm aufstieg. Obwohl er im hintersten Winkel seines Hirns wusste, dass es falsch war, ging er dem Arzt an die Gurgel.

Butterkuchen

Zutaten:
für den Teig:
375 g Mehl
1 Päckchen Trockenhefe
150 g weiche Butter
100 ml Milch
75 g Zucker
1 Päckchen Vanillinzucker
1 Prise Salz
abgeriebene Schale einer Bio-Zitrone
4 Eier

für den Belag:
150 g Butterflöckchen
125 g Mandelblättchen
125 g Zucker
2 Päckchen Vanillinzucker
250 g Sahne

Zubereitung:
1. Mehl und Trockenhefe in einer Schüssel mischen. Butter in der erwärmten Milch schmelzen. Mit dem Mehl und den übrigen Zutaten zu einem Teig verarbeiten, zuletzt die Eier unterrühren. Der Teig sollte jetzt dickflüssig sein. Mit einem Tuch bedecken und an einem warmen Ort gehen lassen, bis er sichtbar aufgegangen ist.
2. Den Hefeteig auf ein gefettetes Backblech streichen, weitere 20 Minuten gehen lassen. Backofen auf 180 Grad (Ober-/Unterhitze) vorheizen.
3. Dann in gleichmäßigen Abständen Vertiefungen in den Teig drücken und Butterflöckchen hineinsetzen, gleichmäßig mit Mandelblättchen bestreuen. Zucker und Vanillinzucker mischen und darübergeben.
4. Im vorgeheizten Ofen 15 bis 20 Minuten backen. Danach sofort die flüssige Sahne darübergießen. (Alternativ geht auch Zuckerwasser: ½ Tasse warmes Wasser, in dem 2 EL Zucker aufgelöst wurden, nach dem Backen auf den warmen Kuchen sprengen.)

21. Dezember

Irgendjemand hielt ihm einen Becher vor die Nase, aus dem es penetrant nach Baldrian stank. Elmar drehte sich weg. »Ich bin nicht krank.«

»Das hast du gar nicht zu bestimmen. Trink!«

Plötzlich war er hellwach und wunderte sich, dass er auf dem Sofa in seinem Wohnzimmer lag. Neben ihm stand ein ziemlich zerzauster Engel, der seine Flügel auf dem Teppich abgelegt hatte.

Elmar richtete sich auf. »Fanny?«

»Die anderen meinten, ich soll ein bisschen auf dich aufpassen. Du bist gestern ganz schön ausgerastet. Hat nicht viel gefehlt, und sie hätten dich wieder eingeliefert.«

»Und warum weiß ich das alles nicht mehr?«

»Du hast dich zu einer Spritze überreden lassen.« Fanny räusperte sich. »Na ja, wir haben da ein bisschen nachgeholfen. Kann sein, dass du ein paar blaue Flecken zurückbehalten hast.«

Elmar richtete sich langsam auf. Ihm war schwindelig, und das Letzte, an das er sich erinnerte, war das Wettessen bei Klardorf.

»Wer hat gewonnen?«, fragte er.

Fanny seufzte. »Fokken. Leider hat er nichts mehr von seinem Auto. War wohl eine Gänsekeule zu viel.«

Elmar starrte sie an. Dann traf ihn die Erinnerung wie ein Keulenschlag. Er ließ sich in die Polster zurückfallen, und die Flut der Bilder überrollte ihn. »Wo sind die anderen?«, fragte er matt.

»Zu Hause, denke ich. Ein bisschen Schlaf finden. Heute Nachmittag treffen wir uns im Weihnachtszelt zu einer kleinen internen Gedenkveranstaltung.«

»Die wievielte?« Elmar schüttelte den Kopf. »Ich bin nicht dabei. Ich muss ins Büro.« Er versuchte, sich aufzurappeln, aber Fanny drückte ihn in die Kissen zurück.

»Du bist krankgeschrieben.«

Elmar gab nach und schloss die Augen. Er horchte in sich

hinein, fand aber nur gähnende Leere. Alle Gefühle von Trauer bis Wut schienen aufgebraucht. Dann tauchte das Bild von Fokken vor seinem inneren Auge auf, wie er mit den Zähnen Fleisch von einer riesigen Gänsekeule abriss, sein Gesicht schweißnass und mit fiebrig glänzenden Augen.

»Geh jetzt bitte, Fanny«, flüsterte er. »Ich möchte allein sein. Du solltest auch ein bisschen schlafen.«

»Ich weiß nicht so recht …«

»Mach dir keine Sorgen. Ich werde einen Butterkuchen backen. Das isst man doch zu Ehren der Verstorbenen, oder?«

Fanny nickte und gähnte dabei. »Na schön. Aber wenn du um drei nicht mit dem Kuchenblech im Zelt bist, kommen wir dich holen.« Sie hob ihre Flügel vom Boden auf. »In der Küche habe ich dir ein kleines Frühstück gemacht.«

»Danke«, rief Elmar ihr nach. »Und passt auf euch auf. Der Notarzt hat was von Vergiftung gesagt. Daran kann ich mich noch erinnern.«

Fanny runzelte die Stirn. »Ich glaube, da hast du dich verhört.«

Nachdem die Haustür ins Schloss gefallen war, stand er auf und schleppte sich ins Bad, um sich unter die Dusche zu stellen. Er drehte das heiße Wasser so weit auf, wie er es eben aushalten konnte. Seine Haut lief krebsrot an. Als er das Wasser abstellte, fühlte er sich ein wenig besser. Er zog seine alte Jogginghose über, die an den Knien schon ganz ausgebeult war, dazu ein ausgewaschenes Sweatshirt mit der aufgedruckten Werbung für ein Volksmusikkonzert, das schon vor acht Jahren stattgefunden hatte. In der Küche ließ er sich dann auf die Bank fallen und starrte auf Kaffee, Toast und Marmelade. Sogar die drei Kerzen auf dem Adventskranz hatte Fanny angezündet, was er ein bisschen leichtsinnig fand, aber irgendwie auch reizend. Bei der Vorstellung, etwas zu essen, wurde Elmar jedoch übel. Er verspürte nicht einmal rechte Lust, den Backofen anzuwerfen. Was hatte das alles noch für einen Sinn? Das Sterben ging weiter, obwohl Petter hinter Gittern saß. Vielleicht hatte Dr. Maschmann doch recht, und eine handfeste Weihnachtspsychose trieb sie alle in den Tod. Elmar fühlte sich vollkommen deprimiert. Wie es schien, hatte es ihn nun auch erwischt.

Er rieb sich die Schläfen, während er durch die Scheibe nach draußen blickte. Die Temperaturen waren wieder gefallen, und der Regen hatte sich in dichtes Schneetreiben verwandelt. Eine Seltenheit in Zeiten des Klimawandels, jedenfalls in diesen Breitengraden. Auf dem Vogelhäuschen in seinem Garten lag schon eine dicke weiße Haube, auf der Spatzen und Meisen auf der Suche nach Futter ihre winzigen Spuren hinterlassen hatten.

Ihm fiel ein, dass er schon lange keine Körner mehr nachgefüllt hatte, und er holte die Dose mit Vogelfutter aus dem Vorratsschrank. Damit schlurfte er nach draußen. Mehrere Vögel stoben auf. Elmar löffelte Futter in das Häuschen, und während er das tat, legte sich die gedämpfte Stille dieses Schneetages wie ein weiches Tuch auf seine Seele. Er sog tief die frische Luft in seine Lungen.

Wie viele Jahre hatte er nun schon auf weiße Weihnachten gehofft? Ausgerechnet jetzt war die Wahrscheinlichkeit auf achtzig Prozent gestiegen, wie er bei einem Blick auf die Schlagzeile der Tageszeitung festgestellt hatte. Freute ihn das? Er seufzte tief und brachte das Vogelfutter zurück. Dann stand er unentschlossen in der Küche, die plötzlich fremd aussah. Er hatte viel Mühe darauf verwandt, seine Wohnung weihnachtlich zu schmücken. Jetzt kam ihm das alles wie kitschiger Nippeskram vor. All die Lichterketten, Sterne und Kugeln störten ihn, und er begann, die Deko abzunehmen. Er verstaute alles in Schachteln und Tüten und brachte sie in den Keller zurück. Als das erledigt war, fühlte er sich bereit für den Butterkuchen, musste allerdings feststellen, dass seine Vorräte zur Neige gegangen waren. Kein Mehl, kein Zucker, keine Butter. Zum Glück befand sich der nächste Supermarkt gleich um die Ecke.

Die Weihnachtsmusik, die auch hier die ohnehin strapazierten Gemüter der Kunden beschallte, war so laut gedreht, dass er sich Papiertaschentücher in die Ohren stopfte, was aber nicht half. An der Kasse raunzte er deswegen die Kassiererin an. »Könnt ihr die Musik nicht leiser stellen?«

Die Frau hob nur resigniert die Schultern und rief laut über den Lärm hinweg: »Der Chef meint, das steigert den Verkauf. Zahlen Sie bar oder mit Karte?«

Elmar beeilte sich, wieder nach draußen zu kommen. Er pfefferte seine Sachen in die Fahrradtaschen und wollte so schnell wie möglich zurück in seine Küche, weg von diesem Lärm. Er hatte Lust, sich für immer und ewig einzuschließen. Leider übersah er in der Eile die sich öffnende Fahrertür eines geparkten Wagens. Er streifte sie mit der Gepäcktasche, und das Rad schlitterte unter ihm weg, denn der Parkplatz war gestreut worden, und der Schnee hatte sich in rutschigen Brei verwandelt.

»Herr Wind!«, rief eine Frau, deren Stimme er kannte. Es war die von Julia Herrmann. Sie packte ihn am Arm und half ihm hoch. Er schüttelte sich den Matsch von den Hosenbeinen.

»Ich habe Sie im Rückspiegel nicht gesehen. Das tut mir furchtbar leid. Sind Sie verletzt?«

Elmar verneinte. Wortlos hob er sein Rad auf und öffnete die Fahrradtasche. Es hatte nur zwei Eier erwischt.

»Das war gestern ein großer Schock. Für Sie und für uns alle«, wechselte die Chefin das Thema.

Elmar interessierte jedoch nur eines. »Wird Fokken obduziert?«

Die Herrmann sah ihn mit großen Augen an. »Wieso? Es war ein ganz normaler Herzschlag.«

»Der Notarzt hat mir gestern im Vorbeigehen gesteckt, Fokken könnte vergiftet worden sein.«

»Auf dem Totenschein steht etwas anderes. Sie haben sich da bestimmt getäuscht.«

Elmar rieb sich die Nasenwurzel. Alles, was gestern geschehen war, verschwamm in seinem Gedächtnis und mischte sich mit seltsamen Traumsequenzen. Seine Chefin hatte wahrscheinlich recht. Elmar nickte. Je mehr er darüber nachsann, desto unwahrscheinlicher kam es ihm jetzt vor.

»Was ist mit Petter?«, fragte er. »Kommt er jetzt wieder frei?«
»Wieso?«

»Weil er für den Tod von Fokken ein Alibi hat. Vielleicht ist er ja genauso wenig der Serienkiller mit Weihnachtspsychose wie wir.«

»Fokken wurde nicht ermordet.«

Elmar biss sich auf die Lippe. Sollte er die Wahrheit sagen und gestehen, dass Petter mit seiner Geschichte von der Garotte recht hatte? Aber er war sich damals so sicher gewesen!

»Stimmt etwas nicht?«

»Könnte ich vielleicht noch mal mit Petter reden?«, fragte Elmar.

Die Herrmann trat einen Schritt zurück. Ihre Miene verfinsterte sich. »Sie sind krankgeschrieben, Herr Wind. Gehen Sie backen, machen Sie etwas Schönes, lenken Sie sich ab.« Sie drehte sich um und ging zu den Einkaufswagen.

»Wovon soll ich mich ablenken?«, rief er ihr nach. »Dass ich vielleicht der Nächste bin?«

Sie reagierte nicht, sondern machte, dass sie in den Supermarkt kam.

Elmar sah ihr nach, dann stieg er auf sein Rad und fuhr heim. Der Schnee kam jetzt in solch dichten Flocken, dass Elmar keine zehn Meter weit sehen konnte. Er musste aufpassen, dass er nicht wieder ausglitt. Erleichtert bog er in die Einfahrt zu seinem Haus, bremste vorsichtig und stieg ab.

In seiner Wohnung angekommen, machte er sich gleich an die Zubereitung des Teiges. Die Zeit verging wie im Flug. Im Nullkommanichts war er fertig, und Elmar schob den Kuchen in den Backofen. Jetzt saß er da und wartete darauf, dass der Butterkuchen fertig backte. Währenddessen dachte er angestrengt über das Gespräch mit seiner Chefin nach. Wieso wusste sie angeblich nichts davon, dass Fokken möglicherweise vergiftet worden war? Verschwieg sie ihm etwas? Und wieso kreisten seine Überlegungen überhaupt immer wieder um Julia Herrmann?

Die Küchenuhr klingelte laut und riss ihn aus seinen überspannten Gedanken. Er öffnete die Ofentür. Ein betörender

Duft nach Butter und Mandeln stieg ihm in die Nase. Er zog sich Handschuhe über und nahm den goldgelben Kuchen heraus. Eigentlich sollte er ihn zuerst abkühlen lassen, aber dazu war jetzt keine Zeit. Er stülpte eine Haube über das Blech und verstaute es in seiner Fahrradtasche. Dann machte er sich auf den Weg ins Kontaktbüro, denn er hatte etwas zu erledigen.

Julia Herrmann war ein unbeschriebenes Blatt, beruflich wie auch privat. Bei Julia Cornelius jedoch, wie sie bis zu ihrer Heirat mit einem gewissen Timo Herrmann geheißen hatte, von dem sie allerdings wieder geschieden war, verhielt es sich anders. Sie und ihre Schwester hatten mal einen Weihnachtsmann wegen Exhibitionismus angezeigt. Er wurde nie gefasst.

Elmar las mehrmals den alten Polizeibericht durch. Konnte dieses Erlebnis aus der Kindheit ein Tatmotiv sein? Konnte ein solches Erlebnis jemanden zum Massenmörder machen? Er fuhr den Computer herunter und zog seinen Mantel über. Er fühlte sich plötzlich unwohl darin, aber das durfte ihn jetzt nicht kümmern. Es war Zeit für ein Treffen mit den anderen im Weihnachtszelt.

Bis auf Koops waren alle da. Caletti entschuldigte ihn. »Ich habe ihn mit zwei Aspirin ins Bett verfrachtet. Zu viel Whisky. Das hier nimmt ihn ziemlich mit.«

Wen nicht?«, seufzte Elmar, stellte das lauwarme Kuchenblech auf den Tisch und nahm den Deckel ab. »Ich habe Neuigkeiten.«

»Das sind ja mal leckere Neuigkeiten«, rief Fanny begeistert, holte ein Messer und begann sofort, den Kuchen in Stücke zu schneiden.

»Also, ich hatte vorhin ein Gespräch mit meiner Chefin und habe mir ein paar Gedanken gemacht. Dabei ist mir eine Idee gekommen«, fügte Elmar hinzu.

»Und die wäre?«

»Möglicherweise hat sie die Finger im Spiel.«

Fanny ließ das Messer sinken, mit dem sie den Butterkuchen

zerteilte, und die anderen sahen ihn an, als wären ihm Tentakel gewachsen.

»Das ist jetzt ein Scherz, oder?«, stieß Caletti hervor.

»Leider nicht.« Elmar erzählte, was er herausgefunden hatte. Die anderen hörten mit wachsendem Befremden zu.

»Aber das muss doch nichts heißen«, sagte Christine. »Ich meine, so schlimm kann er doch nicht ausgesehen haben, dass sie gleich alle Weihnachtsmänner umbringen will.«

»Wir müssen ihr eine Falle stellen«, schlug Elmar unbeirrt vor. »Entweder tappt sie rein oder nicht.«

»Also, ich stelle mich bei den Temperaturen nicht halb nackt in den Park«, empörte sich Zimpel. »Immerhin ist sie deine Chefin.«

»Und genau deswegen kann sie alles so hindrehen, wie es ihr in den Kram passt. Sie manipuliert die Ergebnisse, fälscht Totenscheine, lässt Beweisstücke verschwinden. Nicht mal Petter wäre dazu in der Lage. Jedenfalls nicht in diesem Ausmaß.«

»Und wie willst du ihr das beweisen?«

»Wir müssen sie auf frischer Tat ertappen. Einer von uns muss den Lockvogel spielen.«

»An wen hattest du da gedacht?«

»An mich.«

Caletti schüttelte den Kopf. »Das ist unvernünftig. Nur du hast eine Waffe und kannst damit umgehen. Du musst der Aufpasser sein.«

»Wen schlägst du statt meiner vor?«

»Mich.«

Eine Weile schwiegen alle, bis Elmar nachgab. »Also gut. Vielleicht hast du recht, Caletti.«

»Wie sieht dein Plan aus?«, fragte Koops.

»Ich ruf die Herrmann an und lass so ganz nebenbei fallen, dass Caletti allein im Raum der Stille ist.«

»Und die anderen?«

»Verstecken sich hinter dem Vorhang und passen auf ihn auf.« Er wartete nicht länger, ob alle zustimmten, sondern wählte bereits die Nummer seiner Chefin.

»Es ist zu traurig«, seufzte er wenig später in sein Handy.
»Jürgen Koops geht das alles ziemlich nahe. Wir sollten uns
um ihn kümmern. Aber einer von uns muss im Weihnachtszelt
bleiben, um den Raum der Stille zu bewachen. Das macht Luigi
Caletti. Könnten Sie nicht mal vorbeisehen, damit ihm nichts
zustößt?«

Julia Herrmann seufzte. »Na gut. Aber nur kurz, ich habe
zu tun.« Dann legte sie auf.

Die anderen blickten Elmar neugierig an. »Und?«

»Sie kommt.«

Caletti machte es sich in dem Weihnachtsmannstuhl auf der
Bühne bequem, während die Christkinder sich verabschiedeten und Elmar mit Zimpel hinter den Vorhang schlüpfte. So
warteten sie eine geschlagene Stunde, bis ein junger Kollege
erschien, der sich am Eingang postierte. Nach einer weiteren
mehr oder weniger ereignislosen Stunde, in der einige Besucher
das Weihnachtszelt betraten, sich umsahen und wieder gingen,
stand Caletti auf und bot dem Beamten Kuchen an.

»Und jetzt?«, flüsterte Zimpel

»Wir warten noch ein bisschen.«

Als es gegen Abend ging, brach Elmar die Aktion ab. Er und
Zimpel schlüpften unter dem Zelt hindurch, um zum Haupteingang wieder hereinzukommen. Den Beamten schickten sie
zurück. In einer Mischung aus Enttäuschung und Erleichterung
vertilgten Caletti, Zimpel und Elmar den restlichen Butterkuchen.

Da stand Julia Herrmann plötzlich im Zelt. Sie kletterte auf
die Bühne und setzte sich zu ihnen an den Tisch. »Sie waren
bei Koops?«, fragte sie.

»Ja.«

»Und wie ging es ihm?«

»Na ja«, sagte Elmar und musterte seine Chefin, »er ist ziemlich fertig.«

»Wir haben ihn ein bisschen aufgemuntert«, fügte Zimpel
hinzu.

»Aufgemuntert. Soso.« Sie verschränkte die Arme vor der

Brust. »Ich komme gerade von ihm. Er war alles andere als munter. Er war im Gegenteil ziemlich tot.«

Den drei Weihnachtsmännern klappten synchron die Kiefer herunter. »Tot? Aber warum ...«

»Ups, da ist er einfach vom Balkon gefallen. Sie verstehen, dass ich Sie bitten muss, mir auf die Wache zu folgen?«

Cornetti mit Schokofüllung

Zutaten:
500 g Mehl
1 Päckchen Trockenhefe
25 g Zucker
1 Prise Salz
2 Eier
25 g Butter
125 ml Milch
250 g kalte, in Scheiben geschnittene Butter
100 g Schokocreme
Kondensmilch oder Eigelb zum Bestreichen
Puderzucker zum Bestäuben

Zubereitung:
1. Mehl und Hefe vermischen, dann Zucker, Salz, Eier, 25 g Butter und Milch hinzufügen und mit dem Knethaken zu einem glatten Teig verarbeiten. Eine Dreiviertelstunde zugedeckt an einem warmen Ort gehen lassen.
2. Auf einer bemehlten Arbeitsfläche den Teig noch einmal kurz durchkneten, zu einem Rechteck ausrollen. Die Hälfte des Teiges mit den kalten Butterscheiben (250 g) belegen, die andere Hälfte darüberklappen und leicht andrücken. Noch mal zusammenklappen und andrücken. Den zweimal gefalteten Teig eine Viertelstunde kalt stellen.
3. Nach der Ruhezeit den Teig wieder zu einem Rechteck ausrollen und in zwölf gleiche Dreiecke schneiden. Den Backofen auf 200 Grad (Ober-/Unterhitze) vorheizen. Einen Klecks Schokocreme in die Mitte der Dreiecke geben, wie ein Croissant zur Spitze hin zusammenrollen.
4. Die Cornetti auf ein mit Backpapier ausgelegtes Backblech legen, noch einmal 15 Minuten gehen lassen. Mit Kondensmilch oder Eigelb bestreichen.
5. Circa 20 Minuten backen. Der Teig sollte nicht zu braun werden, sonst werden die Cornetti trocken. Wenn sie fertig sind, mit Puderzucker bestäuben.

22. Dezember

Elmar war ein wenig übel, als er zusammen mit Caletti am nächsten Morgen in dessen Keller hinabstieg. Im Winter lagerten dort Stühle und Tische, Sonnenschirme und Weinkisten. Die Eisdiele würde erst im April oder Mai wieder öffnen, je nachdem, wie warm das Frühjahr sich gestaltete. Caletti brüstete sich damit, sein Eis ausschließlich mit frischen Zutaten und nach alten Familienrezepten zuzubereiten. Elmar hatte in der vergangenen Nacht, die er zusammen mit Zimpel und ihm in der leeren Eisdiele verbracht hatte, die zahlreichen Urkunden und Auszeichnungen studiert, die an den Wänden im Gastraum hingen. Caletti sagte die Wahrheit, und die Kunden dankten es ihm. Das »Venedig« war im Sommer ein beliebter Treffpunkt, jetzt allerdings verlassen und daher ein idealer Zufluchtsort.

Dass Caletti nicht nur Eis, sondern auch köstliche Gebäcke herstellen konnte, hatte er am Morgen bewiesen. Der Geschmack der frisch gebackenen Cornetti, die es zum Frühstück gegeben hatte, lag Elmar noch auf der Zunge. Aber jetzt war nicht die Zeit, sich an Calettis Backkünsten zu erfreuen, denn sie hatten ein Problem, nämlich Julia Herrmann. Statt sich von ihr festnehmen zu lassen, hatten sie die Kommissarin in einem Anfall von Verzweiflung gekidnappt und in den Keller der Eisdiele gesperrt. Jetzt standen sie vor dem Verschlag, in dem sie sie festhielten, und Caletti nestelte an dem verrosteten Vorhängeschloss herum, bis es endlich aufsprang.

Die Chefin hatte ihnen schweigend dabei zugesehen, während sie kerzengerade auf der Gartenliege saß, die ihr als Bett diente.

Elmar hatte sie vorsichtshalber mit ihren eigenen Handschellen darangekettet, obwohl es unwahrscheinlich war, dass sie fliehen konnte, aber seine Chefin war gerissen.

»Sie glauben doch nicht, dass Sie damit durchkommen«, fauchte sie.

»Das wird sich zeigen«, bemerkte Elmar und musterte sie.

Die Kommissarin sah schlecht aus. Ihre Augen lagen tief in den Höhlen, die Haare standen ihr zerzaust vom Kopf ab. Das linke Handgelenk war blutig gescheuert. Wie es aussah, hatte sie in der Nacht die Liege durch den Verschlag geschleppt, auf der Suche nach einem Fluchtweg.

Elmar nahm Caletti das Tablett aus der Hand und stellte es in ihre Reichweite. »Die Cornetti sind noch warm.«

Sie warf einen angewiderten Blick darauf. »Stecken Sie sich das Frühstück in Ihren —«

»Warum reden Sie sich nicht einfach alles von der Seele?«, unterbrach Caletti und lächelte sanft. »Es wird Sie erleichtern.«

Die Herrmann kam so schnell hoch, dass sie die Liege mitriss. »Wie oft denn noch: Ich habe keinen Weihnachtsmann umgebracht!« Ihre Stimme überschlug sich.

»Wir auch nicht«, sagte Caletti und lächelte traurig.

»Und Kollege Petter sitzt unschuldig in seiner Zelle. Der Neffe des Polizeipräsidenten. Frau Herrmann, das können Sie nicht wollen.«

Sie ließ ein hässliches Lachen hören. »Dann hatte er also recht mit seiner wirren Geschichte von Daumenschrauben und Schädelquetschen?«

Elmar und Caletti sahen betreten zu Boden.

»Ihr habt ihm das Geständnis also wirklich abgepresst.«

»Nur ein bisschen«, sagte Caletti.

»Eigentlich fast gar nicht«, fügte Elmar hinzu.

»Und warum entführt ihr mich hierher? Was habt ihr mit mir vor?«

»Wir wollen ein Geständnis. Von Ihnen. Wir haben Jürgen Koops nicht vom Balkon gestoßen und auch sonst niemandem etwas getan. Sie wissen das.«

»Sagt mal, seid ihr von allen guten Geistern verlassen?«, schrie die Kommissarin. »Warum zum Teufel sollte ich einen bescheuerten Weihnachtsmann vom Balkon stoßen? Ich bin mir im Gegenteil sicher, dass eure Fingerabdrücke überall in der Wohnung zu finden sind.«

»Ja, meine Güte, wir haben uns hin und wieder bei Jürgen getroffen«, erklärte Caletti.

Elmar seufzte tief. »Vielleicht überlegen Sie es sich noch mal, mit uns zu reden.«

Sie verriegelten die Tür und gingen wieder nach oben.

»Und wenn sie doch nichts mit dem ganzen Schlamassel zu tun hat?«, fragte Zimpel, nachdem sie ihm erzählt hatten, dass ihr Gespräch mit Julia Herrmann erfolglos verlaufen war.

Zu dritt saßen sie in der kleinen Küche, die an den Gastraum grenzte, der spärliche Rest der ehemals stolzen Gilde der Weihnachtsmänner. Elmar wusste selbst nicht mehr, was er von seiner Theorie halten sollte, dass ausgerechnet seine Chefin die Täterin sein könnte, aber es gab kein Zurück, außer sie wollten alle drei für die nächsten zehn Jahre Fröbelsterne in der Psychiatrie falten. Sie verfielen in ein langes Schweigen, bis Caletti schließlich aufstand, um die Reste des Frühstücks wegzuräumen. Er verschwand mit dem vollen Tablett im Gastraum der Eisdiele, wo er das Geschirr in die Spülmaschine räumte. Fabian Zimpel und Elmar blieben allein in der Küche zurück.

»Wie soll das jetzt weitergehen?«, fragte der Zoodirektor.

»Wir knöpfen uns die Herrmann so lange vor, bis sie umkippt«, sagte Elmar entschlossen. »Irgendwann redet die.«

»Und dann?«

»Übergeben wir sie der Polizei. Was sonst?«

»Du meinst, die nehmen uns das ab?«

»Warum nicht?«

»Lass mich mal überlegen. Wir haben einen Kommissar ein bisschen gefoltert und deine Chefin entführt. Ich bin mir nicht sicher, ob das als Notwehr durchgeht.«

Elmar ließ den Kopf sinken. »Wir haben doch nur eine Chance, das herauszufinden.«

»Und die wäre?«

»Wenn wir drei heute am Leben bleiben, wissen wir, dass sie es ist«, sagte er müde. »Wir müssen nur abwarten.«

Zimpel lehnte sich über den Tisch und flüsterte: »Und wenn es doch einer von uns ist?« Er warf einen Blick in Richtung Gaststube.

»Du meinst Caletti?« Elmar lachte. »Guter Witz.«

»Dann kommt ja nur noch einer in Frage.« Der Zoodirektor mussterte Elmar eingehend.

Der hatte plötzlich das Gefühl, die Cornetti in seinem Magen hätten sich in Steine verwandelt. »Ich?«, fragte er fassungslos.

»Du hättest ebenso Beweismittel vernichten können wie deine Chefin.«

»Erstens bin ich nur Kontaktbereichsbeamter«, schnappte Elmar, »und zweitens: Warum sollte ich das tun? Sag mir einen einzigen Grund, Fabian. Die Gilde, das ist mein Leben!«

»Dicke Luft?«

Die beiden schossen herum. Caletti stand in der Tür, er hielt ein Tablett, auf dem vier verschiedene Eisbecher appetitlich angerichtet waren. Sogar bunte Schirmchen steckten in der Sahne.

»Glaubst du etwa auch, dass ich der Weihnachtsmannkiller bin?«, fragte Elmar wütend.

»Was?« Caletti stellte das Tablett auf den Tisch und verteilte die Eisbecher. »Esst. Das macht gute Laune.«

»Ich dachte, du hast geschlossen?«, fragte Zimpel und betrachtete misstrauisch sein Eis.

»Für lieben Besuch habe ich immer ein bisschen Eis im Kühlhaus.«

»Und für wen ist der vierte Becher?«

»Für unseren Kellergast.«

»Du willst sie zum Eis einladen?«

Caletti lächelte traurig. »Ich habe schon so manche Dame auf diese Weise zum Reden gebracht. Das ist ›Malaga Diavolo‹. Drei Sorten Rum, in Gin eingelegte Kirschen, Chili und Vanilleeis. Eine Eigenkreation für besonders schwere Fälle.«

Elmar betrachtete seinen eigenen Eisbecher. »Und was ist das?«

»Spaghetti-Eis.«

Julia Herrmann ließ sich widerstandslos nach oben bringen. Sie sah erschöpft aus. Wortlos setzte sie sich auf die Küchenbank zwischen Elmar und Zimpel, ihr gegenüber ließ Caletti sich nieder und schob ihr den Eisbecher hin.

»Wollt ihr mich vergiften?«

»Im Gegenteil.« Caletti setzte sein charmantestes Lächeln auf. »Das ist ein Friedensangebot.«

Sie lachte unglücklich. »Ich bin doch kein Kind, das man mit einem Eis ködern kann.«

»Das ist kein Eis. Das ist Kunst.« Caletti betrachtete verträumt die Eiskreation, die er ihr zubereitet hatte, und versenkte seinen Löffel in der Sahnehaube seines eigenen Eisbechers, während Elmar verstohlen das Aufnahmegerät neben seinen Schenkel legte und es einschaltete.

Dann kostete er ebenfalls und vergaß, warum er hier war. Calettis Eis war eine Offenbarung an die Geschmacksnerven.

Die Chefin musterte die drei Weihnachtsmänner scharf, rührte aber nichts an. »Ihr wisst schon, dass ihr ziemlich tief in der Scheiße sitzt?«, fragte sie in die Stille hinein, in der man nur Löffelgeklapper und leises Schlürfen hörte.

»Essen Sie, meine Liebe«, forderte Caletti sie noch einmal auf. Die Herrmann nahm zögernd den Löffel und tunkte ihn in den Eisbecher. Schließlich fischte sie eine Kirsche heraus und schob sie sich in den Mund. Ihr Gesicht hellte sich kaum merklich auf. Zögerlich begann sie, ihr Eis zu löffeln.

»Werden Sie uns verschonen?«, fragte Caletti nach einer Weile.

»Uahs?«, nuschelte sie mit vollem Mund.

»Wir sind die letzten Weihnachtsmänner in Neuburg. Werden Sie uns am Leben lassen?«

Elmars Chefin schluckte den kalten Bissen hinunter. »Warum fragen Sie mich das?«

»Was auch immer Ihnen angetan wurde. Wir von der Gilde waren es nicht. Wir laufen nicht nackig durch den Park. Sie bestrafen die Falschen, Frau Herrmann. Machen Sie reinen Tisch. Erleichtern Sie Ihr Gewissen.«

Sie runzelte verständnislos die Stirn, dann stieß sie die Luft aus. »Ach, Sie sind auf diese uralte Geschichte gestoßen?« Sie blickte fassungslos zu Elmar. »Vollkommen wahnsinnig. Das lässt kein Richter als Motiv gelten.«

Ungerührt löffelte sie den Eisbecher leer, während draußen

eine graue Dämmerung den Tag ankündigte. Das Kratzen von Schneeschaufeln war zu hören. Frau Holle legte Sonderschichten ein. Elmars Chefin trank den Rest aus dem Becher. Ihre Wangen glühten.

»Ihr meint, ich hab diesen ganzen Weihnachtsmann-Schlamassel angezettelt? Nur weil ich mal einem Nackedei mit rotem Mantel begegnet bin?« Sie sprach ein wenig schleppender als üblich und schüttelte den Kopf. »Ich denke, ihr wart das. Und was machen wir jetzt? Würfeln?«

»Ich könnte uns noch ein Eis machen.«

»Gute Idee.« Sie schob Caletti ihren leeren Becher hin. »Noch mal das Gleiche.«

Caletti stand auf, sammelte auch die übrigen Becher ein und verschwand wieder. Elmar nahm mit einem Ohr wahr, dass er die Kühlraumtür öffnete, um neues Eis zu holen.

Zimpel stand auf. »Ich muss mal.«

Elmar blickte ihm nach. Wäre er eine Frau, er hätte gesagt: »Warte, ich komme mit!« Aber als Kerl kam das nicht gut. Und so blieb er allein mit seiner Chefin zurück.

»Was ich Ihnen schon immer sagen wollte ...«, begann sie nach einer hochnotpeinlichen Minute des Schweigens und hickste. »Hoppla!« Sie drückte sich kichernd die Hand gegen den Mund.

»Was wollten Sie sagen?«, hakte Elmar nach.

»Ohne Bart sehen Sie viel besser aus.«

»Das haben Sie mir schon einmal gesagt.«

Sie runzelte die Stirn, und endlich kehrte Zimpel zurück. Er stellte eine Flasche Grappa auf den Tisch. »Die stand herrenlos im Flur«, erklärte er, öffnete die Schränke und fand die passenden Gläser, die er ohne zu fragen füllte. Er hob sein Glas. »Nich lang schnacken, Kopp in'n Nacken.«

Elmar und seine Chefin erwiderten den Trinkspruch und tranken.

Sofort wurde Elmar ein wenig schwummrig, denn er konnte Alkohol so früh am Tag nicht vertragen. Andererseits kam ihm die seltsame Runde in der kleinen Küche nicht mehr bedrohlich vor.

Zimpel goss ein weiteres Mal ein. »Auf alle Weihnachtsmänner dieser Welt!«

Irgendwann hatte die Erschöpfung ihn doch übermannt, und der Grappa tat sein Übriges. Als Elmar erwachte, war es schon wieder dunkel. Vom Gastraum sickerte das Licht der Straßenbeleuchtung herein. Sofort wusste er, wo er sich befand. Er sah Zimpel, der mit dem Kopf auf dem Tisch lag und schnarchte. Zwischen ihnen standen zwei leere Grappaflaschen.

»Zwei?«, flüsterte Elmar und kam von der gepolsterten Eckbank hoch. Etwas fiel zu Boden, aber es kümmerte ihn nicht. Er war seltsam klar im Kopf, aber wacklig auf den Beinen. Um etwas sehen zu können, machte er erst einmal Licht und blickte sich um. Seine Chefin war verschwunden. Wie spät mochte es sein? Er sah auf seine Uhr und erschrak. Kurz vor eins in der Nacht. Er hatte den ganzen Tag und die halbe Nacht verschlafen. Kein Wunder eigentlich nach den Anstrengungen der letzten Tage.

Elmar blickte aus dem Fenster, das zum Hinterhof hinausging. Draußen schneite es noch immer. Es war, als ob der Himmel all den Schnee für dieses traurige Weihnachtsfest gehortet hätte. Um sich das Schauspiel besser ansehen zu können, begab er sich in den Gastraum und blickte durch die Scheibenfront. Er blieb eine ganze Weile fasziniert stehen und betrachtete die Szenerie, bis ihm wieder einfiel, dass er eigentlich seine Chefin suchte. Er beschloss, es im Hinterhof zu versuchen, aber die Nebeneingangstür war verschlossen, und der Schlüssel steckte von innen.

»Sie muss noch hier sein«, murmelte Elmar und überlegte, wo er als Nächstes suchen sollte. Zunächst versuchte er es ein Stockwerk höher in Calettis kleiner Junggesellenwohnung, fand aber weder sie noch den Italiener. Es gab nur noch eine Möglichkeit. Er stieg die Treppe zum Keller hinunter. Hier brannte tatsächlich Licht, und jemand schnarchte wie ein Bierkutscher. Elmar betrat den Raum und sah sich um. Die Herrmann lag auf der Liege, die Hand fixiert. Das Vorhängeschloss hing am Verschlag. Caletti war auf Nummer sicher gegangen. Elmar stieg die Treppe wieder hinauf und rüttelte Zimpel wach.

»Hast du eine Ahnung, wo Luigi steckt?«, fragte er.

Zimpel hob den Kopf und blickte ihn aus trüben Augen an. »Eis holen.«

Elmar kehrte in den Gastraum zurück, von dem ein kurzer Flur zur Gefrierkammer führte. »Luigi?«

Er erhielt keine Antwort, was ihn nicht wunderte. Luigi hatte ihn nicht gehört, denn die Tür zum Kühlraum war angelehnt. Er stieß sie auf.

»Da bist du ja!« Elmar atmete erleichtert auf. Der Vermisste stand im Kühlraum. Er lehnte mit dem Rücken an einem Regal und lächelte.

»Ich habe dich gesucht.« Elmar trat auf ihn zu. »Hast du die Herrmann wieder nach unten …« Er schluckte den Rest des Satzes hinunter. Das Lächeln in Calettis Gesicht wirkte wie in Marmor gemeißelt. In seinen Haaren und Wimpern glitzerte Raureif. Elmar machte noch einen Schritt auf ihn zu und stupste ihn an. Caletti kippte nach vorn und ihm direkt in die Arme, er fühlte sich kalt und steif an wie ein Eiszapfen.

Hinter ihm rumorte etwas. Elmar wandte den Kopf.

»Dann hatte ich also recht«, flüsterte Zimpel. »Du bist der Killer.«

Elmar versuchte, den steif gefrorenen Caletti wieder an das Regal zu lehnen, aber er schien jetzt Tonnen zu wiegen und bewegte sich keinen Zentimeter. »Du irrst dich«, sagte er.

Der Zooleiter wich panisch zurück.

»Jetzt hilf mir doch«, schrie Elmar, der unter Calettis Gewicht in die Knie ging, aber Zimpel machte auf dem Absatz kehrt und verschwand. Elmar hörte, wie die hintere Eingangstür ins Schloss fiel.

Würzige Erdnussmakronen

Zutaten:
2 Eiweiß
1 Prise Salz
100 g brauner Roh-Rohrzucker
150 g geröstete und gesalzene Erdnüsse (am besten aus der Dose)
50 g Erdnussbutter
25 runde Makronenoblaten

Zubereitung:
1. Eiweiß mit der Prise Salz steif schlagen, den Roh-Rohrzucker langsam einrühren.
2. Die Erdnüsse mit einem Messer grob zerhacken, zusammen mit der Erdnussbutter unter die Eimasse geben.
3. Den Backofen auf 160 Grad (Ober-/Unterhitze) vorheizen. Die Oblaten auf ein Blech legen, mit zwei Teelöffeln Teighäufchen daraufsetzen.
4. Im vorgeheizten Ofen 20 bis 25 Minuten backen.

23. Dezember

Die Christkinder fanden ihn am Morgen in ihrer Bude. Elmar kauerte halb erfroren in der hintersten Ecke.

Er klapperte hörbar mit den Zähnen, obwohl er versuchte, sich die Finger an einem brennenden Teelicht aufzuwärmen.

Charlotte fand als Erste die Sprache wieder. »Um Gottes willen, was tust du denn hier? Die ganze Stadt sucht dich.«

»Kann ich mir vorstellen.«

»Stimmt es, dass du Caletti in die Kühlkammer gesperrt hast?«

»Und dass du der Weihnachtsmannkiller bist?«

Er schüttelte heftig den Kopf, unfähig zu sprechen. Die

ganze Nacht und den halben Tag hatte er sich hier zwischen Kisten mit allerlei Kram versteckt, während draußen die Stadt im Schnee versank. Er hatte sich in die Bettlaken gewickelt, die die Christkinder für ihre Kostüme benutzten. Statt einer Mütze hatte er sich eine der blonden Perücken aufgesetzt, sodass er fast wie ein Christkind aussah. Fehlten nur noch die Flügel. So hatte er sich den Advent nicht vorgestellt.

»Wo hast du denn deinen Mantel gelassen?«, fragte Christine.

»Im ›Venedig‹. Und könntet ihr bitte die Tür zumachen? Es schneit rein.«

Die Christkinder drängelten sich in die Bude und schlossen die Tür. Charlotte schaltete den Stern über der Ladenluke ein.

»Steht dir übrigens gut, das Engelshaar. Jetzt, wo du keinen Bart mehr hast«, bemerkte Fanny. »Leider nehmen wir keine Männer auf.«

»Könnt ihr für mich keine Ausnahme machen?«, schnatterte Elmar. »Ich werde unschuldig verfolgt.«

»Wir hatten schon genug Ärger mit der Polizei wegen euch«, knurrte Fanny.

Elmar nickte, blieb aber sitzen, weil er das Gefühl hatte, seine Füße wären abgefroren.

»Was ist passiert?«, fragte Christine und holte eine Thermoskanne aus ihrem Korb. Sie goss heißen Tee in einen Becher und reichte ihn Elmar. Er nahm ihn zwischen die erstarrten Hände und nippte vorsichtig. Die heiße Flüssigkeit rann in seinen Magen. Er trank noch einen Schluck, und sein Hals fühlte sich weniger rau an. Dann sprudelte es nur so aus ihm heraus.

»Dann steckt dieser Zoodirektor dahinter«, mutmaßte Charlotte.

Elmar schüttelte den Kopf. »Kann ich mir kaum vorstellen. Der war viel zu blau.«

»Wo ist er jetzt?«

»Ich weiß es nicht.«

Draußen lief das Kinderkarussell an. Ein satter Technobeat läutete den vorletzten Weihnachtsmarkttag ein, der morgen, am Heiligabend, endete. Elmar trank den Becher leer und schaffte es nun, auf die Füße zu kommen. »Ich gehe dann mal«, sagte er. »Danke für den Tee. Und dafür, dass ihr dichtgehalten habt.«

»Wo willst du jetzt hin?«

Elmar schlang die Bettlaken fester um seine Schultern und pustete sich eine blonde Strähne aus dem Gesicht. Unentschlossen blieb er stehen, denn das war eine gute Frage. Er zuckte die Schultern. »Ich weiß es nicht. Vielleicht in mein Büro.«

Er spürte, wie seine Knie nachgaben, plötzlich wurde ihm klar, dass dies wahrscheinlich sein letzter Tag auf Erden war. Er musste sich an der Budenwand abstützen, um nicht in Ohnmacht zu fallen.

»Was ist?«, fragte Fanny.

»Ich bin ein toter Weihnachtsmann«, flüsterte er. »Spätestens morgen bin ich tot.«

»Da haben wir schließlich auch noch ein Wörtchen mitzureden«, sagte Christine. Wie Racheengel hatten sich die Christkinder vor ihm aufgebaut und musterten ihn so eindringlich, dass ihm ganz blümerant wurde.

»Also, ich finde, ohne Bart gibt er einen ganz hübschen Engel ab«, meinte Fanny nach einer Weile. Die anderen nickten zustimmend.

Eine Woge der Hoffnung brandete in Elmar auf. »Dann kann ich bei euch bleiben?«

»Nur auf Probe!«

»Das bedeutet: Kaffee und Glühwein holen, die Bude sauber halten und uns mit diesen leckeren Makronen versorgen, die es hier auf dem Markt gibt.«

»Die natürlich nichts gegen deine eigenen Plätzchen sind«, fügte Christine grinsend hinzu.

»Und klapp den Mund wieder zu. Man kann ja bis zum Zäpfchen gucken.«

Elmar gehorchte, und die drei klopften ihm auf die Schulter. »Wenn du den Fall gelöst hast, darfst du auch wieder Weihnachtsmann sein.«

»Wieso?«

Fanny verzog verständnislos das Gesicht. »Es macht nur halb

so viel Spaß. Mit wem sollen wir uns denn streiten, wenn es keinen einzigen Weihnachtsmann mehr gibt?«

Elmar verbrachte eine unangenehme halbe Stunde damit, sich als Engel stylen zu lassen. Die drei Christkinder zupften an seinem Kostüm herum und legten ihm Make-up auf. Als sie einigermaßen mit dem Ergebnis zufrieden waren, schickten sie ihn los, um Kaffee und Erdnussmakronen zu holen. Probeweise.

Es ging bereits auf Mittag zu, der Markt füllte sich zunehmend. Das Wetter konnte weihnachtlicher nicht sein, und die Gewerbevereinigung hatte im Neuburger Boten zum finalen Halali auf die Grabbeltische geblasen. Die Stimmung war adventlich gereizt – es würde ein Hauen und Stechen geben.

Vor dem Makronenstand hatte sich bereits eine lange Schlange gebildet, und Elmar stellte sich hinter ein Mädchen, das sich umdrehte und ihn neugierig angaffte. »Bist du ein schwules Christkind?«, fragte die Kleine. Elmar wusste keine Antwort darauf.

Mutlos kehrte er mit vier Tüten voller warmer und lecker duftender Erdnussmakronen samt Glühwein zurück.

»Was ist dir denn für eine Laus über die Leber gelaufen?«, fragte Christine und nahm ihm die Sachen aus der Hand.

»Die denken, ich bin schwul.«

Charlotte stopfte sich ein Plätzchen in den Mund. »Na und?«

»Iss. Dann geht es dir besser«, sagte Fanny und schob Elmar eine Makrone zwischen die Zähne. Das Plätzchen, das musste er neidlos eingestehen, schmeckte köstlich. Herzhaft und süß zugleich. Er war kurz davor, seine schlechte Laune zusammen mit dem Plätzchen hinunterzuschlucken, da beobachtete er, wie ein fremder Weihnachtsmann sich am Weihnachtszelt zu schaffen machte. Elmar verschluckte sich prompt. Als er wieder atmen konnte, war der Kerl immer noch da. Zur Gilde konnte er nicht gehören, denn es waren nur noch Zimpel und er übrig, und der Zooleiter sah anders aus. Das Kostüm wirkte zudem billig, der Bart war zweifellos aus Watte.

»Bin gleich wieder da«, knurrte Elmar und schob sich aus

der Bude. Mit wenigen Schritten stand er neben dem Kerl und stemmte die Fäuste in die Hüften.

»Was tun Sie hier?«, fragte Elmar ungehalten.

»Ich will in das Zelt.«

»Verraten Sie mir auch, warum?«

»Ich wüsste nicht, was dich das angeht.«

»Kennen wir uns?«

»Bestimmt nicht. Und jetzt zieh Leine. Ich habe zu arbeiten.« Der Typ öffnete den Eingang und wollte eintreten, da packte Elmar ihn an der Schulter. »Da können Sie aber nicht rein.«

Der Weihnachtsmann schlug ihm auf die Hand und war schon im Inneren verschwunden.

Elmar stürzte ihm nach und hielt ihn am Mantel fest, aber der falsche Weihnachtsmann schubste ihn weg. »Was willst du eigentlich von mir?«

»Was wollen *Sie* eigentlich hier?«

Der Weihnachtsmann holte genervt Luft. »Ich bin von Dr. Klardorf im Auftrag der Handelsvereinigung eingestellt worden, an den letzten Tagen vor Weihnachten im Zelt Süßigkeiten an die kleinen Monster zu verteilen.« Er hielt Elmar den Jutesack hin, der gefüllt war mit Goldtalern, Schokolinsen und Fondantsternen. »Willst du mal zugreifen, Engelchen?« Er grinste anzüglich. »Übrigens ist dein Lippenstift verschmiert.«

Elmars Hände reagierten schneller, als er denken konnte. Er packte den Weihnachtsmann am Kragen, schleuderte ihn herum, wobei die Süßigkeiten durch die Gegend flogen, und stieß ihn vor sich her zum Ausgang. Der Fremde war so überrascht, dass er sich zunächst kaum wehrte. Er kam erst wieder zu sich, als Elmar ihn vor dem Zelt in den Schnee fallen ließ. Er hatte sich schon halb weggedreht, da traf ihn etwas hart im Gesicht. Elmar brüllte vor Schmerzen und ging in die Knie. Vor seinen Augen tanzten Sterne. Etwas Warmes tropfte ihm vom Kinn und landete im Schnee. Der Weihnachtsmann beugte sich schnaufend über ihn. »Reicht das an Argumenten, Engelchen?«

Elmar schüttelte sich und sprang auf die Füße, wobei seine Flügel heftig schlackerten.

»Wenn du noch ein bisschen übst, hebst du ab«, spottete der Weihnachtsmann.

Elmar riss ihm den Bart vom Gesicht. »Du mieses kleines Plagiat«, schrie er und packte ihn an der Kehle. »Solange es noch einen einzigen echten Weihnachtsmann gibt, so einen wie mich, setzt du keinen Fuß in das Zelt, du falscher Fuffziger!«

»Du bist ja verrückt«, keuchte der Fremde und versuchte, aus Elmars Umklammerung freizukommen.

Jemand packte Elmar von hinten und zerrte ihn weg. Wieder landete er auf dem Boden.

»Keine besonders gute Tarnung«, sagte eine bekannte Stimme.

Elmar blieb fast das Herz stehen. Er drehte sich um und wischte sich den Schnee aus dem Gesicht. »Petter?«

»Ich nehme Sie fest wegen —«

»Wie kommt es, dass man Sie wieder auf die Menschheit loslässt? Hat Ihr Onkel interveniert?«

»Personalmangel.« Petter fasste in seine Jacke und zog seine Dienstwaffe heraus. Die Menschentraube, die sich um sie herum gebildet hatte, schrie auf, und Klardorfs Hilfsweihnachtsmann stolperte in Panik davon, aber Petter trat ihm in die Kniekehle, sodass er einknickte und vornüberfiel. »Sie bleiben auch hier, Herr Zimpel.«

Elmar runzelte die Stirn. »Aber das ist nicht —«

»Schnauze!« Petter wedelte mit der Waffe vor seinem Gesicht herum. »Ich habe die Daumenschrauben und die Garotte nicht vergessen, Kollege. Jetzt kann ich mich erkenntlich zeigen.«

Er entsicherte die Waffe, zielte damit abwechselnd auf Elmar und den Weihnachtsmann, der hinter ihm kniete und zu wimmern begann. »Ihr kommt jetzt beide mit. Das Spiel ist aus.«

»Sie irren sich«, versuchte Elmar ihn zu beschwichtigen.

Petter schnaubte verächtlich.

Aus den Augenwinkeln sah Elmar, wie der fremde Weihnachtsmann auf die Füße kam. Als Petter sich von ihm abwandte, stürzte Elmar sich mit dem Mut der Verzweiflung von hinten auf seinen Kollegen. Petter ließ die Waffe fallen. Elmar hob sie auf und nutzte den Moment, um in der Menge zu verschwinden. Von Weitem hörte er die Sirene eines Polizeiwagens.

Elmar wusste nicht weiter. Er saß in der Falle, nämlich in einer Kabine der Herrentoilette bei Klardorf, wohin er sich zunächst einmal geflüchtet hatte. In dem Engelskostüm fühlte er sich wie ein Kamel in der Oper. Seine Flügel hatte er zwar in einer der Umkleidekabinen entsorgt, aber er hatte keinen blassen Schimmer, woher er sich unauffälligere Klamotten besorgen sollte, ohne als Ladendieb gefasst zu werden. Er musste nachdenken, also hatte er sich in die Toilette verzogen. Wie sich herausstellte, war das ein Fehler gewesen, denn die Musik war hier besonders laut gedreht, um unappetitliche Geräusche zu übertönen. Statt Kinderchor lief ein Radiosender. Gerade kam die Werbung vor den Nachrichten. Ein Typ pries mit solch überspannter Begeisterung einen Schokoriegel an, als hätte er gekokst.

Die Tür klapperte, neben Elmar schloss sich jemand in die Kabine ein und ließ eine Einkaufstüte auf den Boden plumpsen. Im Spalt zwischen Boden und Trennwand ragte der Zipfel der Tragetasche bis in Elmars Kabine. Dann hörte er, wie sein Nachbar eine Flasche aufschraubte. Es folgten hektische Schluckgeräusche, ein genüssliches Seufzen und dann Stille. Im Radio kündigte ein lauter Jingle die Nachrichten an. »*Es ist fünfzehn Uhr ...*«, begann der Sprecher.

Elmar hörte nicht zu, sondern konzentrierte sich auf die Geräusche, die von nebenan kamen. Der Kerl rührte sich eine ganze Weile überhaupt nicht, und irgendwann atmete er tief und regelmäßig. Wie es schien, brauchte auch er eine Pause vom Weihnachtsgeschäft. Elmar betrachtete nachdenklich den Zipfel der Einkaufstüte, der unter der Trennwand hervorlugte, und zupfte daran. Sein Kabinennachbar protestierte nicht. Elmar zog fester, der Typ nebenan schnarchte auf, und Elmar ließ die Tüte los.

Der Nachrichtensprecher gab die neuesten Statistiken des Einzelhandels bekannt. Sie lagen wie immer hinter den Erwartungen zurück. Nebenan schnarchte der Kerl jetzt laut und regelmäßig.

Elmar nahm sich ein Herz, zog die Tüte vorsichtig unter dem Spalt hindurch und spähte hinein. Er sah eine Röhrenjeans mit ausgefransten Löchern und ein Kapuzensweatshirt mit dem Logo einer angesagten Klamottenmarke. Elmar warf einen bedauernden Blick auf die Trennwand, hinter der der freundliche Spender schnarchte. Diese Sachen waren nicht für einen Mann in den Fünfzigern bestimmt, aber immer noch besser als ein Bettlaken. Elmar riss sich die Verkleidung vom Leib und schlüpfte in die Jeans. Mit offenem Reißverschluss passte er knapp hinein. Er sah an sich hinunter. Seine nackten Knie quollen aus den künstlichen Löchern, und er fragte sich einen Moment lang, was die pakistanische Näherin wohl gedacht hatte, als sie diese Jeans zerschnitt, weil in Europa gerade Lumpen schick waren.

Er horchte auf. Der Nachrichtensprecher hatte etwas gesagt, das ihn betraf. *»… Zimpel aufgefunden. Wie er in den Tigerkäfig gelangte, konnte noch nicht geklärt werden. Wie zu erfahren war, befand sich das Opfer jedoch unter starkem Alkoholeinfluss. Zimpel gehörte der Gilde der Weihnachtsmänner an, die …«*

Elmar stockte der Atem. Er ließ sich auf die Kloschüssel fallen. Nie hatte er sich einsamer gefühlt.

»Dann bin ich also der letzte Weihnachtsmann«, flüsterte er, und ihm kamen die Tränen.

Baumkuchenecken

Zutaten:
200 g Butter
160 g Zucker
1 ½ Päckchen Vanillinzucker
4 Eier
100 g Mehl
60 g Speisestärke
je eine Messerspitze Kardamom
und Zimt
80 g gemahlene Mandeln
2 TL Rosenwasser
2 TL Rum
Kuvertüre

Zubereitung:
1. Weiche Butter, Zucker, Vanillinzucker und Eier schaumig rühren. Mehl mit Speisestärke und den Gewürzen vermischen, Mandeln zugeben, das Gemisch langsam in die Butter-Eier-Masse rühren. Rosenwasser und Rum zugeben.
2. Den Backofen auf 250 Grad Oberhitze oder Grill vorheizen. Eine Springform fetten und 1 bis 2 EL Teig darin glatt streichen (je dünner, desto besser).
3. Im vorgeheizten Ofen circa 2 Minuten bräunen.
4. Sofort die nächste dünne Schicht auftragen und wie oben verfahren. Den Vorgang wiederholen, bis der Teig aufgebraucht ist.
5. Den fertigen Kuchen aus der Form nehmen, in Rechtecke oder Rauten schneiden und mit Kuvertüre verzieren.

24. Dezember

Das Beste hatte er sich für Heiligabend aufgehoben: Baumkuchenecken. Die Königsdisziplin der Weihnachtsbäckerei. Dafür hatte er sogar vor Jahren den alten Backofen seiner Mutter durch ein modernes Gerät mit Grillfunktion ersetzt, die einzige Neuanschaffung seit ihrem Tod. Die hauchdünnen Teigplatten gelangen nämlich am besten, wenn er sie im Ofen grillte. Die ganze Nacht hatte er damit zugebracht, sie herzustellen. Baumkuchen brauchte Sorgfalt und viel Geduld. Jetzt war alles fertig. Nur die Kuvertüre musste noch erkalten.

Elmar saß in der Küche vor dem Adventskranz, auf dem er alle Kerzen angezündet hatte. Er dachte über das Leben nach und dass seine Tage gezählt waren. Der Killer war gerissen. Er würde kommen. Das war so sicher wie das Amen in der Kirche. Elmar war es nun egal, ob sie ihn hier aufspürten. Er war einfach in sein Haus zurückgekehrt. Niemand hatte ihn aufgehalten. Stattdessen hatte die Polizei an den Zufahrtsstraßen Straßenkontrollen errichtet. Sie bewachten außerdem den Neuburger Bahnhof. Möglicherweise lief Petter auf den Bahnsteigen Streife, es waren ja nur zwei.

Elmar schaltete seinen alten Weltempfänger aus, auf dem er die spezielle Frequenz für den Polizeifunk noch empfangen konnte, und stupste mit dem Finger in den Schokoguss einer Baumkuchenecke. Er hinterließ eine winzige Delle. Noch eine Stunde, dann könnte er das Gebäck in seine Dose räumen. Er hatte die dreifache Portion gebacken, denn heute war *sein* Tag als Weihnachtsmann. Elmar spürte nicht einmal Angst. Das war vorbei.

Es dämmerte früh an diesem Morgen. Der Wetterdienst hatte einen sonnigen Tag bei strengem Frost vorausgesagt. Ideale Voraussetzungen für einen perfekten Heiligabend und eigentlich kein schlechter Tag zum Sterben. Wenn es schon sein musste, dann in Erfüllung seines Dienstes als Weihnachtsmann. Dummerweise lag sein Kostüm im »Venedig«, wenn die Polizei es nicht längst einkassiert hatte.

Elmar nahm sich eine Baumkuchenecke und probierte. Dieses Mal waren sie ihm perfekt gelungen. Man musste achtgeben, dass der Teig nicht zu lange backte. Er ließ das butterweiche, ein ganz klein wenig nach Rum schmeckende Teilchen nachdenklich auf seiner Zunge zergehen. Eines war gewiss: Wer auch immer hinter alldem steckte, ob Fredo Petter, seine Chefin oder sonst wer, Elmar würde sich nicht wie ein Schaf zur Schlachtbank führen lassen.

Er wusch sich, zog sich frische Sachen über und fütterte die Vögel mit reichlich Körnern, denn für sie würde es lange kein Futter mehr geben. Er verharrte eine Weile vor dem Bild seiner Mutter und verließ dann das Haus.

Immer noch trug er den Kapuzenpulli aus dem Kaufhaus, nur die kaputte Hose hatte er in die Mülltonne geworfen und gegen eine wattierte Jogginghose eingetauscht. So radelte er auf direktem Weg zur Eisdiele. Vor den Läden standen die Menschen Schlange. In einer Viertelstunde öffneten die Geschäfte. Heute galt es, die letzten Kleinigkeiten zu ergattern. Das i-Tüpfelchen unter dem Tannenbaum, das Dessert nach der Hauptspeise. So manche enttäuschte Seele konnte damit noch ein wenig besänftigt werden.

Er bog um eine Ecke und sah, dass der Eingang zur Eisdiele mit Flatterband abgesperrt war. Elmar stieg ab und schob sein Rad wie zufällig am »Venedig« vorbei, dann verschwand er in der Einfahrt und beeilte sich, zum Hintereingang zu gelangen. Eine Weile blieb er zwischen den Müllcontainern stehen und wartete. Niemand folgte ihm. Er stellte das Rad ab und schlich zur Tür.

Auch hier klebte ein Siegel. Er brach es auf und öffnete das Schloss mit einem Dietrich, es kostete ihn nur zwei Minuten.

Die KT hatte ihre Spuren hinterlassen. Auf dem gefliesten Boden vor dem Kühlraum war der mit roter Kreide gezeichnete Umriss eines Körpers zu erkennen.

»Luigi«, flüsterte Elmar und verkniff sich ein gequältes Stöhnen. Er hatte den Italiener gemocht, aber jetzt war keine Zeit für Sentimentalitäten. Er begab sich in die Küche. Auf dem Tisch stand noch ein unbenutzter Aschenbecher auf einem Weihnachtsdeckchen, und kein roter Mantel weit und breit. Er sah sich um, denn er konnte sich nicht erinnern, wo er ihn abgelegt hatte. Eine Stunde lang suchte er im ganzen Haus, fand jedoch nur ein Ersatzkostüm des Italieners oben in seinem Kleiderschrank, dem die Mütze fehlte. Er streifte den Mantel über, der ihm lediglich bis über die Hüfte reichte. Auch die Ärmel waren viel zu kurz, aber zur Not würde es gehen.

Er suchte weiter erfolglos nach der Mütze, fand aber stattdessen in der hintersten Ecke unter der Küchenbank sein Aufnahmegerät wieder. Es war noch eingeschaltet gewesen, aber die Batterien hatten längst ihren Geist aufgegeben. Er steckte es dennoch ein. Resigniert ließ er sich auf die Küchenbank fallen und rieb sich die Stirn. Ohne Mütze wäre er nur ein halber Weihnachtsmann. Dann fiel ihm ein, wo er noch nicht gesucht hatte, nämlich im Flur vor dem Kühlraum. Ihm graute davor. Er hatte immer noch das Bild vor Augen, wie Luigi ihn völlig vereist angesehen hatte. Irgendwie verdattert, aber auch ein klein wenig enttäuscht. Vielleicht, weil er es nicht geschafft hatte, ihn zu beschützen. Elmar gab sich einen Ruck.

Der Flur war klein und fensterlos, die Tapeten seit den Siebzigern nicht erneuert. Unter einem Spiegel stand eine kleine Kommode. Elmar öffnete die oberste Schublade und gab einen überraschten Laut von sich. Etwas Rotes quoll heraus. Es war die ersehnte Weihnachtsmannmütze. Elmar wollte gerade die Schublade schließen, da entdeckte er zu allem Überfluss noch einen künstlichen Bart. Er nahm ihn an sich, zog ihn über und begutachtete sich im Garderobenspiegel. Das Ergebnis konnte sich sehen lassen.

Kinder bauten Schneemänner auf den Gehwegen, als er zur Fußgängerzone zurückkehrte. Ein Ball traf ihn im Nacken. Er war nicht böse darüber, sondern drehte sich lächelnd um. »Ho, ho, ho«, rief er in gespielter Strenge. Zwei Jungen stoben davon. Elmar hätte ihnen gern eine Baumkuchenecke geschenkt, aber sie waren viel zu schnell verschwunden. Er setzte seinen Weg fort, fast froh gelaunt und ganz Weihnachtsmann. Er stellte sein Rad ab und wanderte durch die Stadt, ging in die Kaufhäuser, beschenkte die Menschen, die ihm bedürftig erschienen, und zauberte dem einen oder anderen ein Lächeln ins Gesicht. Zweimal musste er nach Hause zurückkehren, um Nachschub zu holen, und niemand hielt ihn auf. Alle waren sie mit dem Fest beschäftigt, so wie Elmar. Warum hatte er sich jemals Sorgen gemacht? Dies war sein Tag, und er machte seine Sache gut.

Am frühen Nachmittag zogen Wolken auf, und es begann erneut zu schneien. Elmars Plätzchendose war nur noch zur

Hälfte gefüllt, der Nachschub aufgebraucht, aber die Stadt leerte sich ohnehin. Um sechzehn Uhr schlossen die Geschäfte, dann gab es kein Zurück mehr. Auch der Weihnachtsmarkt würde um diese Zeit enden. Er hatte es bisher vermieden, dort aufzukreuzen, obwohl er sich gern von den Christkindern verabschiedet hätte. Der Gedanke, mit der Konkurrenz versöhnt von dieser Erde zu scheiden, hatte etwas Tröstliches. In solche Überlegungen versunken stapfte er durch den immer dichter fallenden Schnee und stand plötzlich vor dem Weihnachtszelt. Er schlüpfte hinein.

Erwartungsgemäß war es hier drinnen stockdunkel. Elmar zog ein Feuerzeug aus seiner Hosentasche. Im Schein der Flamme tastete er sich bis zur Bühne vor, stieg hinauf und suchte den Weihnachtsmannstuhl, der schon viel zu lange verwaist war. Er setzte sich hinein, kramte die Plätzchendose aus dem Sack und stellte sie neben sich auf das Tischchen. Hier gab es auch Kerzen, Elmar zündete sie an. Zwar hatte er keinen Weihnachtsbaum, nicht einmal einen Zweig, aber eine kleine Krippe. Klardorf verramschte seit drei Tagen Weihnachtsdeko, und Elmar hatte sie für einen Euro erstanden. Die Gesichter der Figuren erinnerten zwar an schlechte Horrorfilme, aber in dem sanften Kerzenlicht wirkten sie weich und freundlich. Schließlich stellte er noch die Thermoskanne auf den Tisch, die er bei der letzten Nachschubbeschaffung mit Tee gefüllt hatte, denn er wollte seinem Mörder nüchtern begegnen. Er goss sich ein. Draußen war es jetzt sehr still geworden, bis auf die Kirchenglocken, die zum Gottesdienst riefen. Friede auf Erden.

Er musste eingenickt sein. Die Kerzen waren weit heruntergebrannt, die Dochte ertranken im geschmolzenen Wachs. Elmar goss es aus, und die Flammen züngelten wieder kräftig. Draußen läuteten die Glocken. Die Mitternachtsmesse war gerade zu Ende gegangen. Er schüttelte die Thermoskanne, es war noch ein Rest darin, den er sich in den Becher goss.

»Frohe Weihnachten«, flüsterte er und trank. Die Glocken verstummten nach und nach, und langsam sickerte die Erkenntnis durch, dass der Tag zu Ende gegangen war und er noch lebte. Vor dem Weihnachtszelt gingen Leute vorbei, sie sangen »O du fröhliche«. Eine leise Hoffnung keimte in ihm auf, und Elmar summte leise mit. Im Zelt stimmte jemand ein. Elmar stockte der Atem. Er war nicht allein. Am Rand der Bühne konnte er den Umriss eines Menschen ausmachen, der auf einem Stuhl saß. Der Silhouette nach zu urteilen war es ein Weihnachtsmann.

»Sie sind zu spät, Petter, ich lebe noch«, sagte Elmar.

»Sie sind ein toter Mann.«

Es war nur ein Flüstern, aber Elmar hatte jedes Wort verstanden. Er spürte, wie sein Herzschlag sich beschleunigte. Nein, er war nicht tot. Noch nicht. Trotzdem stimmte etwas nicht. Er begann hektisch, seinen Körper abzutasten, und stellte fest, dass er mit einem Spanngurt um die Hüfte an den Weihnachtsmannthron gefesselt worden war.

»Was soll das?«, fragte Elmar gepresst. »Was haben Sie vor?«

»Ich warte.«

»Worauf denn, Herrgott noch mal?«

»Auf den Sensenmann.«

Dann war es jetzt also so weit. Sein letztes Stündchen hatte geschlagen. Elmar schluckte und zerfiel in zwei Teile. Es war ein höchst seltsames Gefühl. Während sein Körper in Panik verfiel und heftig zu zittern begann, wurde es in seinem Kopf so still wie in einer Kathedrale. Es war, als ob seine Sinne sich von seinem schlotternden Körper abspalteten. Mit zittrigen Fingern griff er neben sich und nahm sich eine Baumkuchenecke. Er hatte zwar keinen Hunger, aber es wäre zu schade, auch nur ein Stück zurückzulassen. Er biss hinein, und seine Geschmacksknospen explodierten. Er schmeckte einzelne Zutaten heraus: Vanille, Rum, Orangenschale. Letztere hinterließ einen bitteren Nachgeschmack. Er verzog den Mund. »Zu viel davon«, flüsterte er und ließ die angebissene Ecke enttäuscht sinken.

Der Schatten lachte, es klang wie ein Husten, und Elmar tastete nach seiner Thermoskanne. Er schraubte den Verschluss auf und trank hastig den Rest Tee. Erst nach einigen Schlucken merkte er, dass er noch scheußlicher schmeckte. Seine überreizten Nerven spielten ihm einen Streich.

»Schmeckt bitter?«

Elmar stutzte. »Woher wissen Sie das?«

Der Typ lachte leise, und Elmars Hirn arbeitete auf Hochtouren. Das konnte nur eines bedeuten. »Gift?«

»Erwischt.«

Schweiß brach ihm aus, er begann zu zittern, aber das war nur sein Körper. Sein Kopf war klar wie ein Bergkristall. Er begann lauthals zu lachen. »Mein Gott, Petter, wie primitiv. Für das Finale hätte ich mir etwas Spektakuläreres gewünscht als Gift. Das ist doch Weiberkram.«

»Ach, das kommt drauf an. Eine Arsenvergiftung zieht sich.«

»Arsen?« Elmar spürte, wie sich seine Eingeweide verkrampften.

»Das ist nicht wie in dem Film mit Cary Grant«, flüsterte es aus der Ecke.

»Warum tun Sie das, Petter?«, fragte Elmar, dessen Panik jetzt langsam doch seinen Kopf erreichte. »Was hat die Gilde Ihnen getan?«

Der Typ erhob sich und kam auf Elmar zu. Eine der Kerzen erlosch, die anderen flackerten, als striche ein kalter Luftzug über sie hinweg.

»Es hätte nicht so weit kommen müssen«, flüsterte der Schatten. »All die Jahre wurde immer ein anderer aufgenommen. Zuletzt du.« Er gab einen verächtlichen Laut von sich. »Ein Beamter, der im Bällebad nach verlorenen Geldbörsen sucht. Der verzweifelte Omas aus dem Klo befreit und Kinder tröstet. Ein Plätzchenbäcker!«

Elmar starrte den Schatten an, der jetzt vor ihm stand. »Sie sind nicht Petter«, rief er überrascht.

»Nein. Ich bin nicht Petter«, wiederholte der Schattenmann, diesmal laut und vernehmlich, und endlich erkannte Elmar ihn.

»Dr. Karl! Aber —«

»Aber, aber«, äffte er Elmar nach und kam noch näher, sodass Elmar den leichten Hauch von Desinfektionsmitteln wahrnahm, der an einem haften blieb, wenn man in der Rechtsmedizin arbeitete. Dr. Karl zog eine kleine Taschenlampe aus seiner Manteltasche und leuchtete Elmar ins Gesicht. »Gut, gut. Ich denke, in sieben bis acht Stunden hast du es geschafft.« Er schnalzte mit der Zunge. »Wird nicht angenehm. Aber du bist ja unter kompetenter Betreuung. Mit dem Tod kenne ich mich aus.«

Elmar keuchte, denn ein schmerzhafter Magenkrampf raubte ihm auf einmal die Luft.

»Tut weh, nicht wahr?« Der Rechtsmediziner zog sich einen Stuhl heran und setzte sich neben Elmar. Als der sich ein wenig beruhigt hatte, schlug Dr. Karl vor: »Ich könnte dir helfen. Es gibt eine Medizin gegen die Schmerzen.«

Elmar blickte auf. »Was denn für eine Medizin?«

Dr. Karl zog eine Waffe aus den Untiefen des Mantels, den er trug, und zeigte sie Elmar. »Ich habe das alles aus dem ›Venedig‹ mitgenommen, nachdem ich diesen Italiener in die Kühlkammer gesperrt hatte.« Er seufzte. »Du hast es mir wirklich einfach gemacht. Bist auf die Sache mit den Schuhen reingefallen. Mein Gott, die gibt es in jedem gut sortierten Sportladen.«

»Sie haben das alles geplant?«

»Natürlich. Das mit der Polsternadel war ziemlich raffiniert, oder? Aber mein Meisterstück war die Sache mit dem Goldspray. Sogar CNN hat davon berichtet.«

»Wie hast du das gemacht? Wie ist Grantler gestorben?«

»Ich habe ihn ins Behinderten-WC gelockt und dort erledigt. Da ist so schön viel Platz.«

»Und wie …?«

»Ich bin Arzt! Ich weiß, wie man so was macht.«

»Und warum haben Sie ihn anschließend ins Bällebad gelegt?«

»Ich fand das irgendwie dramatischer.«

»Aber wie …?«

»In einem großen Rollkoffer. Klardorf hat da ein riesiges Angebot.« Dr. Karl gluckste. »Es war kinderleicht. Je voller die Läden, desto unbeobachteter kann man sich bewegen.«

Elmar krümmte sich unter einem weiteren Krampf. »Und warum soll ich mich erschießen, wenn Sie mich schon vergiftet haben?«, fragte er stöhnend.

»Das sieht dann mehr nach Selbstmord aus, weißt du? Aber vorher will ich dich noch ein bisschen leiden sehen.«

»Ich verstehe das Motiv trotzdem nicht.«

»Ach, Elmar. Du weißt doch, wie das ist.« Dr. Karl spielte gelangweilt mit der Waffe. »Keine Familie, keine Freunde, nicht einmal ein Haustier. Nur meine Leichen, das Fernsehprogramm und die Hoffnung, Gildemitglied zu werden und endlich zu dem Kreis der angesehensten Bürger zu gehören. Und dann die Enttäuschung, wenn immer ein anderer gewählt wird. Zuletzt du. Ein beschissener kleiner Bulle. Ein Kontaktbereichsbeamter wird mir vorgezogen! Einem Arzt!«

In Elmars Kopf überschlugen sich die Gedanken. Er musste Zeit gewinnen. »So hast du es also gemacht?«, fragte er. »Du hast uns dazu gebracht, dass wir uns das Leben nehmen?«

Dr. Karl verzog das Gesicht. »Bei einigen. Ja. Bellermann war fast glücklich, als er seine Guillotine an sich selbst ausprobieren durfte. Bei den meisten musste ich allerdings ein bisschen nachhelfen und es wie Selbstmorde oder Unfall aussehen lassen. Den Rest habe ich in der Rechtsmedizin bereinigt. Die kamen ja alle auf meinen Tisch.«

Elmars Eingeweide zogen sich erneut zusammen. Er stöhnte. Sein Herz schlug ihm bis zum Hals.

»Und ich bin jetzt der Letzte?«

»Korrekt. Dich habe ich mir für das Fest aufbewahrt.«

»Gib mir die Pistole«, sagte Elmar, dem eine verzweifelte Idee gekommen war, so einfach, dass er fast lachen musste. Er stöhnte auf in einem gespielten Krampf. »Her damit«, rief er und streckte seine Hand aus. »Ich halte das nicht mehr aus.«

Dr. Karl lächelte und reichte ihm die Pistole. »Schön, dass du dich so leicht überzeugen lässt, Elmar. Es ist ganz schnell vorbei«, sagte er sanft.

»Frohe Weihnachten«, brüllte Elmar, richtete die Waffe auf Dr. Karl und drückte ab. Der Knall machte ihn fast taub. Er hatte instinktiv die Augen zusammengekniffen.

Als er sie nach einer gefühlten Ewigkeit wieder öffnete, richtete sich der Rechtsmediziner gerade wieder auf. »Du bist so schön durchschaubar, mein Lieber«, sagte er und nahm ihm die Pistole wieder ab.

»Was soll das Theater?«, flüsterte Elmar. »Wollen Sie mich quälen?«

»Nein. Ich wollte nur deine Fingerabdrücke auf der Tatwaffe.« Er gab ein schnaubendes Lachen von sich. »Und ich wusste, dass du zögerst.« Er betrachtete sie fast liebevoll, und Elmar bemerkte erst jetzt, dass Dr. Karl Handschuhe trug. »Ich habe Fangmann damit erschossen«, fuhr er fort. »Mit deinen Fingerabdrücken darauf ist es das letzte Indiz, dass du der Weihnachtsmannkiller bist, der sich zuletzt selbst gerichtet hat. Die Schmauchspuren an deinen Händen beweisen es. Den Rest erledige ich.« Er richtete die Pistole auf Elmar.

»Die werden mich obduzieren. Die finden das Gift«, röchelte Elmar, dem die Panik die Luft abschnürte.

»Du vergisst, dass *ich* hier der Rechtsmediziner bin.«

Elmar schloss die Augen. Es war vorbei. »Der Himmel wird dich dafür strafen«, flüsterte er in seiner Verzweiflung. Es knallte, und dann wurde alles still. Es tat gar nicht weh. Als Elmar die Augen wieder öffnete, standen drei Engel vor ihm.

25. Dezember – Epilog

»Rizinus? Er hat mir ein Abführmittel in den Tee geschüttet?«
Elmar blickte seinen Besuch an, der unisono nickte. Sie standen alle um sein Bett: Charlotte, Christine, Fanny, Fredo Petter, Julia Herrmann und sogar der Polizeichef Volker Brunn waren ins Krankenhaus gekommen, um ihm mitzuteilen, dass der Fall gelöst war und der Täter endlich hinter Gittern saß.

»Deshalb musste ich ständig …« Elmar räusperte sich. »Dann hat er mich gar also nicht vergiftet.«

»Das klingt, als wenn du das bedauern würdest.«

»Nein! Aber ich hatte furchtbare Bauchkrämpfe.«

»Rizinus ist nicht ohne«, erklärte Christine.

»Und wenn man dann noch glaubt, dass es Arsen ist …«

»Ihr meint also, ich habe mir die Schmerzen nur eingebildet?«

»Ganz und gar nicht. Die Dosis hätte für einen Elefanten gereicht.«

Elmar fuhr sein Rückenteil mit der Fernbedienung höher, sodass er fast zum Sitzen kam. »Eines müsst ihr mir erklären«, sagte er und fixierte die Christkinder. »Wie habt ihr Dr. Karl überwältigt? Der hatte immerhin eine geladene Waffe.«

»Ach, das war eigentlich ganz einfach«, meinte Christine und zupfte verlegen einen Fussel von ihrem Pullover. »Er war so überrascht und erschrocken über unser Auftauchen, dass er die Pistole vor Schreck fallen ließ.«

»Sie hat den schwarzen Gürtel«, fügte Fanny hinzu. »Ein Kanthaken und er war erledigt.«

»Was wolltet ihr eigentlich mitten in der Heiligen Nacht im Zelt?«

»Wir wollten mit dir Weihnachten feiern und haben dich gesucht, aber du warst nicht zu Hause. Unser nächster Gedanke war das Zelt.«

»Als dieser Dr. Karl abgeführt wurde, hat er etwas von himmlischer Rache gefaselt«, gluckste Fanny. »Der Typ ist vollkommen verrückt.«

»Na ja, ich dachte auch, ich bin im Himmel, als ich plötzlich drei Engel vor mir sah.«

»Du hättest deinen Blick sehen sollen«, prustete Christine.

Elmar ließ sich in die Kissen zurückfallen und starrte an die Decke. »Hat Dr. Karl ein Geständnis abgelegt?«

Seine Chefin seufzte tief. »Leider nicht.«

»Dann bin ich also immer noch verdächtig?«

»Nein.«

Elmar kam wieder hoch. »Echt jetzt? Aber meine Fingerabdrücke …«

»Wir konnten dich entlasten«, sagte Charlotte. »Das Gespräch zwischen dir und diesem Dr. Frankenstein haben wir nämlich belauscht.«

Elmar klappte der Unterkiefer herunter. Er blickte von einem zum anderen. »Und wie geht es jetzt weiter mit mir?«, fragte er schließlich. »Komme ich in den Knast? Ich habe immerhin meine eigene Chefin entführt und …«

»Wir waren uns einig, dass wir das nicht weiter verfolgen. Schließlich haben Sie in einer Art Notwehr gehandelt«, meldete sich Polizeichef Brunn zu Wort und fügte lächelnd hinzu: »Können Sie sich vorstellen, mit Frau Herrmann in der Mordkommission zusammenzuarbeiten?«

Elmar brauchte ein paar Sekunden, bis die Frage bei ihm angekommen war. »Aber ich bin kein Kommissar.«

»Auch als einfacher Beamter können Sie mir gute Dienste leisten«, sagte Julia Herrmann. »Das haben Sie ja in den letzten Wochen eindrucksvoll bewiesen.«

»Ich denke außerdem über eine Beförderung nach«, fügte Brunn hinzu.

»Und was ist mit Kollege Petter?« Elmar blickte zu dem jungen Kommissar. Der hielt den Kopf gesenkt und war wieder mal rot bis über beide Ohren.

»Sie wissen ja, dass Mord und Totschlag nicht so mein Ding sind«, sagte er. »Ich verlasse den Polizeidienst.«

»Um was zu machen?«, fragte Elmar.

»Ich werde der neue Sicherheitschef bei Klardorf. Die Stelle ist nach dem Desaster mit dem Gänseessen frei geworden.«

»Ach du meine Güte. Dann werden wir ja weiterhin zusammenarbeiten.«

Elmar sah Petter das erste Mal lächeln. »Ich freue mich schon auf Ihre Plätzchen.«

Die Herrmann blickte stirnrunzelnd von einem zum anderen. »Und was heißt das jetzt, Herr Wind?«

»Seien Sie mir nicht böse, Frau Herrmann, aber ich bleibe in meinem Büro. Da kann ich auch einen besseren Blick auf die Christkinder werfen, wenn wieder Weihnachten ist.«

»Und ich dachte, du steigst bei uns ein«, sagte Fanny.

»Als Christkind warst du gar nicht mal so schlecht«, fügte Charlotte hinzu und grinste.

Elmar schüttelte den Kopf. »Flügel stehen mir einfach nicht. Außerdem ist das Rasieren ziemlich lästig. Nein, ich lasse mir wieder einen Bart wachsen und bleibe, was ich bin. Elmar Wind, Kontaktbereichsbeamter in Neuburg und der letzte Weihnachtsmann.«

Rezepte

Vanillekipferl
Bunte Plätzchen
Orangenplätzchen
Weihnachtlicher Apfelkuchen
Lebkuchenhaus
Knecht-Ruprecht-Kekse
Omas Zimtsterne
Kokosmakronen
Mokkakekse
Zuckerkringel
Kleine Anistörtchen
Mandellebkuchen
Dominosteine
Dattelstreifen
Mürbe Brezeln
Butterplätzchen
Pfeffernüsse
Cappucino-Kipferl
Hafervollkornkekse
Weihnachtspunsch mit Schuss
Butterkuchen
Cornetti mit Schokofüllung
Würzige Erdnussmakronen
Baumkuchenecken

Helga Bürster
INSEL, WIND UND TOD
Klappenbroschur, 192 Seiten
ISBN 978-3-95451-248-5

»Der ›Urlaubskrimi‹ eignet sich gut für den nächsten Urlaub – am besten auf dem Campingplatz.« Weser-Kurier

www.emons-verlag.de

Helga Bürster
KRABBEN, KUNST UND KÜSTENKILLER
Klappenbroschur, 256 Seiten
ISBN 978-3-95451-542-4

»*Ein Urlaubskrimi mit viel Spannung, Mord, maritimem Flair – und auch die Liebe kommt nicht zu kurz. Wie geschrieben für Lesestunden im Strandkorb.*« awo Journal

www.emons-verlag.de

Helga Bürster
FLINTENWEIBER
Broschur, 256 Seiten
ISBN 978-3-95451-390-1

»Routiniert schreibt Bürster, schafft es, den Leser mit unkonventionellen Charakteren zu verblüffen, die nicht nur abseits des Mainstream liegen, sondern zugleich noch glaubwürdig sind und ohne die Attribute schön, schlank und reich auskommen.« ekz

www.emons-verlag.de